Bellman · Fredmans Episteln

*Carl Michael Bellman*

# Fredmans Episteln

Auf der Grundlage alter Übertragungen
im Versmaß des Originals nachgedichtet
und mit der Originalmusik von 1790
herausgegeben von Hans-Jürgen Hube

Philipp Reclam jun. Stuttgart

Umschlagabbildung: Federzeichnung
von Johan Tobias Sergel (1740–1814)

Universal-Bibliothek Nr. 8962

Gesamtherstellung: Reclam, Ditzingen. Printed in Germany 1994

ISBN 3-15-008962-X

*Cum tam venalis quam Bacchus prostet in urbe,*
*Cur insigne suum non habet alma Venus?*
John Owen

Die nachfolgende Sammlung der 82 Lieder, genannt *Fredmans Episteln*, wurde von mir sowohl hinsichtlich der Poesien als auch der Melodien durchgesehen, berichtigt und anerkannt. – Stockholm, den 24. September 1790. Carl Michael Bellman.

## Die Personen

Dies, mein hochgeschätzter Leser, sind die Personen, welche in *Fredmans Episteln* Erwähnung finden:

Fredman, ein stadtbekannter Uhrmacher in Stockholm, jedoch ohne Uhr, Werkzeug und Laden.

Ulla Winblad, eine Nymphe und Priesterin im Tempel des Bacchus; ihr Vater war einst Korporal bei der Garde.

Vater Berg, ein Tapetenmaler und Stadtvirtuose auf verschiedentlichen Instrumenten.

Vater Bergström, desgleichen Stadtmusikant im Katharinen-Viertel.

Korporal Mollberg, er besaß einst ein Haus in der Hornsgasse, war zeitweilig Fabrikant, dann nur Reiter. Nunmehr ohne Haus, Gaul und Schabracke – ein geschickter Tanzmeister.

Erik Bergström, ein Gelegenheitsarbeiter; agierte größtenteils als Festmarschall und Tafelarrangeur auf Hochzeiten und Bällen.

Christian Wingmark, gewöhnlich »Wingmark mit der großen Perücke« genannt; besaß ungefähr die gleiche Kunstfertigkeit auf der Blockflöte wie der noch lebende blinde Virtuose Colling.

Anders Wingmark, ein Kleidermakler in der Urväders-Gasse; dereinst fidel, schwach von Verstande.

Pehr Bergström, allgemein nur »Bruder Pehr« tituliert; sehr gewandt in allen Tanzkapriolen und vornehmlich darin, einen Rivalen im Takt aus der Polka zu schlenkern; ein überaus komischer Mensch mit kurzem Haarschopf.

Christian Samuel Bredström, ebenso ein müder Gelegenheitsarbeiter; sah das Tageslicht selten anders als durch den Flaschenboden. Sein Aufenthaltsort ist unbekannt.

Petter Bredström, ein Kommissionär.

Norström, Hafenzolleintreiber; vermählt mit Ulla Winblad; sein Vater war Parkgärtner im »Dauerschen Garten«;

er hat keine Stimme, spielt kein Instrument; doch verschafft er sich seine Weine selbst.

Kilberg, zumeist »Pharaos Bäcker« genannt; einstmals Hofbeamter und gar Herold im Orden des Bacchus.

Vater Kulkus, meistens mit Zeugenaussagen beschäftigt, jedoch selbst selten Augenzeuge.

Joachim Wetz, ein Advokat und Instanzenbummler; dazu ein gewiegter Hochzeitspoet.

Jergen Puckel, stammt aus Deutschland und war bis zuletzt Amtsdiener im Stadtgericht zu Stockholm.

Benjamin Schwalbe, war ganz dasselbe.

Vater Movitz, ein Polizeidiener und Konstabler; berühmt durch sein Konzert im Schlunzenkrug »Drei Bütten«; soll sogar die Musik zu des Herrn Serlachius' »Frühlingsblume« komponiert haben!

Fröman, dazumal Totengräber; auch zeitweilig Schankwirt im »Drechslergarten«; längst tot und begraben.

Die Schreckliche Alte An Der Theke Im »Thermopolium«, dies war ein Kaffeehaus in der Münz-Straße; nicht vor 1770 so genannt.

Lotta, ein Schankmädchen.

Die Leichten Damen Aus Der »Schlange«, dies war ein vielbesuchter Ausschank, wo Vater Berg zumeist »Nun ruhen alle Wälder« spielte, wenn er endlich aus seiner Stampe im Katharinen-Viertel losgekommen war und mit Fiedeln Schluß gemacht hatte.

Die Nette Zapfmutter im Schankkrug »Zum Hahnen«.

Eine Thekenfrau in der Pinte »Zum Vierkant«.

Die Schankfrau Maja Myra in der Sonnen-Gasse.

Lotta In Der Kohlmesser-Gasse.

Sophia, eine Schlunze, zumeist anzutreffen im Krug »Zur Luchskatze«.

Jeanna, die ihren Rubin verliert.

Gretgen, die brave Steuermannstochter.

Viele andere, sie sind ohnehin genügend durch die Liedstellen bekannt, wo Fredman sie in seinen Episteln erwähnt.

Dem geneigten Leser sei noch dies zur gefälligen Beachtung auf den Weg gegeben: Es begegnen ihm neben obligaten musikalischen Tempoangaben auch einige nützliche Instrumentierungshinweise.

CORNO, dies ist natürlich das Waldhorn.

CLARIN. oder CLARINETTO, ein vergnügliches Holzblasinstrument.

FAGOTTO, schlicht als Fagott oder Baßklarinette zu nehmen!

FLAUTO, vornehmlich eine Block- oder Traversflöte darstellend.

OBOE, jeder wird wissen, was eine Oboe ist.

TAMB., so kürzt man TAMBURO, die Trommel, ab.

TIMP., dies sind die TIMPANI oder Pauken.

TROMB., darunter versteht der Kenner die TROMBA, Trompete.

V:CELLO, man sollte wissen, daß dieses das VIOLONCELLO oder ein kleiner Kontrabaß ist.

Das Zeichen |: :| bedeutet, daß der Text dazwischen wiederholt werden soll. – Alle diese Wörter zeigen an, daß unsere menschliche Stimme, sind keine Instrumente zur Hand, an der Liedstelle, die mit ihnen versehen ist, getrost die Laute jener Instrumente imitieren kann, und zwar nach just der Melodie, welche die Noten anzeigen.

## Fredmans Epistel N:ro 1.

*Der schönen Nymphe Kajsa Stina zugeeignet.*
*Gedacht als ein biblisch-feierliches Eingangsmenuetto*
*in F-Dur für alle Instrumente*

Ja, was denn? Keiner trinkt? So trinket doch, meine Brüder! Sehet an die Gläser auf dem Tisch in dieser Schenke! Beschauet doch, Freunde, die Humpen dort auf dem Gesims hinter der Schanktür!

Ja, höret ihr denn nicht, wie dieser glänzende Zinnkrug in Schankschwester Kajsa Stinas Händen gleichsam zu euch spricht: »Wohlan denn, teure Seel'! Benetz deine Asche!« –

Wahrlich, ich sage euch, geliebte Schwestern, wahrlich auch, meine Brüder! Wißt ihr denn, wie mir dabei zumute wird? Naja, mir wird dabei zumute, als ob überhaupt keinem mehr was zumute werden könnte, ehe er nicht einen gekippt hat! – Wie bitte? – Ja, was denn? – Nun erst einmal Prost, meine geliebte Seel'!

*Menuetto*

Skol denn bei Nacht und Tag,
bei Festen und Gelag!
  Netz deine Asche!
  Prost, Branntweinflasche,
Bacchusglück ich wag!
Skol denn bei Nacht und Tag!
Kajsa Stina da im Dunkeln –
ach, wie schön die Flaschen funkeln!
|: Schnell, den Krug mir bringe! :| Schunkeln!
Munkeln! Trinkt, weil ich's so mag!

Siehe: ich bin es, welcher diesen Humpen leeret! – Und du bist es, der ihn wieder füllet! Und ihr, meine herzallerliebsten Brüder, habt das Bier zu bestellen! Ja, auf daß es uns allhier nimmer fehle an Saft! –

Mangelt es uns nämlich an Branntwein, geht uns das Bier aus, oho! – dann ist all unser Mut dahin! – Darum: nur Cou-

N:1.

Menuetto
Gu _ tår båd natt och dag; Ny väl _ lust
nytt behag; Fuckta din aſka Fram bränwins flaſka; Lydom Bacchi
lag. Gu tår båd natt och dag Si vår Syſter Caj-ſa
Stina, Si hur Hennes flaſkor Ski na. Kära ta hit Stopet
Kära ta hit Stopet, grina, Grina, Svälj och drick Som jag.

rage! Wie viele sind wir? – Na, ganze Heere, ganze Völkerschaften!

Skol also drauf, Jergen Puckel! – Prost auch, Benjamin Schwalbe! – Stets dein ergebener Diener, lieber Erik Bergström! Ja, mundet's denn heute nicht, Anders Wingmark? Redlicher Bruder Berg?

So sprich doch, liebwerter Christian Samuel Bredström, der du unter dem Tische liegst! – Skol! – Na! Na! – Tretet es doch nicht, das Schwein! –

Stimmt jetzt eure Geigen ein! Hauet mal recht auf die Pauke! – Haltet nur immer brav zur Flasche!

Ja! Es ist euer Recht,
daß ihr den Kummer brecht!
  Her mit der Flasche,
  Kajsa, komm, nasche,
jetzt wird froh gezecht!
Der Tag begann schon schlecht ...
Stina, zapfest du mit Scherzen,
geht mir solches sehr zu Herzen!
|: Hab ich keinen Tropfen, :| schmerzen
würde das und zwar zu Recht!

### Fredmans Epistel N:ro 2.

*An den Bierfiedler Vater Berg,*
*worin es vornehmlich um dessen heiße Baßgeig geht;*
*ein Andante in G-Dur für Violoncello*

*Andante*

He, stimm deine Geige,
mein Bester, spute dich!
Liebste Nymphe, sprich:
denkst du auch an mich?
Sag nur ja, schon läuft mein Faden!

Kerl, Triller uns zeige,
die Silbersaite kling'!
Und den Bogen schwing,
rühr den Arm nur flink!
Doch tu der Geig kein Schaden!
Du schwitzt, Bruder? – Ach!
In Branntwein sollst du baden!
Hier unter diesem Dach
ist Bacchus' Laden! –
*V:cello* So klingt's prächtig,
ja ganz mächtig!,
Herz und Sinne werden wach!

Wo Nymphen sich drehen
im Ballhaus ohne Ruh
spielst du auf dazu,
keiner kann wie du
die jungen Herzen binden!
Die Töne, sie flehen;
es fesselt jeder Ton.
Oh, ein Herz, mein Sohn,
kann vor Amors Thron
noch andre Herzen finden . . .!
Jetzt wird im Augenblick –
mag dir dein Aug erblinden! –
dein Dämchen, keck und schick,
mit mir verschwinden!
*V:cello* Kehrt's dann wieder,
da geigst du bieder,
grienst und wirst erst richtig quick.

Die Nymphen sind Trümpfe,
der Wein, Kerl, ist noch mehr!
Beides schätz ich sehr
lauf ihm hinterher,
doch trenn ich deutlich beide:
Im Grünen die Nymphe,

N.° 2.

Andante
Nå Skruf _ va Fi _ o _ _ len, hej
Spelman Skynda dej. Kära Syster hej, Svara in tet nej Svara
ja Så bli vi gla _ da. Satt dej du på Sto _ len, och
Stryk din Silf ver Sträng; Rö.da Strå ken Släng, och med
Ar _ men Sväng, gör ej Fi _ o _ len Ska _ da. Du

Svet _ _ tas, Stor _ Sak, I bränvin skall du
ba_da; Ty un.der det.ta tak är
V.ello
Bac _ _ chi la_da. _ _ _ _ _ _ _
_ Gan.ska rig_tigt, Ditt kall är vig.tigt
båd' för ö _ ra Syn och Smak

und Wein im grünen Gras –
gleicher Schmaus ist das,
lockt ohn Unterlaß!
Kerl, gib dem Bogen Kreide!
  Kol'phonium? Nimm hier!
Du geigst wie reine Seide!
Der Wein da winkt auch dir!
Bloß ich – ich leide . . .
*V:cello* Trinken, Triebe,
  nichts als Liebe
*rit.* ist Sankt Fredmans Lustbrevier!

**Fredmans Epistel N:ro 3.**

*An jegliche Schwester, insonderheit aber an die herrliche Nymphe Ulla Winblad; ein Menuetto in Es-Dur für Waldhorn, welches Vater Berg bläst*

*Menuetto*

*Corno* Vater Berg ins Waldhorn schmettert!
Sieh, das Nymphlein Ulla klettert
  keck tänzelnd durch die Reihn!
*Corno* Vater Berg, er linst verstohlen,
Jergen macht grad Kapriolen . . .
  He, blas nicht wie ein Schwein!
Hurra, seht Ulla schweben,
kichernd Flor und Rüschen heben,
und ihr Blumenkränzchen beben!
  |: Weißes Bein, :|
es lockt im Lampenschein!

*Corno* Hörner braucht man für Gäste,
Kuchen, Nymphen, nur das Beste,
  Baßgeigen auch dazu.

*Corno* Sieh, die Herren starren wieder
auf ihr himmelblaues Mieder
und ihre roten Schuh'!
Hurra, seht Ulla glühen,
ihre Augen Blitze sprühen!
Vater Berg, du sollst dich mühen!
|: Blas ins Rohr, :|
so heiß wie nie zuvor!

*Corno* Vater, wie der Teufel blase,
halt dein Waldhorn auf die Straße,
hole die Herrn herein!
*Corno* Flotte Grafen, Kavaliere,
und Dragoner, Musketiere ...
du, die spendieren Wein!
Hurra, seht Ulla springen,
Tressenhüte manche schwingen,
Paris Helena umschlingen!
|: Mir wird warm! :|
Blas, Vater Berg, Alarm!

*Corno* Still! Das Waldhorn tönet leise.
Zärtlich süß klingt seine Weise,
mancher sich manches traut.
*Corno* Ulla Winblad, heut die meine,
feurig bist du, heiße Kleine,
täglich bist du die Braut!
Hurra, ich hör dich singen!
Freias Tempel will zerspringen!
Blitze in die Seele dringen,
|: Wie im Wahn :|
steh ich in Charons Kahn.

## N:o 3.

Corno
Menuetto
Fa_derBerg i hor_net Stö_ter; Si hur lilla Nymphen Sö_ter Svingar Sig i en dans.
Si hurFa_derBerg han ga_par; När Som JergenPuckel Skrapar Stö_ter han en Ca_dance.
Hurra Si Ulla dansar, En gageanter flor och fransar, Hvit Sultan och blomster kransar, Hvi_ta ben, Hvi_ta ben; Si ljus och lam_pors Sken.

## Fredmans Epistel N:ro 4.

*Ganz besonders an die Krugschlunze Anna Stina;*
*stehet ganz richtig in Presto A-Dur,*
*und sie klinget gar schön mit einem Waldhorn*

*Presto*

He, Musikanten! Das Waldhorn soll dröhnen!
Spuckt jetzt den Priem aus dem Mund! *Corno*
Da zwischen Bottichen, Kisten, ihr Schönen,
macht uns die Liebe gesund! *Corno*
Schmettert, ihr Männer! So gibt man euch Wein,
nette Pasteten und Jungbier und Kümmel!
Ja! Röhrt ins Getümmel!
Und pfuscht nicht, ihr Lümmel!
So schieb doch dein Rohr aus dem Fenster, du Schwein!

Flott ist die Bude mit hundert Tapetchen!
Stube und Küche, aha! *Corno*
Oben die Betten! Im Hemd schon die Mädchen!
Oh! Anna Stina! Auch da? *Corno*
Blast, ihr Kanaillen! Die Tugend laßt sein!
Bacchus und Freia – die lehrten es besser!
Die Lust macht uns kesser,
Wir gehn an die Fässer!
Wir sterben in Liebe, wir leben in Wein!

Waldhorn ins Fenster! Ja! Blast in die Gassen!
Kommet, ihr Nymphen, zuhauf! *Corno*
Ach, Anna Stina! Ich kann dich nicht lassen!
Schließ dein Geheimnis jetzt auf! *Corno*
Liebwerte Damen! Ich sag es euch frisch:
Plätze der Lust, ihre Tempel und Stätten,
sind Kissen und Betten –
und auch, will ich wetten,
die Straßen, die Treppen, selbst Stühle und Tisch!

## N:4.

Presto
Hej Mu si_kanter ge Valdthornen vä_der,
Corno
Spot_ta ut tuggbussen blås
Härmellan ki stor och
Corno
byttor och bräder Kärle_kens förlåt up blås
blås Edra Hundar Så ska ni få Vin, Änglar och
Hjertan och bränvin och buska nu Valdthornen ruska; stå intet och
fu_ska, men håll u_tom fenstret Valdthor_net dit Svin.

## Fredmans Epistel N:ro 5.

*an die treuen Brüder in der Pinte »Terra Nova«*
*in der Giebel-Gasse;*
*auszuführen als gemächliches Allegro ma non troppo*
*in C-Dur für Streichinstrumente*

*Allegro ma non troppo*

Liebe Brüder! So lasset uns saufen allzeit!
Die häßliche Welt ist voll Arglist und Streit.
Wir wolln leben
und streben,
strampeln,
trampeln,
Trauben brav pressen, solange noch Zeit!
Den Bier-Ephesern nach Streit steht der Sinn.
Den Sauf-Korinthern winkt hoher Gewinn!
Tränkt durch die Kehle
die Seele!
Und trinket!
Und sinket
dann zwischen Flaschen tot hin!

Gießt die Humpen voll! Brüder, die Deckel schlagt zu!
Den Kummer schiebt weg und nun trinket in Ruh!
Blähn wir lüstern
die Nüstern!
Strampeln,
trampeln!
In Bacchus' Kelter – da sagen wir du!
Branntweinapostel, verschworen zur Nacht,
künden Sankt Fredmans Gesetze mit Macht;
eifern und schwärmen
und lärmen
und lallen
und fallen
wie Helden in blutiger Schlacht!

N: 5.

Allegro ma non troppo
Kä_re Brö_der så lå_tom oss Su_pa i frid, I
denna här verldenes ondsko och strid: Lät oss streta arbe_ta stampa trampa
Drufvor.na prässa ty än är det tid. The Ö_lephe_ser ä
Stridba_re män, The Gutårin_ter hofve ra ja men., blifva be_
Sat_ta och skratta och supa och stupa emel_lan Bouteljerna sen.

Geht in Demut zur Flasche! Ja, Skol drauf ich sag!
Die Nüchternheit ist's – die versaut uns den Tag!
Trinket einen!
Nicht weinen!
Strampeln,
trampeln!
In Bacchus' Weinberg – da bleibt nur, wer mag!
Trink, Teofil! Doch, auch dir tut es not!
Sieh, am Damasco-Kai liegt schon ein Boot!
Und da stehn Taschen
voll Flaschen
mit Weinen,
sehr feinen!
Ah, ruder's herbei, sapperlot!

## Fredmans Epistel N:ro 6.

*Vorzüglich gerichtet an die Phil-Kipper jenseits des Königlichen Tiergartens; vorgestellet als eine biblische Pastorale in G-Dur*

*Pastorale*

Herzliebste Brüder, Schwestern und Männer!
So seid ihr bereit?
Wenn Schnäpse brennen,
soll keiner flennen,
niemals sich trennen,
die Schanktür macht weit!
Trinkt! Trinkt! Noch ist Zeit! *Fin.*
Höret die Geigen an,
Nymphen, stimmt ein!
Ja, ihr müßt tüchtig ran,
das soll so sein!
Ulla kommt! Topp!
Tanz? – »Na und ob!«

N:o 6.

Pastorale
Käraste Brö_der Sy_strar och vänner med helso och frid, med
öl Som bränner, hjertat kring ränner, fetmar och späner, gör krogdörren vid. drick
drick nu är tid.
Fin
Hör på Fi_o_lerna Systrar med Sång; Ruska på kjolarna
hoppa i Språng. Ulla bjud opp, Sväng din Salopp, Skönhetens knopp,
blommar i topp; Ögat vill blunda och fingret det kän_ner. D:C:

Gleich im Galopp?
»Lieber salopp!«
Mich, Ulla, lernst du im Bettstroh dann kennen! *D. C.*

Weg mit den Ängsten, herzliebste Seelen!
Bewahrt euren Stolz!
Hört bloß den scheelen
Fiedler sich quälen,
schlägt glatt beim Zählen
aufs wimmernde Holz,
zersplittert's, was soll's! *Fin.*
Facht an die Herzen jetzt,
her Bier und Wein!
Weg mit den Kerzen jetzt,
lieb Schwesterlein!
Lotta, tritt her,
neig dich, mon chère!
Schluck hinterher,
dann gib mir mehr,
daß wir den Liebestod heut nicht verfehlen! *D. C.*

### Fredmans Epistel N:ro 7.

*Welche eine Elegie vorzustellen scheinet,*
*geschrieben eines späten Abends*
*an Ulla Winblads Bett in Vater Bergs Beisein;*
*vorzuführen als ein sehr sanftes Cello-Andante in g-Moll*

*Andante*

Nimm die Baßviole, zupf und schraube!
*V: cello* Spiel ohne Qual!
Gurre, schnurre wie die Turteltaube
*V: cello* um den Gemahl!
Weg die Perücke! Kratz dir den Schädel!
Sei nicht eifersüchtig, sei nett!

Laß mich hin zu deinem Mädel,
ja, auf Ulla Winblads Bett!

Vater Berg, so trink und bleibe bieder!
*V:cello* Mein Herz klopft wild.
Ach, ich fühl es, es verirrt sich wieder
*V:cello* bei diesem Bild!
Seh ich dich an, so denk ich, ich finde
Kühlung, Rettung, Ruh in der Brust.
Berg, nimm dein Glas und trinke gelinde,
dir ist doch mein Wunsch bewußt?

Wie in Nebeln seh ich nun verschwimmen
*V:cello* schon Freias Grab.
Da ihr Bett; und drüber Lampen glimmen.
*V:cello* Die Schuhe ab!
Glorreich der Ort, wo Freia verschwendet
ihre Lilien, ach, an den Tod!
Komm, du Vestalin, Lust gespendet!
Denn ich bin in großer Not!

Sieh, die weißen Brüste sich schön heben!
*V:cello* Zupf nun galant!
Jetzt will sie den Myrtenkranz erstreben
*V:cello* aus meiner Hand!
Sieh, ihre Augen trotzen dem Sterben,
so voll Klarheit, Tiefe und Macht!
Horch, wie sie singt beim Liebeswerben!
Sieh doch, Vater, unsre Schlacht!

Jetzt! Ihr Fleisch, ihr Blut in schönster Zierde
*V:cello* raubt mir den Sinn!
Und Vernunft erliegt hier der Begierde,
*V:cello* sie reißt mich hin!
Ich muß zu ihr – gleich ist es geschehen!
Ja, ich komme! Auf dich herab!
Stirb jetzt, du Nymphe! Du wirst sehen:
kehrest wieder aus dem Grab!

## N:7.

N:8 se Mel:N:4

## Fredmans Epistel N:ro 8.

*Gerichtet an den Herrn Korporal Mollberg,*
*welcher sein Rivale im Tanzhause war;*
*zu geben recht gern als ein Presto in A-Dur für Waldhörner*

*Presto*

Weit stehn die Türen auf, Hornklänge dröhnen.
Kommt, gehn wir 'rein! *Corno*
Hitzig wird's werden bei Bacchus und Söhnen,
hier gibt's auch Wein! *Corno*
Quäl nicht dein Cello! So stimm es doch ein!
Laßt uns beim Horne der Wollust recht frönen!
Wir wollen die Schönen
mit Säften verwöhnen!
Will der mich verhöhnen?
Dem tränke ich's ein!

Seid, meine Brüder, zum Tanz herbefohlen!
Kommet herauf! *Corno*
Ach, da ist Mollberg! Macht gleich Kapriolen!
Wer hält ihn auf? *Corno*
He, laß das Tanzen sein, geh nur und sauf!
Klimperst schon lang mit dem Geld rum, hast Taler!
Wirst immer fataler
und länger und schmaler
und oben noch kahler!
Na geh! Häng dich auf!

Da sind die Nymphen! Jetzt, Brüder, ihr flinken,
geht nicht vorbei! *Corno*
Wenn sie sich neigen, beim Tanz gnädig winken,
dann seid so frei! *Corno*
Tanzet im Rund, liebste Freunde! Juchhei!
Mollberg, zur Hölle! Sind müd deine Schinken,
dann sollst du bloß trinken,
zum Tanz nicht mehr hinken!

Dein Glückstern soll sinken,
mir ist's einerlei!

Blaset, ihr Teufel, gerade die Glieder!
Pustet was raus! *Corno*
Öffnet die Fenster! Ihr schwitzt ja schon wieder!
Klettert vors Haus! *Corno*
Arme und Beine – he! Renkt sie nicht aus!
Draußen und drinnen, da röhrt freche Lieder!
Nun sauft treu und bieder,
knöpft auf alle Mieder,
die Tugend peitscht nieder!
Dann lohnt sich der Schmaus!

Dieselbe Melodie wie Ep. N:ro 4.

**Fredmans Epistel N:ro 9.**

*Adressieret zunächst an die Alte am Ausschank im Kaffeehaus »Thermopolium« und an ihre Schankmiezen; gedacht als ein lustiges Cello-Menuetto in F-Dur, worin Vater Berg das genannte Instrument traktieret*

*Menuetto*

Liebwerte Brüder, Miezen und Nymphen!
Schaut Vater Berg! Der stimmt und muß schimpfen,
schraubt an der Baßviole,
den Bogen nimmt er zur Hand.
Dick ist sein Auge, Näschen gespalten,
spuckt auf die Wirbel, kann sie nicht halten.
Daß man ein Bier ihm hole,
erwartet er jetzt gespannt.
*V:cello* Schielt
hin zur Sonne,
*V:cello* spielt
nun voll Wonne,

*V:cello* Näschen rot schillert,
trillert
galant!
Liebwerte Brüder, tanzt mir genau!
Handschuhe an! Tragt Hüte zur Schau!
Unsre Lona zieren
rote Schuh' mit Schnüren,
neue Strümpfe, himmelblau!

Seht, Jergen Puckel schwitzt! Er wird nasser;
Pfeiflein im Maul, säuft Branntwein wie Wasser.
Ach, der wird immer schlimmer!
Die Äuglein, die gehn zum Spund!
Goldgelb sein Rock mit schöner Wattierung,
hinten sein Zopf als bloße Garnierung,
katzbuckelt er wie immer,
mit Bäckchen so kugelrund.
*V:cello* Gafft
auf die Noten;
*V:cello* pafft
wie aus Schloten,
*V:cello* knickst und scharwenzelt,
tänzelt
wie'n Hund.
Reizende Schwestern, allzeit honett!
Brüderchen, tanz mir brav Menuett!
Diese Nacht, die ganze,
süße Ulla, tanze!
Patschhand her, und nun sei nett!

Hu, wer tanzt da im Nachtrock, dem losen,
trägt weiße Stieflein, goldgelbe Hosen?
Der da! Mit Lotta, gucke!
mit roter Perücke auch!
Hol mich der Teufel! Zwei hinten tanzen . . .
Seidne Manschetten, – sind das nicht Schranzen?
Trink, Vater Berg, nicht spucke!
Pfui, Dünnbier doch nicht, du Gauch!

*V:cello* Becher
solln schäumen!
*V:cello* Zecher
solln träumen!
*V:cello* Ah, welche Seuche!
Keuche
wie 'n Schlauch!
Nun, heiße Schwestern, bildet den Ring!
Wippet und kippet, du, Ulla, sing!
Blind und voll wir alle,
Vater, trunken falle,
spiele trotzdem, trotzdem trink!

Guck, ihre Röcke lüften die Schönen,
kichern und wispern, Bässe laßt dröhnen!
Gebt Vater Berg Kol'phonium
und Grünwurz als Kraut zum Wein!
Hör, Vater Berg! – Wie heißt diese Nette,
die da am Faß, die Schielende, Fette? –
»Mutter vom Thermopolium!«
Satan, das muß sie sein!
*V:cello* Häßlich
die Schlampe!
*V:cello* Gräßlich
die Wampe!
*V:cello* Heiser die Dicke!
Nicke,
stimm ein!
Ja, liebste Brüder, hier lebt es sich!
Seht: hier gibt's Nymphen samt Bogenstrich!
Hier thront Bacchus heuer,
hier sind Abenteuer,
hier ist alles! Hier bin ich!

N:o 9.

Menuetto
Kä-ra-ste Bröder, Sy-strar och vänner, Si Fader Berg han
Ö-gat är borta, Näsan är klufven Si hur han står och
Skrufvar och spänner Strängarna på Fi-o-len och Stråken han tar i
Spot-tar på Skrufven, Öl-kannan står på Sto-len, nu kräpper han li-tet
hand.
grand.
Vello
Grinar mot Solen,
Vello
Pi-nar Fi-o-len,
Vello
Han sig för-vil-lar, dril-lar i bland.
Kä-ra-ste Bröder dansa på tå, Handskar i hand och Hattarna på.
Si på Jungfru Lona, röda band i Skona nya Strumpor himmelsblå.

## Fredmans Epistel N:ro 10.

*Welche ungemein hübsch*
*zur Block- oder Traversflöte klinget, die Wollust behandelt*
*und dazu noch als ein wunderschön Andante*
*in D-Dur aufgeführet werden kann*

*Andante*

Schwestern, höret die Musik!
    Diese Flötenlieder *Flauto*
    tönen in euch wieder! *Flauto*
Eure Liebe zu mir flieg
    und den Tod besieg!
Schönste Nymphen, laßt uns alle froh genießen,
unsren heißen Lüsten frei die Zügel schießen!
    Jeder treffe seine Wahl,
    fort das Jammertal!

Flöte mir den vollsten Ton,
    ach, ich bin am Leben! *Flauto*
    Seh dich, Nymphe, schweben! *Flauto*
Vor des Liebesgottes Thron
    stehn wir beide schon.
Schönste Augen werden mich im Bett anstrahlen!
Sie gibt mir die weiße Hand grad wie zum Malen,
    trällert dann beim Liebesmahl:
    fort das Jammertal!

Welche Pracht in Freias Zelt!
    Ha, die Flöte klinget *Flauto*
    und das Nymphlein springet! *Flauto*
Bläst du gut, kriegst du Entgelt,
    wenn es mir gefällt!
Und der kleine Cupido, er schleudert Flammen!
Hoch das Bein! Die Bettstatt wankt! Wir sind
                                        zusammen!
    Welche Wollust! Noch einmal:
    fort das Jammertal!

## N:10.

Andante
Sy_ſtrar hö_ren min Mu_sik
Flauto
Flauto
ut_af Flöjtraverer Ljudet örat ſkärer
Un der lö-je ſtoj och ſkrik, verldsbe_kym_ret
vik. Kära Syſtrar lät oſs alla glada blifva,
Lät oſs våra luſtar fria tyglar gifva Hvar en följe
ſitt be_gär glöm alt lifs be_ſvär.

Meine Brüder, habet Mut,
hört die Flöte blasen, *Flauto*
soll die Wollust rasen! *Flauto*
Seid nicht ängstlich, leichtes Blut!
Flaschen tun da gut! –
Meine Lieben! Eh die Hürlein euch betören,
sollt ihr doch auf Bacchus und die Flasche schwören!
Wein macht heiß; ich sag's nochmal:
fort das Jammertal!

## Fredmans Epistel N:ro 11.

*Den Brüdern und Schankmiezen in der bekannten Seemannspinte »Zur Luchskatze« zugeeignet; ungemein lieblich klinget sie als Menuetto in D-Dur zu Waldhörnern*

*Menuetto*

Hei! sagte Fredman, was muß ich hören? Waldhorntöne prahlen?
*Corno* Blast euch nicht tot!
Ei, diese Welt, sie ist nicht so schlecht, wie ängstlich wir sie malen!
*Corno* Voll Sturm und Not!
Wir sind noch frisch und rot!
Schlunzen lindern unsre Qualen;
Branntwein und Doppelbier fließt genug!
Man geigt in jedem Krug!

Sieh, schöne Nymphen lungern am Tresen! Ich grüß euch in Ehren!
*Corno* Dank und Musik!
Holländerpfeifen, Schifferperücken, Russen Flüche lehren,
*Corno* Damengequiek'!
Der Käpt'n geht auf Sieg,

will nach Dublin rauf mit Teeren.
Der da in Pluderhosen, das Schwein,
fing gestern Prügel ein.

Weg, süße Katzen! Steht nicht am Fenster! Seht, die
Schiffer gaffen!
*Corno* Fordert sie auf!
Hei, Musikanten! Zeigt eure Kunst und blaset gut, ihr
Laffen!
*Corno* Blast, kommt zuhauf!
Na gut, setzt einen drauf!
Anna, Rika, sieht man raffen
Röcke mit Rüschen, fächeln galant.
Ihr – löscht euren Brand!

Ha, Vater Berg braucht keinen Wein, sonst kann er nicht
mehr stoßen.
*Corno* O doch, er kann!
Schmuddlig die Weste, blau ist sein Rock, und grasgrün
sind die Hosen
*Corno* mit Streifen dran.
Da kommt ein Wagen an –
ist die Kutsche eines Großen!
»Mit Nickelbrille?« – Na, egal!
Nun geht er los, der Ball!

Schlunzen und Herren, klatscht in die Hände! Waldhorn
soll nun blasen!
*Corno* Seht: Fräulein Spaas!
Rot glänzt ihr Kleid, und blau sind die Strümpfe; kommt
um abzugrasen.
*Corno* Ah, welch ein Aas!
Trinkt den Wein aus grünem Glas,
Kerls! Nur mutig – nicht wie Hasen!
Singt mir von Liebe, ruft jetzt nach Wein
und dann zur Nymphe 'rein.

N:o 11.

Menuetto
Hej! Sa_de Fredman hvar gång han hörde
Werlden är ej så ful som vi hänne
Corno
Valdthorn börja skrå_la,
ängslig af___må_la,
och Spelman såg; Alt le_ker för vår håg
med storm och våg;
Skönhet i hvar ögna strå_la, Bränvin och dubbelt
öl ha vi nog, Fi_o_ler på hvar krog.

Ha, Ulla Winblad! Auch angekommen? Berg, Platz der
Augenwonne!
*Corno* Ja, blas mit Kraft!
Komm doch mit mir auf Amors Altar; da lieg, du süße
Nonne!
*Corno* Nehm dich in Haft!
Wirt, vor den Lanzenschaft!
Zu die Tür, komm auf die Tonne!
Liebwerte Brüder, Amen zuletzt!
Das Beste kommt – erst jetzt!

## Fredmans Epistel N:ro 12.

*Als solche eine Elegie figurierend auf die stattgehabte Schlägerei im Wirtshause »Gröna Lund«, worauf nur mit einem Flauto-Lamentabile in c-Moll kann geantwortet werden*

*Lamentabile*

Spiel, Vater Berg, die Flöte!
Wie traurig sie nun klingt,
*Flauto* ach, nicht beschwingt.
Was sind das nur für Nöte?
Kein Bier, kein Zuckerwerk?
*Flauto* Spiel, Vater Berg!
Schau, wo die Schlunzen Reigen
so oft getanzt im Saal,
da ist es leer! Selbst Fliegen sich nicht zeigen –
alles tot und kahl! *Flauto*
Wir sehn nicht Jergen Puckel sich im Tanz verneigen,
ach, fatal! *Flauto*

Weg sind die Tisch' und Bänke;
die Tür nur noch ein Loch.
*Flauto* Blas leiser noch!

Wo früher in der Schenke
die Brüder warn beim Tanz,
*Flauto* da ist kein Schwanz.
Wo du im frohen Treiben
dein Waldhorn bliesest frank,
da grinsen jetzt zerbrochne Fensterscheiben;
traurig gähnt ein Schrank. *Flauto*
Hier wird dir, Berg, wohl künftig ungelohnet bleiben
dein Gesang! *Flauto*

Wo man das Füßescharren
weit hörte auf der Diel',
*Flauto* schweigt alles Spiel;
bloß morsche Planken knarren,
der Schornstein schwankt im Wind.
*Flauto* Ja, blas gelind!
Wo einst man die Trompeten
am Fenster blinken sah,
da wehen traurig Fetzen von Tapeten,
und kein Mensch ist da! *Flauto*
Es ist so still, denn keiner kommt mehr zu den Feten
mit Hurra! *Flauto*

So enden Schlägereien,
mein armes Kreuz – da schau,
*Flauto* wie ist es blau!
Nicht kann ich dem verzeihen,
der so mich hat verbläut! –
*Flauto* Blas nicht mehr heut!
Ein jeder trinke bieder,
was er verträgt an Wein.
In Mollbergs Kanne stecke ich nie wieder
meine Nase 'rein! *Flauto*
Und nochmals seiner Braut zu greifen unters Mieder
laß ich sein! *Flauto*

N:o 12.

Lamentabile
Gråt Fa_der Berg och Spe_la, Din
Flauto
Pipa Sorgligt Stäm, och
rö__ret kläm. Mitt bröst kan in_gen
Flauto
he_la, det fru_star öl och märg.
Blås Fa___der Berg. Märk

denna ſtora Stuga, du Full af Flickor mins, Är
nu få tom at knapt en enda ſtu_ga uti ta_ket
Flauto
ſins.
Här
ſyns ej Jergen Puckel mer med hatten buga ſom en
Flauto
Prins.

## Fredmans Epistel N:ro 13.

*An den Saufbruder Bredström,*
*als er auf dem Schlunzenball war;*
*wird präsentieret als schnelles Allegretto in F-Dur,*
*vorzüglich für Waldhörner und Streicher*

*Allegretto*

Na, sind nun alle versammelt und da?
Erik Bergström und Pehr? – Aha!
Benjamin Schwalbe? – »Ja, Bruder, ja!
Wir sind alle da!«
Peitschengeknall' und dann Kutschergezänk,
Wagen und Chaisen, ein wildes Gedräng',
Herrschaften drinnen im Fackelschein, denk!
und Kutschergezänk!
Freunde! Ihr Anverwandten,
Nymphen und Musikanten,
*Corno* auf zum Ball! Hurra!
Anders Wingmark kam mit Frau,
Peter Bredström ist im Dusel,
he, ein Schnaps macht noch nicht blau!
Ih, das ist ja Fusel!
Skol, Anders Wingmark! – Und trink mir zu!
Olssons Mutter? – Na, leb' auch du!
Schwester Jeanna, raubst mir die Ruh!
Wie schick! Ganz rote Schuh'!

Allzeit zu Diensten, Berg, und feuchte Kost!
Waldhorn aus Messing, mit Beulen und Rost.
Kreuz, wie du schwitzest! – Du schäumst ja wie Most
durch die feuchte Kost!
Pumpenschuh' trägst du nach Urväterart?
Nachtrock, Perücke? Nicht grade apart!
Ein Halstuch aus Leder? Den Bauch gut verwahrt
nach Urväterart!

Überall wilde Damen,
die hier zum Tanz herkamen.
*Corno* Jeanna ist in Fahrt!
Doch was mag mit Jeanna sein?
Ist ihr schlecht? – Netzet auf die schnelle
ihre Brust mit Hogland-Wein
und mit Pimpinelle!
Trink nur, mein Wingmark! – Ein Kind macht ihr Pein:
Blumen der Liebe begießt man mit Wein!
Siehe, sie hat einen Heiligenschein!
Na, schenk ihr kräftig ein!

He, Jergen Puckel, wie bist du galant!
Zeig deine Säbelbein', schrap nicht im Sand!
Machst Kapriolen und fällst auf die Hand?
Ja, du bist galant!
Schlenkre die Handschuh' und spring wie ein Reh! –
Du kannst heut glücklicher werden denn je . . .
Bredströms Nymphe, guck! – Ach, ist ihr weh . . .
So hol die Fee!
Kannst sie beim Tanzen zwicken,
denn solches bringt Entzücken!
*Corno* Na, du kennst den Dreh,
heb die Süße in die Höh!
Freias Tempel – soll er krachen!
Bredström sieht nicht, der Musjöh,
wie die andern lachen!
Stoß doch ins Waldhorn wilden Alarm!
Jergen, er trägt seine Beute im Arm,
sieh, seine Augen sind heiß, doch voll Charme!
Und Bredström? – Dem wird warm.

Trink, lieber Bredström! Na, geht's dir nicht gut?
Steh nicht so täppisch, so ganz ohne Mut!
Na, sauf mal ein Schlückchen, setz auf deinen Hut!
Ach, geht's dir nicht gut?
Hör mal: ich rate dir, armer Kumpan,
nie fang auf Bällen mit Eifersucht an!

Hier sind doch Hähne mit Sporen dran, Mann!
Trink! trink! Halt dich ran!
Denn hier geht's zu sehr ehrlich;
dies Horn knurrt sehr gefährlich.
*Corno* Frag mal, ob er – kann!
Muckst du auf, dummes Schaf?
Hau ihm's Waldhorn in die Fresse!
Hürlein Bredström tanzt doch brav . . .
Na, nun zeig Noblesse!
He, Jergen Puckel, was tust du ihr?
Anders Wingmark! O Pehr! Nicht hier!
Erik Bergström und Jeanna – du Tier!
Solch Ball weckt Brunst in mir!

Wo ist der Schnaps hin? Horch! Schlägt's nicht vom Turm?
Brandwächter lärmen, schon läutet man Sturm!
Die Nymphen gähnen; na, müde, du Wurm?
Horch! Schlägt's nicht vom Turm?
Die Sterne glitzern, erlöschen ganz sacht,
Klippen und Hafen – versunken die Pracht.
Jetzt will ich lieben – gibt's eine, die's macht
in dieser Nacht?
Sie stirbt, und ich will leben!
Ah, schönste Eva, eben
*Corno* ist mein Fleisch erwacht!
Hier steh ich, da steht das Bett –
Amor kämpft mit unsern Seelen . . .
Brüder, tanzt, sie macht's so nett!
Bredström will sie quälen!
Bruder Bredström, so laß doch die Maus!
Nimm einen Kümmel und wanke nach Haus!
Kreuz! Die holt dir kein Satan jetzt raus!
Ja, dieser Ball ist aus!

N:13.

Allegretto
Nå ä nu alla församlade här: E_ric Bergström och
brodren Pehr, Benjamin Schwalbe: Oui mon Frere, vi ä alla
här. Piskorna smälla och kuskarna slåss, Nu komma Vagnar och
tr
Chaisar och tross, Herrskapet stimma vid lycktor och blåss och kuskar_na
slåss. Släg_ter och anför_van_ter, Nympher och
Corno
Mu_si_kan_ter. Ba_len öp_nad är.

Anders Wingmark med Sin Fru, Pet_ter Bredström
med Sin Kjär_sta; Nej Gu_tår en Sup ännu,
den var af de Smär_sta. Skål Anders Wingmark, väl
kommen Bror, Och Gutår Ot_to Ols_sons mor;
Sy_ster Jeanna med bjäfs och flor, Sa_lopp och rö_da Skor.

## Fredmans Epistel N:ro 14.

*Dem Gelegenheitspoeten Wetz gewidmet;*
*klinget schön auf allen Instrumenten, insonderheit jedoch*
*auf der gezupften Baßgeig*
*als ein langsam Menuetto in d-Moll*

*Menuetto*

Höret, Orpheussöhne
diese Cellotöne!
Zupf uns allen *V:cello*
zu Apollos Preis!
Könnt dann zum Exempel
gern in Freias Tempel
niederfallen, *V:cello*
sogar scharenweis!
Trinket ihr gern gutes Bier? – Fürwahr,
Bruder Wetz, dir wünsch ich Silberhaar! *V:cello*
Deine Gurgel sei stets klar!

Höret! – Bässe klingen . . .
Wolln die Becher schwingen!
Tun's im Guten, *V:cello*
wäre ja gelacht!
Red von deinen Taten,
Wetz! Bist gut geraten!
Bacchusfluten *V:cello*
strömen Tag und Nacht.
Saitenspiel, ein Glas und dann wohlfeil
Venuswasser, Kümmel, Zimt zuweil, *V:cello*
seien, Bruder Wetz, dein Teil!

Du hast schön gedichtet,
manchen Vers verrichtet.
Ach, dein Schädel *V:cello*
sann sich aus so viel!
Und für Hochzeitsfeste
schriebst du stets das Beste,

doch kein Mädel *V: cello*
lohnte dir dein Spiel.
Nimm den Hut! – Ja, heut sind wir ganz Ohr;
Bacchus' Reben stehn im schönsten Flor. *V: cello*
Cupido hockt schon davor!

In den Liebeslauben
reicht uns – magst es glauben! –
Venus Becher *V: cello*
aus dem Himmel dar.
Sie schwebt auf der Wolke,
Amor schickt dem Volke
froher Zecher *V: cello*
auch noch Pfeile gar!
Nicht vom Wasser, Wetz, vom Zypernwein
kommt das Paradies, mein Brüderlein! *V: cello*
Setz dich nieder, schenke ein!

Liebe brennt wie Zunder,
Wunder über Wunder:
hier, dein Becher *V: cello*
glänzt wie Edelstein!
Spiegle dich! Die Herzen
hält man frei von Schmerzen,
alter Zecher, *V: cello*
durch Gesang und Wein!
Du bist wahrlich, Wetz, mit deiner Kunst
kaum in Venus', doch in Bacchus' Gunst! *V: cello*
Merkst du's nicht an deinem Dunst?

Dich macht Wein stets besser,
mich dagegen kesser.
Nutz die Stunde! *V: cello*
Zupf dein Cello flink!
Schluck hinweg den Kummer!
Ja, du bist kein Dummer!
Stets am Grunde *V: cello*
winkt das Glück, drum trink!

## N:o 14.

Menuetto
Hör I Orphei drän_gar Stämmen Edra
Vcllo
Strängar, knäppen alla Till Apollos pris.
I Som till ex_em_pel ut_i Frö_jas Tempel
Vcllo
ne_der_fal_la föl_jen Er ca_price
I Som pröfven gammalt Öl, Gutär! Eder önskas fuk tigt Silfverhår
Vcllo
och en Stru_pe Som för mår.

Männlich dich jetzt Cupido umweht;
trunken macht dich Bacchus' Majestät *V:cello*
Trink nur, Wetz! Du bist – Poet!

**Fredmans Epistel N:ro 15.**

*Gerichtet an Teofile, den deutschen Schuhmachergesellen, als er verfolgt wurde; gedichtet zu Trost und Vermahnung; wohl auszuführen als ein gediegen Menuetto in F-Dur.*

*Menuetto*

Herzallerliebster Teofile,
Geselle, so kämpf mit Schläue!
Bruder, such dein Recht aufs neue;
mutig, weiche nicht!
Durch Glases Boden sieht man Licht,
mein Lehrjunge, nie bereue!
Keiner hier, der nicht in Treue
dich zum Meister spricht!
Recht hast du, laut zu murren!
Doch jetzt laß Flaschen surren,
hör auf zu knurren!
Montags frei! – ist Pflicht.

Wertester Bruder Teofile,
folg Bacchus und seinen Scharen!
Kamm aus Messing in den Haaren,
Stöcklein in der Hand,
knüpf in dein Halstuch rotes Band,
laß nur nicht die Uhrkett' fahren!
Bist ja nun schon seit fünf Jahren
hier bei uns im Land.
Kamst doch wohl her recht gerne?
Dein Deutsch? – Mehr Schwedisch lerne!
Siehe: deine Sterne
leuchten unverwandt!

Herzallerliebster Teofile . . .
Ja! Schlag dich, laß Blut doch rinnen!
Pflaster drück aufs Aug hier drinnen!
  Bacchus selbst gibt her
Bleiweiß und Silberglätt' und mehr!
Nicht jammern! Nein, frisch beginnen!
Ist die Nase auch von hinnen,
  abgefetzt, mon frère . . .
Hetzen dich Korporale
mit Säbeln erst im Saale,
  wird es sehr fatale.
  Trink und nimm's nicht schwer!

Liebwertester Teofile,
ich jage dich um fünf Ecken!
Will nur deinen Mut dir wecken.
  Tritt nun dreist hervor!
Hau doch den Kerlen mal aufs Ohr,
dann sehen sie dich als Recken!
Nimmer sollst du uns verstecken,
  Bruder, den Humor!
Wer deinen Kranz antastet,
nach deinem Lorbeer hastet,
  Kerl, nicht gerastet,
  knick ihn wie ein Rohr!

Schlag ihn doch übern Leisten, Phile!
Dann spring nur und lauf zur Kanne,
trink – und alle Angst verbanne!
  Räch dich, sei so frei!
Halt in der Faust dein Glas dabei,
der Wein macht dich zum Manne:
hau die Kerle in die Pfanne;
  wie ein Türke schrei!
»Gottschwerenot und Wetter . . .«
Ja, trink, mein deutscher Vetter,
  Merk dir die Letter:
  Schuster, drauf! – Es sei!

N°15.

Menuetto
Kä_ra_ste min The_o_phi_le, I
Knäpp di_na hän_der hop och sväljMin
Hall_rät_ten vi_sa kno_gen; Rättnu Bro_der är du
Lär_junge var mig tro_gen, Tag dittMästerbref på
mo_gen, Fro_dig buk och bälj!
krogen, Där ditt Bur_skap välj.
Sätt på dig hatten, murra; I väg_gen flaskan surra.
Fri måndag hur_ra! lyc_ka till god Helg!

## Fredmans Epistel N:ro 16.

*Zugestellet vorderhand den Bierfiedlern,*
*welche im Königlichen Tiergarten Musik machen;*
*klinget als ein Menuetto in C-Dur gar lieblich auf der Oboe*

*Menuetto*

Vater Bergström, fingre! Oboe schön blas!
*Oboe* Ja, das macht Spaß!
Laß den Nachtrock offen – wir sehn – was denn bloß?
*Oboe* Die Unterhos'!
Nimm den Hut,
puste gut! *Oboe*
Meine lieben Brüder, stellt euch auf im Kreis!
Wir tanzen nämlich wechselweis.

Sieh, wie auf die Wiese der Schankwirt zuspringt
*Oboe* und Humpen bringt!
Gibt ein grünes Gläschen der Nymphe gleich hier;
*Oboe* ist Kavalier,
küßt galant
ihre Hand! *Oboe*
Meine lieben Brüder, tanzen wir doch mal!
Hei! Jeder leere den Pokal!

Ah, da sind die Mädchen! Guck, Kajsa, du Bock,
*Oboe* hat was unterm Rock!
Sie trägt weiße Strümpfe, bestickt sind die Schuh',
*Oboe* und winkt uns zu!
Ganz mein Fall
ist solch Ball *Oboe*
Meine lieben Brüder, auf die Fenster weit!
Bei uns gibt's – na? Noch Tapferkeit!

Ein Barbier will Kajsa; der Schankwirt sagt nein.
*Oboe* Oboe fein,
blas mal pianissimo! Und was ist das?
*Oboe* Der macht es Spaß,

N:16.

Menuetto
Fa_der Berg-ström fin_gra ditt
Håll Natträc_ken ö_pen så
O_bo_e blås,
Ser man hva ba?
Oboe
Knäpp upp ditt krås; Hat_ten på; Blås nu då.
Skin_böx_or_na
Oboe
Äl_ske_li_ge Brö_der
ta_gen nu i ring, Och lät oss al_la dan_sa kring.

die biegt schick
sich und quick! *Oboe*
Klatscht den Schankwirt aus dem Ring, der hat zuviel!
Und der Barbier kommt jetzt ans Ziel.

Rüstig, ihr Fiedler! In Tiefen und Höhn
*Oboe* findet's man schön:
Kuckuck ruft im Wipfel, der Bock steht am Strand,
*Oboe* Nymphe im Sand!
Wir sind froh,
sowieso! *Oboe*
Blaset, Musikanten, daß die Tanzbahn kracht!
Was schlägt die Uhr? – Gleich Mitternacht!

## Fredmans Epistel N:ro 17.

*Welche an die Schlunze Lisa, seine neue Flamme, adressieret ist und als ein Andante in g-Moll mit Pauken aufgeführet werden sollte*

*Andante*

Schwestern, Bekannte,
wer Freund je mich nannte,
hört mich!
Pauker heut bumsen
und rumsen! *Timp.*
Ihr müßt heute springen,
das Tanzbein mal schwingen,
wie ich!
Schlagt, frohe Herzen
beim Scherzen! *Timp.*
Hurra! Skol drauf!
Wie 'n König ich sauf!
Pauker, was soll das? – Hört das nicht auf? *Timp.*

Lampen rings glimmern
und Nymphlein bunt schimmern
im Glanz.
Wie sie sich neigen
im Reigen! *Timp.*
Lisa, den Fächer!
Der Wirt füllt die Becher,
vorm Tanz. *Timp.*
Sieh, wie sie trinken
und winken!
Cousinchen mein,
nimm Kuchen und Wein!
Sieh, Jergen Puckel, er platzt herein! *Timp.*

Jergen verneigt sich,
er lispelt und zeigt sich
voll Lust.
Französisch spricht er
wie 'n Dichter! *Timp.*
Blumen ihm zieren,
daß alle drauf stieren,
die Brust.
Strümpf', weiß wie Kreide,
doch Seide! *Timp.*
Er ist sehr nett,
sein Rock violett
mit blauem Futter. Ha! Menuett! *Timp.*

Nymphen und Männer
und Jungfernkenner,
Alarm!
Hier hat nur Kummer
ein Dummer! *Timp.*
Es schmeckt uns weiter,
und Jergen wird heiter
und warm.
Kann der parlieren,
hofieren! *Timp.*

Seid auch dabei!
Kommt, tanzet, ihr zwei!
Ulla und Jergen gehn in die Reih. *Timp.*

Pfui, Schwesterherzen!
Talg tropft von den Kerzen –
O Graus! –
auf unsre Kleider!
Ja, leider! *Timp.*
Macht nichts! Erschlossen
hat Freia, Genossen,
ihr Haus!
Engel sind drinnen
zum Minnen. *Timp.*
Na, also dann,
kommt alle Mann!
Schaut euch die blonden Nymphen mal an! *Timp.*

Lisa kommt leise
heraus mit 'nem Greise,
fast tot;
reich, hat 'ne Krücke,
Perücke. *Timp.*
Was sie bloß schnattert?
Ihr Haar sie umflattert
so rot,
mit bloßen Armen,
so warmen! *Timp.*
Lächelt, o Pracht!
Und schau, was sie macht.
Auf Jergens Knie schon sitzt sie und lacht. *Timp.*

Leer sind die Flaschen,
nichts kann ich erhaschen
vom Trank.
Liebe zehrt eben
am Leben! *Timp.*

N:17.

Andante
Sy_strar och Vän_ner Och
Lå_tom oss Sur_ra, Med
hvar en mig kän_ner, Goddag! Pu_ka_re
hat_tar_na hur_ra Som jag. Hjer_ta i
Timp.
Slam_ra och ramla.
bar_men Rör armen
Hur_ra Gu_tår! Just Kong_ligt jag mår.
Timp.
Hör på Puk_sla_ga_ren hur han slår.

Hoch die Pokale!
Der Venus im Saale
sagt Dank!
Nimmt mir die Säfte
und Kräfte. *Timp.*
Pauket jetzt laut,
da: Amor kommt! Schaut!
Wer ist der Bräut'gam? – Hier gibt's die
Braut! *Timp.*

## Fredmans Epistel N:ro 18.

*Zugestellet den Großvätern in der Pinte »Terra Nova« in der Giebelgasse an der Schiffsbrücke am Hafen. Marche in D-Dur für alle Instrumente*

*Marche*

Großväter, trinkt! Setzt euch nieder,
füllt euch die Bäuche mal wieder!
Guckt tief ins Glas treu und bieder –
singt von Schlunzen euch Lieder!
Jergen Puckel, der hüllt sich in Rauch
und haut die Pfeife auf die Krüge.
Großväter schwitzen beim Biertrinken auch;
sie schlucken! O Gott, welche Züge!

Lauter die Alten jetzt singen;
höher die Gläser sie schwingen,
hüpfen und torkeln und springen,
bis die Flaschen wüst klingen.
Benjamin? – Ach, der springt auf den Tisch:
»Hier ist, Genoß, sehr scheen ze tanzen!«
Tulpenrot glänzt seine Nase ganz frisch;
die Greise, sie tapsen wie Wanzen.

Bierreste sieht man hier schwimmen;
Überall Pfeifen, die glimmen!
Greise die Stiege erklimmen,
hören Schlunzen und Stimmen.
die Perücken, sie fielen herab;
die Hosen gleichfalls, will ich wetten,
einer dem andern die Hand treu nun gab;
so hängen sie fest wie die Kletten.

Ha – welch Geschrei und Gelalle!
Weg von den Türen, ihr alle!
Kinnbacken, grünlich wie Galle,
spuckt hier nicht in die Halle!
Jergen Puckel, er brüllte nun: »Was!
Der Teufel soll den Fahn regieren;
Hol mich der Teufel, verdammte Calas!
Wir wollen nun recht pokulieren!«

»Herr Jergen Puckel, laßt raten!
Hat Er ooch brav viel Dukaten?
Wir seynd aus Preußen Soldaten!« –
»Pah – wir riechen den Braten!« –
»Vivat hoch! Auf die Kaiserin! Hoch!« –
»Der Kaiser, hoch!« – »Meehr Bier hinschtelle!« –
»Hoch die Allianz! und egal, wer betrog!« –
»Nimm Dank for det Prachtwort – Jeselle!«

Benjamin, lustig, nicht greinen!
Nimm dir den Humpen. – Hast keinen?
Glück soll uns allzeit vereinen,
Bier, nur Bier, sollst du weinen!
»Sapperment, ja! Det schmeckt ooch so scheen!« –
Die Gläser lasset klingen, Leute!
»Jut is det Bier! Un bald nich mehr zu sehn . . .«
Noch nie war's so »scheen« wie grad heute!

## N:18.

Marche
Gubbarna Satt Sig at dricka, Klappa på
bäljen och hicka, Näsan i glase_na Sticka, Sjunga hvar om Sin
Flic_ka, Jer_gen Puckel han drog nu en rök, Med
pi_pan han på Sto_pet knacka, Gubbarna gjorde på
Ö_let För_sök Och drucko Så Svetten han lac_ka.

## Fredmans Epistel N:ro 19.

*Adressieret an die Schwestern und Schlunzen
im Königlichen Tiergarten;
vorgestellet als ein Vivace mit Trommeln und Flöten
in D-Dur und d-Moll*

*Vivace*

*Tamb.* Nymphen! Der Trommler kommt, guten Tag!
*Tamb.* Hört seinen wilden Schlag!
*Tamb.* Trommeln und Pfeifen, Schnaps auch im Glas,
*Tamb.* Kreuztürken, das ist was!
Herzliebste Brüder und Schlunzen, so baut unser Zelt,
Flaschen und Waffeln ins Grüne gestellt!

*Tamb.* Tanzt auf den grünen Hügeln im Feld,
*Tamb.* lauft in den »Krug« wie bestellt!
*Tamb.* Kind! Gib die Patschhand, ich grüße dich!
*Tamb.* Barfüßig – du und ich!
Trommle, mein Trommler! – Die Mannsleut', die Lieb und der Wein
machen euch glücklich, das muß ja so sein!

*Tamb.* Wonnigste Schlunzen, jetzt Menuett!
*Tamb.* Trommel und Flageolett!
*Tamb.* Ihr, brave Mannen, sauft den Pokal,
*Tamb.* dann volle Cellozahl!
Ha! – Pimpinelle und Hogland-Wein, auch Frontignac!
Na denn, ihr Miezen, Gesellen und Pack!

*Tamb.* Wild seid ihr, Brüder, nun trinket nett!
*Tamb.* Nymphlein, komm jetzt ins Bett!
*Tamb.* Pfeile der Liebe schärft man mit Bier.
*Tamb.* Käpt'n, aufs Schiff mit dir!
Hast die Kajüte, die Pfeife, die Schlunze im Arm!
Schlag zu jetzt, Trommler! Ja, trommle Alarm!

## N:19.

Vivace
Tamb.
Trum_sla_garn kommer
Trummor och Pi_por,
Tamb.
Flic_kor god dag!
Brän vin och Smör.
Hör hur han slår et slag
Kors toc_ka hwirflar, hör.
Kä_ra_ste
Brö_der och Sy_strar slån upp Edra Fjäll;
Vof_flor och Struf_vor i Gröngrä_set Ställ.

*Tamb.* Gebt Vater Berg doch Wein und genug!
*Tamb.* Satan! Das war ein Zug!
*Tamb.* Skol denn, Frau Wirtin, ich komm zu dir 'rein!
*Tamb.* Kann nicht alleine sein!
Redliche Brüder und Schwestern, euch ist ja geweiht
diese Epistel! – Und: Amen allzeit!

### Fredmans Epistel N:ro 20.

*Zugestellet dem eifersüchtigen Vater Berg samt dem Jergen Puckel; vorzuführen als ein Menuetto für ein Waldhorn in C-Dur*

*Menuetto*

Stehst da, mußt weinen?
Dein Waldhorn hör ich greinen. *Corno*
Lechzt du nach der einen?
Blas, Vater Berg, du kannst das ja. *Fin.*
blas zur Bataille!
Ja, furz doch 'rein, Kanaille! *Corno*
Schönes Seraile!
Mein Jergen Puckel, Skol, Hurra!
Weiße Handschuh', chapeau bas
Hutperlen trägt der immer –
ah, welch Schimmer!
Schief sein Hütchen sitzet,
blitzet!
So steht Jergen da. *D. C.*

Jergen, der schwänzelt.
Ach Berg, du wirst gehänselt: *Corno*
dein Dämchen tänzelt
und gar im Drehn mit Jergen spricht! *Fin.*
Jergen sich tummelt!
Wie Berg ins Waldhorn grummelt,

dröhnet und brummelt,
ganz rot und blau wird sein Gesicht!
Dämchen läßt das Tanzen nicht.
Jergen wie wild nun springet,
Pfeife schwinget,
stopft sie beim Scharwenzeln.
Tänzeln
kann er – das besticht. *D. C.*

Berg muß sich härmen!
Hört! Lauter will er lärmen, *Corno*
poltern, schwärmen!
Sein Brustlatz flattert, rutscht heraus; *Fin.*
Flaschen zerspringen,
das Waldhorn, das will singen! *Corno*
Vor allen Dingen:
es rührt sich Jergen sehr, die Laus!
Holla! Springen! Blas zum Schmaus . . .
Tanzt doch von Nord und Süden,
auf, ihr Müden!
Will zwölf Flaschen schlucken,
gucken
sollt ihr! – Ich sauf's aus! *D. C.*

Bier bringt die Würze.
Trara! – das Horn läßt Fürze! *Corno*
Wir sind in Kürze
im Bett da drüben unverwandt. *Fin.*
Bier zur Minute!
Sein Horn führt Berg zur Schnute, *Corno*
röhrt in die Tute,
faßt mit der Hand den Messingrand.
Brüder, euch ist längst bekannt:
Venus zerfraß mein Leben.
Drum auf Reben
halt ich große Stücke;
Tücke
ich im Wein nie fand! *D. C.*

N.° 20.

Menuetto
Står du och gråter? Valdthornet hör det låter.
Corno
Fin
Lu_stig och kå_ter, blås Fader Berg det låter bra.
Blås till ba_tal_je, nu prutta din Ca_nalje.
Corno
Vac_ker Se_ral_je; Min Jergen Puckel nå Hur_ra!
Hvi_ta handskar Chapeaubas; Stråpärlor uppå hatten; nu han satt'en
bak fram, nu på sida, bida, Jergen vill så ha. D:C:

## Fredmans Epistel N:ro 21.

*Worin er primo die Nacht mit ihren Vergnügungen abmalt, secundo gleichsam ein Aequilibrium vor Augen stellet zwischen der Stärke des Weins und der Liebe, wonach sich im Allegretto g-Moll zuletzt offenbart, wer das Übergewicht hat*

*Allegretto*

Wolken in Massen,
Sterne erblassen,
Sturmwind nun schweiget, der fegte durchs Land.
Stadt liegt im Dunkeln,
Turmspitzen funkeln;
silbern der Mond – ja, das Sonnengold schwand!
Hunde noch bellen,
Türglocken schellen.
*V: cello* Stimm jetzt den Baß!
Da in den Gassen
scheppern die Tassen,
Töpfe und Scherben. Hei! lustig der Spaß!

Steig auf die Bänke,
in dieser Schenke,
doch sieh dich vor, Berg! – Die Flasche ist schlecht!
Schüttle sie heftig,
und dann geschäftig
klemm unters Kinn dir die Geig! – Und nun zecht!
Spucke und trample,
fiedle und strample,
*V: cello* zupf auch galant!
Dank für die Töne!
Guck: unsre Schöne –
schlafen will sie, hat ein Licht in der Hand!

Liebwerte Brüder,
ihr wart schon prüder!
Jetzt habt ihr Nymphe und Flasche und Licht,

Horn und Posaunen,
Betten mit Daunen.
Schaut: Vater Berg, die Kapuz' im Gesicht,
Ulla im Mieder!
Hör doch die Lieder,
*V: cello* springe herum!
Freund, nun behende,
klatsch in die Hände,
dreht euch, ihr Teufel, noch schneller herum!

Kommt, laßt uns kosen
mit diesen losen
Damen des Balls; na, dreht euch zur Wand!
Ah – welche Schinken
seh ich dort winken!
Blumen sie zieren; das reizt, wie bekannt.
Alles soll blühen,
Berg soll sich mühen!
*V: cello* Spielst du verkehrt?
Müd sind die Schönen;
jetzt wolln wir frönen
dem nur alleine, was jeder begehrt!

Wer auf die Dauer
immer bloß sauer,
oder wem Eifersucht macht Herzeleid,
denke ans Glück nicht,
blicke zurück nicht,
nein, der sei selig und blau allezeit!
Tanz ist im Saale,
hoch die Pokale!
*V: cello* Berg, welch ein Klang!
Schlackern die Arme?
Tanz doch ins warme
Bett mit dem Kind hier die Diele entlang!

N:21.

Allegretto
Sky_ar_na tjoc_kna, Stjernorna ſlockna,
Stormarna tyſtna, Som ö_rat uppfylt, Sta_den i dimma,
Torne_na glimma, Månen för Silfrar hwad So_len för_gylt,
Hundarna ſkälla, Por_tarna ſmälla;
Vcllo
Spänn nu din Bas. Hvart man ſig vänder Pot_tor i
gränder klinga i ga_tan, Hej lu_ſtigt Ca_las!

Hat einer Kummer,
meid' er solch Schlummer,
er geb' der Dame schon hier, was er kann!
Füll' ihr das Gläschen,
nenn' sie sein Häschen!
Schnäpse und Schinken, die schaff' er heran!
Also! Jetzt Taten!
kämpft wie Soldaten!
*V: cello* Berg, Vater! Schau:
wie sie in Schwärmen,
sündigend lärmen!
Schwarz wird der Himmel und nicht – wie wir – blau!

Ach, welch Getümmel ...
Schwatz nicht, du Lümmel!
Berg, jetzt die Polka! – Die Geige ist Schund!
Vorwärts, Courage!
Tanzt, ihr Bagage!
Schick doch die Baßgeig zur Hölle, du Hund!
Ist zu nichts nütze,
ab in die Pfütze!
*V: cello* Na, laß nur sein!
Bist doch zu loben,
kannst saufen und toben!
Venus, dir folg ich! Denn Bacchus ist mein!

## Fredmans Epistel N: ro 22.

*Welche sich an die Neusiedler im Wirtshaus »Gröna Lund« wendet und auf die hübschen Wandgemälde anspielet, wobei ein Allegretto in B-Dur folget*

Sehr teure Gaben werden oft von der spielerischen Natur unter einem herrlich milden Himmel verschwendet! Schaut: diese Sterblichen mit ihren bleichen Gesichtern sind gar nicht imstande, ihre Wangen mit dem Purpur zu schmücken, den diese leuchtenden gemalten Blumen zur Morgenstund ausstreuen! – Hier wirft ein wunderhübsches Weib ihre Perlen in die brausenden Fluten. – Was? Wirft sag ich? – O ja! Mit ihren schneeigen Fingern, die an Glanz mit ihren orientalischen Perlen wetteifern! – Und da steigen goldene Fische in China zwischen schwefelgelben Dämpfen empor aus berlinerblauen Reusen, die mit rosaroten Bandschleifen befestigt sind! Was sagt man dazu! – Hier: Schnitter auf Äckern im reichen Indien! Ihre glänzenden Jäcklein können sich kaum messen mit diesen violetten Silberähren, welche sie gerade mit ihren Achatsensen abmähen! – Und dort: Trinkgefäße für all die schäumenden Säfte findet man hoch oben gemalt in den Kastanienbäumen neben den kunstvoll gewirkten Vorhängen! Hirtinnen, in Nanking und Gingan-Baumwolle gekleidet, mit Sonnenhüten aus Perlmutt, schaukeln in Pomeranzenbäumen und erfüllen die Luft mit ihren entzükkenden Stimmen! – Dort kostet natürlich ein Glas vom Abendtrunk des Großmoguls, geliebte Brüder, grade mal fünf Zwölftel eines schwedischen Hellers! Und von dem kaiserlichen Ameisenbranntwein, den hier fremde Gesandte beim Abschied empfangen, teuerste Brüder, kriegt man für'n Groschen soviel, daß . . .

*Allegretto*

Eure Hände wirklich beben,
trinket ihr dies Zeug mal eben!
Kaiser soll im Wirtshaus leben,
um euch dies zu geben!
»Wasser der Venus« und Pfirsichschnaps
wachsen da wild an den Reben!

Na, ist das nicht grad so, als ob der Teufel selber einen ausgibt, meine Lieben?

Scharlach soll den Kaiser schmücken!
Will er uns durch Schnaps berücken,
werden höflich wir uns bücken

N:22.

✡ Emellan verserne talas: Det är ju sjelfva Fan, mine älskelige!

und ihn auch beglücken! –
Wischt er dann noch unser Glas, der Taps,
findet er auch sein Entzücken!

Ihr lieben Zechbrüder! – Sehr teure Gaben werden von der spielerischen Natur auch jetzt noch verschwendet. – Darum Prost! Trinket auf mein Wohl!

## Fredmans Epistel N:ro 23.

*Welche gleichsam ein Soliloquium darstellet, als Fredman bei der Schenke »Krypin« gegenüber dem Bankhause lag, damals, in einer Sommernacht anno 1768. Klinget als ein schön Menuetto in G-Dur auf allen Instrumenten, doch führet die Flauto das Wort*

*Menuetto*

Ach, meine Mutter, sag, wer dich sandte
just in des Vaters Bett?
Wo meines Lebens Funken er anbrannte,
ah, das war nicht nett!
Trunken hier schwank ich,
alles das dank ich
deiner Liebesglut ...
Für dein Vergnügen,
bei ihm zu liegen,
klopfet nun mein Blut!
Was gabst du, daß ich bin,
|: dich der Liebe hin? :| *Flauto*

Fluch eurer Kammer, Fluch auch dem Holze,
daraus dein Brautbett ward!
Fluch deinen Augen, Fluch dem Jungfernstolze,
der dich so genarrt!

Fluch jenen Stunden,
da sich gebunden
hier in Lust dein Sinn!
Spreiztest die Beine,
als – matt vom Weine –
du ins Bett sankst hin.
Oder war's eine Bank,
|: wo mein Bild gelang? :| *Flauto*

Ach, treue Lieb ich haß und verachte!
Pfui, Vater! Mutter – du!
Lieg ich doch nun im Rinnstein und betrachte
meine alten Schuh'.
Pfui, was für Klumpen,
Rock nur noch Lumpen!
Hemd ist schwarz wie Ruß.
Sieh, die Perücke,
fast nur noch Stücke!
Sieh, den krummen Fuß!
Ekel steigt jetzt herauf!
|: Kommt und helft mir auf! :| *Flauto*

Da, meine Hände, so kalt und mager,
beben bei jedem Laut!
Und hier: mein Arm auf diesem wüsten Lager
liegt wie welkes Kraut!
Augen und Wangen
sind schon umfangen
von Vergänglichkeit.
Himmel, die Zunge
wagt nicht die junge
Weise beßrer Zeit.
Wer singt von Lust und Qual
|: und vom Weinpokal? :| *Flauto*

Labt meine Zunge, ah, süße Säfte!
Ach, gießet mir was ein!

Ich bin ein Heide, alle meine Kräfte
  lechzen nur nach Wein.
  Arm und versoffen,
  Kehle stets offen,
  hab ich doch auch was!
  Noch im Verderben,
  geht es ans Sterben,
  füll ich mir mein Glas.
  Und in der letzten Stund
  |: bleibt das Glas am Mund. :| *Flauto*

Da horch! – Die Krugtür knarrt ja schon wieder!
  Doch keinen Gast man sieht.
Rot steigt die Sonne, Sterne sinken nieder,
  und die Wolke flieht.
  Goldfunken sprühen,
  Kirchtürme glühen,
  und die Luft ist lau!
  Weh, daß ich liege
  hier vor der Stiege,
  da vor Bacchus' Bau!
  Ach, helft mir aus der Not!
  |: Dürste mich ja tot! :| *Flauto*

Na, denn mal Skol! Jetzt geh ich zur Kanne,
  stürze zu Tisch und Krug!
Je, es steht fest, daß ich mich jetzt ermanne,
  steif bin ich genug!
  Alter, Courage,
  lustig, Bagage!
  Gib die Flasche her!
  Schon wieder glüh ich,
  vor Zechlust blüh ich,
  Angst hab ich nicht mehr!
  Sag meinen Eltern Dank.
  |: Ja, ein Leben lang! :| *Flauto*

## N:23.

Menuetto
Ach! du min Moder, Säj hwem dig sände,
Just til min Faders Säng. Du första gnistan til mitt lif upptände;
Ach jag ar ma dräng! Blott för din låga bär jag min plåga
Vandrar trött min Stig. Du låg och skalka; när du dig swalka;
Brañ min blod i dig. Du bordt haft lås och bom för din Jungfru
Flauto
dom. för din Jungfru dom.

Dank und ein Skol euch! Skol auch der Brautstatt!
Und auch dem Holze sei Lob!
Dank auch der Hand, die einst das Bett gebaut hat,
dem auch, der's reinschob!
Dank für dein Streben,
so konnt ich leben,
alter Vater, Dank!
Könnt ich dich sprechen,
würd mit dir zechen,
ganze Tage lang
Mein Bruder wärst du – toll –
|: und wie ich so voll. :| *Flauto*

**Fredmans Epistel N:ro 24.**

*An die liebe Zapfmutter in der Pinte »Zur braunen Tür«,*
*als ihm vor dem Tod grauste;*
*ein ruhig Andante in g-Moll samt G-Dur für Streicher*

*Andante*

Liebe Schwester,
als dein Bester
|: spräch ich gern dich noch vorm Tod. :|
Doppelbier verscheucht die Not,
Einfachbier, man muß es klagen,
kann die Angst mir nicht abjagen,
denn ich steh, dem Grabe nah,
wie ein Bacchusjünger da,
der sich ängstigt, als er – ja –
seinen eignen Schatten sah.
*Majore* Liebe Schwester,
als dein Bester,
hätt ich gern den Schnaps noch, eh
ich zur schwarzen Hölle geh.

Zeit, sie hinkt schon,
Charon winkt schon,
weh!
Gib mir – diesen hier!
Liebes Weib, es stinkt schon! –
Bacchussaft und Bier lob ich mir.

Schlimme Zeiten!
Alle streiten.
|: Stünd der Kurs bloß nicht so arg! :|
Ach, ihr seid mit Schnäpsen karg,
und dann bin ich längst gegangen . . .
Ja, du hast an mir gehangen!
Saufe Satan dann was vor –
bin auch drüben Matador,
kipp den Schnaps, nun sei ganz Ohr,
so wie Runius, Lucidor!
*Majore* Schlimme Zeiten!
Alle streiten.
Mein Gerippe schlepp ich schwer,
doch mein Mund trinkt Humpen leer.
Werd nicht zucken,
mehr noch schlucken!
Mehr!
Bacchus sprech ich an,
ob er, du wirst gucken,
mich nicht balsamieren kann!

Beste Schlumpen,
wenn ihr Humpen,
|: Schnaps und Brot den Männern bringt, :|
auf mein Wohl mitunter trinkt!
Singt von Liebe, Wein und Leben!
All das könnt ihr uns ja geben.
Sagt mir, ob im Schumm ein Mann
auch ins Paradies reinkann,
welche Glut sein Blut durchrann,
als das Keltern er begann.

N:24.

Andante
Kä_ra Sy_ſter, mig nu lyſter, med dig
ta_la förn jag dör. med dig ta_la förn jag dör.
Dubbelt öl ger godt humeur: Enkelt öl jag aldrig ſmakar;
Bränvins ångſt mitt hjerta ſkakar, och jag ſtår vid
Grafvens brädd, Som en Bacchi Hjel_te klädd,

Men för_ag_tad och förſmädd, för min e_gen
Majore
Skugga rädd. Kä_ra Syſter mig nu lyſter at ſå ta_ga
mig en Sup; Sen gå i mitt mör_ka djup.
Uret pickar, Charon ſkickar Slup. Ta mig den och den,
käramorjaghickar; Bacchi Saf_ter fröj_da mig än.

*Majore* Sollt mich hören ...
Ihr müßt schwören:
macht die »Braune Tür« gut zu!
Anders find ich keine Ruh!
Gibt mir keine
von dem Weine?
Du,
ich muß gehn, leb wohl!
Steh nun da – alleine.
Tröste mich! – »Und wie?« – Mit Skol!

## Fredmans Epistel N:ro 25.

*Welche ein Versuch zu einer Pastorale*
*im bacchantischen Geschmacke ist,*
*geschrieben bei Ulla Winblads Überfahrt zum Tiergarten;*
*gesetzet als ein feierliches Waldhorn-Menuetto in F-Dur*

*Menuetto*

Hörner erschallen,
hört, Wogen schon wallen
donnernd her!
Venus winkt euch allen
aus Neptuns Meer.
Schwimmet, Tritonen!
Und singet, Millionen,
Freias Lob!
Neptuns Postillionen
gebt Antwort drob! *Corno*
Seht Venus – welche Pracht!
Neben ihr halten Wacht:
Engel, Delphine, Zephire und Paphos' ganze Macht.
Wassernymphen plätschern drum
herum! *Corno*

Vögelein singen
und Fischlein entspringen
 ihrem Raum.
Meergeister sich schwingen
 auf weißen Schaum.
Nur noch gelinde
zerteilen die Winde
 jetzt die Flut.
Durch die Wolkenbinde
 bricht Sonnenglut. *Corno*
Venus hat sich beeilt;
die Muschel, drin sie weilt,
zierlich mit Wimpeln und Blumen das grüne Schilf zerteilt.
Es rudert ein Triton gut
mit Hut. *Corno*

Dreschflegel schlagen
und Sensen aufragen
 dort im Korn!
Kuckuck hört man klagen
 so traumverlorn.
Kiebitz und Krähe
sind auch in der Nähe,
 flattern auf.
Horch! Pan flötet jähe –
 so kommt zuhauf! *Corno*
Hirsche dort ziehn am Strauch,
Elche entfliehn wie Rauch.
Venus nun schwimmt in der Muschel zum Ankerplatz wohl auch.
Dort hat man schon aufgestellt
das Zelt! *Corno*

Venus, du Süße,
setz schnell deine Füße
 auf den Strand!
Daß ich dich begrüße,
 nimm's Glas zur Hand!

Wünsche euch allen,
das Fest mag gefallen!
Nun, wohlan!
Hörner laßt erschallen,
blast Mann für Mann! *Corno*
Ach, Ulla Winblad, Fee!
Daß ich im Kahn dich seh –
du bist jetzt Venus! – Wir alle, wir sind schon alter Schnee!
Steig als Paphos' schönstes Pfand
an Land! *Corno*

Komm nun zum Haine!
Dort stehet alleine
Amors Thron!
Tiergarten ich meine ...
da sind wir schon!
Rühm zum Exempel
die winzigen Tempel
unsrer Lust!
Kind, zieh aus den Krempel
und zeig die Brust! *Corno*
Sing, wie's der Nymphe geht,
wie sie die Lieb verdreht,
wie hier bei Waldhornklang gleich eine neue Braut entsteht!
Ulla, Schlunze, zier dich nicht,
bring Licht! *Corno*

Auf, meine Kleine,
zeig nun deine Beine
her geschwind!
Und beim Kerzenscheine
lieb mich gut, mein Kind!
Draußen Getümmel,
der Wirt ist's, der Lümmel! –
Vater Berg –
Waldhorn samt Kümmel
ist seine Stärk'. *Corno*

Tiergartenschlunze du,
schließ deine Kammer zu!
Hier sieht man Herden, die weiden wohl täglich ohne Ruh!
Männer sind's – nicht Schaf, nicht Lamm,
ja, stramm! *Corno*

Willst du jetzt tanzen?
Hier hast du's im Ganzen
sehr bequem!
Lieb und Lust einpflanzen
ist angenehm!
Jetzt, Ulla, führe
auch zu deiner Türe
Vater Berg!
Daß er Lieb verspüre,
geh frisch ans Werk! *Corno*
Er ist in Amors Reich,
kost deine Brüste weich ...
Schnaufe nur, keuche! Und werde dann wie ein Schatten bleich!
Sieh, dein Puls, er schlägt so wild!
Welch Bild! *Corno*

Singet! Laßt schallen,
die Keuschheit abfallen
hier im Wald!
Machet Lust uns allen,
bald sind wir alt!
Kühlet die Zungen,
wohlan, und gesungen!
Brüder, Skol!
Blasen – stärkt die Lungen,
es tut so wohl! *Corno*
Nymphen, ein volles Faß,
Wollust in Blut und Glas,
Beischlaf im Auge und Geigen – dazu noch Horn und Baß:
die Epistel euch beschert's
und lehrt's! *Corno*

N:25.

Menuetto
Blå_ſen nu al_la, hör
böl_jor_na ſvalla, Åſkan går. Ve_nus vil be_
fal_la, där Nep_tun rår. Simmen Tri_
to_ner, och ſjungen mil_jo _ner Fröj_as lof;
Sva_ren Po_ſtil_jo_ner i Nep__tuns Hof.
Corno

Så Ve_nus i ſin
pragt kring Hän_ne hål_la vakt.
Änglar, Del_phi_ner, Ze_phi_rer och Pa_phos
he_la magt; Vat tu Nym_pher
Corno
pla_ſka kring, i ring.
Smorz.

## Fredmans Epistel N:ro 26.

*Mitgeteilet der Zapfmutter Berg, darin die Red ist von Lotta in der Kohlmesser-Gasse sowie von dem, was durch die Polizei dem Movitz dort widerfahren ist; klinget wohl als Duett in C-Dur mit der kleinen Baßgeig*

*Moderato*

»Wo steht dein Cello? Sprich, mein Sohn!« –
»Ach, Mutter Berg, da steht es doch schon!«
»Fängst du schon an?
Gut – halt dich ran,
setz dich gleich her! – Du kriegst ja Lohn! *V: cello*
Nun streich dein Cello, gib ihm Ton! *V: cello*
Movitz, du darfst beginnen! *V: cello*
Weinst du? Bist du von Sinnen?
Sei ein Kerl! – Bist du, he, so besorgt um dein Fell?
Und wie tief schnitt der Säbel ein, mein Gesell?«
»Mutter! Vier Hiebe am Kopf ich empfing,
einen am Arm! – Na, Skol drauf! – ich trink!
Mutter, gieß ein,
zwei Stiche ins Bein!
Oh, welche Qual!
Der Korporal
schrie! Wollte, ich sollt spielen, ich brüllte: nie!
Sieh: darauf stach er mich, dieses Vieh!« *V: cello*

»Wann war denn das? Woher seine Wut?« –
»Mutter, heut nacht – dein Wein schmeckt mir gut –;
kaum spielt ich – hu! –,
schlug er gleich zu!
Riß mir Perücke ab und Hut, *V: cello*
grölte und schrie voll Übermut. *V: cello*
Sieh, und dann schlug er wieder, *V: cello*
Schwerthiebe sausten nieder!
Ja, wie ich war er scharf auf die Tochter, der Strolch!
›Hol den Hirschfänger, Lotta‹, schrie ich, ›den Dolch!‹

Jetzt kam ihr Vater im Hemd noch dazu,
na, und der kriegte dann auch was – im Nu!
    Ihm wurde flau,
    er rief seine Frau;
    wie die was hört,
    haut sie verstört –
ihm eine Schelle! O verdammt, Korporal,
dir war's egal, aber mir fatal! *V: cello*

Still, Mutter, still! – Bin unbekannt!
Kohlmesser-Gasse bleibt ungenannt ...
    Daß Gott erbarm:
    Schenkel und Arm,
Hüften und Beine, Brust und Hand ... *V: cello*
Nie haben Wunden so gebrannt! *V: cello*
Wirbel! – Ach, was für Dinger ... *V: cello*
Guck doch: mein wunder Finger!
Sieh den Daumen, ich band ihn mir gestern noch um!
Und dies Pflaster, vorm Stuhlbein liegt es herum.
Na, und mein Bogen – zersplittert und schief!
Lotta ist weg! – Und das kränkt mich sehr tief.
    Mutter, vor Schmerz
    ist wund mir das Herz!
    Die mir das gab,
    bringt mich ins Grab!
Kohlmesser-Lotta! – Ach, vergebens ich schrei:
Sie haute ab mit der – Polizei!« *V: cello*

N:° 26.

Moderato
Hvar Står Fi_ o_len Säg min Son ?
Mutter Fu bår, där Står han i vrån Skal jag dra til : För du Som du
Vcllo
vil. Sätt dig; vänd up och ned på Sån. Hör Bas_fi_
Vcllo
o_lens klang och dån Mo.vitz, nå kära börja;
Gråt ej hvi Skal du Sör_ja ? Karl är karl Skal du va_ra Så

rädd om dit Skint Låt mig Se hu_ru djupt Hirtschfängarn tog in .
Mut_ter i huf_vud jag fått Fy_ra hugg, et u_ti
armen, Gutår nu i mjugg! Mut_ter, Gu_tår! två hugg i mitt
lår, blott för mitt tal. Fan til Corpral, han ville jag Skull'Spela,
Vello
jag Svara, hut! der med Så högg han mej på min trut .

## Fredmans Epistel N:ro 27.

*Seine berühmten letzten Gedanken enthaltend,*
*als er zurückblickte auf sein Leben;*
*gemächlich auszuführen*
*als getragenes Violoncello-Allegretto in B-Dur*

*Allegretto*

Alt bist du, Kerl! – Dein Uhrwerk läuft ab.
Schnell rast der Zeiger ohn Weilen.
Neben dem Glas zeigt der Tod auf mein Grab,
er umstreut mich lang schon mit Pfeilen.
»Sonne« samt »Stern« noch mir Durstigem blinkt.
Ach, wie beim Abschied das Cello klingt:
*V:cello* Movitz, dein Freund muß jetzt eilen! –

Liebliche Brüste, reizender Schoß,
blühende Frau, jetzt Todesbeute,
die meinen Vater – so fügt sich mein Los –
einstmals im Bett so erfreute!
Beide längst ruhn, darum Skol in der Not!
Sing, Movitz, sing, wie bei ihrem Tod
*V:cello* Fredman Zypressengrün streute!

Taumelnd, als Schatten, zechfroh der Blick,
bloß um dir, Bacchus, recht zu dienen,
Schnaps auf der Zunge, so pelzig und dick,
bist du, Vater, oft mir erschienen!
Freia verlieh dir den Heiligenschein.
Movitz, so lege auch mein Gebein
*V:cello* fröhlich ins Grab hier im Grünen!

N:o 27.

Allegretto
Gubben är gam_mal, Ur ver_ket
dras, Visa_ren vi_sar, Timman il_ar. Dö_den sit
Timglas har stält vid mitt glas Kring butelj_en strött Si_na
Pi_ _ lar För_stig jag skådar min stjerna och Sol
Vandringsman hör nu min Bas_fi_ol.
Vcllo
Mo_vitz din tjena_re hwi_ _lar.

## Fredmans Epistel N:ro 28.

*Darin er über einen vorsätzlichen Anschlag der Polizei auf die Straßennymphe Ulla Winblad meditieret; darzustellen als ein Andante F-Dur für Streichinstrumente!*

*Andante*

Ich sah dich in der Yxsmed-Gasse,
geputzt und froh;
du warst so schick und machtest Kasse . . .
ja sowieso!
Das Mieder fest, so bunt die Röcke,
und dein Hut – letzter Schrei!
Dir folgten zwei behelmte Böcke –
die Polizei!

Du flohst, die kalte Angst im Nacken,
du bliebst nicht stehn.
Dir rannen Tränen von den Backen,
hübsch anzusehn! –
Es können Frauen viel erreichen,
schluchzen sie laut im Schmerz!
Mit Weinen läßt sich oft erweichen
der Männer Herz! –

Sie kamen doch, dich abzuführen:
wie schriest du auf!
Und keiner ließ sich von dir rühren,
du zahltest drauf!
Man packte dich, die Uhr blieb stehen;
und das Pendel zersprang.
Ach, war es doch um dich geschehen?
Wie wurd mir bang!

Die Staatsmacht wollt die Liebe dämpfen
durch – Raserei!
Da mußtest du mit Füßen kämpfen,
und du kamst frei!

## N:o 28.

Andante
I går ſåg jag ditt barn min
Frö_ja i Yxſmeds gränd, Klädd i en
ſvart gar_ne_rad Tröja ſå ſnörd och ſpänd:
En kullrig vidd af mån_ga ſtubbar, bjäſs och.
granlåt och ſtärd; Men i des fjät ſåg
jag två Gubbar med långa ſvärd.

Oh, blick zurück jetzt nach den Gassen,
wo dein Stammplatz oft war!
Sind Schergen denn – ist das zu fassen? –
der Liebe bar?

So eil jetzt, werde nur nicht bieder!
Vergiß den Schreck!
Die Liebesfackel brennt ja wieder;
die Kerls sind weg!
Geh, sollst als Freia Lust anzünden;
nur natürlich ist's so!
Mit Weinen kannst du nichts ergründen,
sei wieder froh!

## Fredmans Epistel N:ro 29.

*Adressieret an die Vornehmen,*
*als ein lustiges Tempo di Menuetto in F-Dur mit Pauken*

*Menuetto*

Movitz komm! Hol den Krempel,
bring Pauken in den Tempel!
Klang! – nimm die Schelle!
Plang! – auf die Felle!
Klang-plang-klang-plang!
He, siehst du hier Gespenster?
Reiß auf alle Fenster!
Klang! – Freias Grotte.
Plang! – He, Kokotte!
Klang-plang-klang-plang!
Schlunzen, so nehmt die Fächer, denn heute ist's warm!
*Timp.* Pauke doch Alarm,
*Timp.* rühre deinen Arm!
Na, guck doch der Schönen im Seidenkleid zu!
Stolz sind die Herren – aber sie tanzen im Nu!

Tragen so weiße Strümpfe – und knarrende Schuh',
schnupfen fein, *Timp.*
niesen drein ... *Timp.*
|: Ja, ihr seid gepudert,
aber auch verludert,
gebt keine Ruh! :|

Lispelnd die Fräuleins reden,
sie frieren, nehmen jeden.
Klang! – Klopf und rumse!
Plang! – Pauke, bumse!
Klang-plang-klang-plang!
»Oh, Euer Gnaden stehen?« –
»Ich werde Ihn sehen!« –
Klang! – Saust der Schlägel.
Plang! – Steigt der Pegel!
Klang-plang-klang-plang!
»Comment se trouve, ma belle?« – »Oui, fort bien, ma sœur!«
*Timp.* Wirble jetzt, Charmeur,
*Timp.* findest ja Gehör!
Die Torte mit Mandel, ach, schmeckte uns gut.
Da kommt ein Graf! – Hat Gold an dem piekfeinen Hut!
Jetzt tanzt er Polka – schön mit den Nymphen er tut,
lacht charmant, *Timp.*
ist galant! *Timp.*
|: Ja – mit solchen Grafen
wollen viele schlafen;
blau ist ihr – Blut! :|

Kreuz! Laß die Kapriolen,
denn da ist nichts zu holen!
Klang! – Ihr Bassisten!
Plang! – Ihr Hornisten
Klang-plang-klang-plang!
Wollet uns mit den Flöten
die Nerven nicht töten!

## N:29.

Tempo di Menuetto
Mo-vitz tag dina pinnar, på Templets höga
tin_nar. Klang pin i vädret, klang pin på lädret, klang plang klang
plang. Pu_kor_na ſtäl til vänſter; up dörrar och
Fenſter. Klang Fröjas minne plang ſäl din pinne plang klang plang
klang. Nymphen Sol_fjä_dren fingrar och ſtäk tar Sin
Timp.
Timp.
barm Trumla ſtolt A_larm. Lyfta up din

Arm Och Skåda de Sköna i Sil_ke Och Flor.
Stolt Herrarna Spas_se_ra i Salen_min Bror,
Stol_ta med hvita Strumpor och knarkande Skor;
Timp.
Timp.
Snu_sa, le, Pu_dra_de;
Handen uti barmen, Hatten under armen af Fin Ca_stor.
Handen uti barmen, Hatten under armen af Fin Ca_stor.

Klang! – Nehmt mal einen!
Plang! – Nymph', mußt nicht weinen!
Klang-plang-klang-plang!
Sag mir, wieso sie weinet! Ganz bänglich ist ihr?
*Timp.* Nun, ihr Kavalier
*Timp.* nahm im Saal sich hier
ein anderes Dämchen, verschwand vom Parkett,
da auf der Stiege liegt noch ihr Busenbukett!
Jetzt rennt sie hin: zerreißt ihr das Kleid! Oh, nicht nett!
»Wie gemein«, *Timp.*
muß sie schrein *Timp.*
|: »Kaum ist er alleine,
schnappt er sich schon eine
und geht ins – Bett!« :|

**Fredmans Epistel N:ro 30.**

*Welche er an Vater Movitz gerichtet hat
während dessen Krankheit, der Schwindsucht;
stellet eine Elegie dar als ein schön Andantino in h-Moll,
wobei das Violoncello schaurig und dumpf klinget*

*Andantino*

Trink aus dein Glas! Der Tod – sieh – harret deiner,
schleift schon sein Schwert und klopft an deine Tür.
Sorg dich noch nicht! – Da an der Tür steht keiner,
er läßt sie zu, er gibt ein Jahr noch dir!
Movitz, die Schwindsucht, sie zieht dich hin zum
Grabe.
*V:cello* Zupf die Oktave!
|: Stimm deine Saiten, sing vom Frühling mir! :|

Gelb ist dein Teint, so fleckig blühn die Wangen,
platt deine Brust, gequetscht dein Schulterblatt,

Zeig deine Hand! – Die Adern, welch ein Bangen,
bläulich geschwolln! Es schlägt dein Puls so matt.
Wie schwitzt die Hand! – Dein Leben geht zur Neige!
*V:cello* Zupf nun und geige!
|: Nimm deine Flasche! Sing und trink dich satt! :|

Himmel, du stirbst! Dein Husten ist so trocken;
wie mich das schreckt; wie röchelst du so laut!
Weiß ist die Zung', mein ängstlich Herz will stocken:
weich wie ein Schwamm sind Sehnen, Mark und Haut.
Atem? – pfui Teufel! – welch Dunst aus deiner Asche!
*V:cello* Reich mir die Flasche!
|: Movitz – Gesundheit! Sing von Bacchus traut! :|

Aus deinem Krug sehn tropfenweis wir fließen
ganz unvermerkt den Tod bei Sang und Spiel.
Sieh, dieses Glas muß traurig nun umschließen
glühende Würmer, Movitz, viel!
Alles perdu jetzt, du darfst dich nur nicht härmen!
*V:cello* Brennt's in den Därmen? –
|: Kannst du noch rufen: »Skol«? – Naja, gleichviel! :|

Na denn, zum Wohl! Ist Schluß nun bald hienieden!
Freia vom Thron den Abschiedsgruß dir winkt;
zu ihrem Lob wollt oft dein Blut aufsieden,
das nun mit Macht dir aus den Adern dringt.
Singe – vergiß es! Dein Ende bedenke!
*V:cello* Sieh: ich dir schenke
|: Schnaps auf die Reise! Was, er stirbt? – Nein . . .
trinkt! :|

N:o 30.

Andantino
Drick ur dit glas, Se
döden på dig vän_tar, Sli_par ſit ſvärd, och
vid din trös_kel ſtår. Blif ej för_
ſkräkt, han blott på graf_dörn glän_tar,
SI
Slår den i_gen, kan_ſke än på et år.

Mo_vitz, din Lungsot, den drar dig i
Vollo
graf_ven
Knäpp nu Oc_
ta_ven; Stäm di_na Strängar, Sjung om
lif_vets vår. Stäm di_na Strängar, Sjung om
Vollo
lif_vets vår.

## Fredmans Epistel N:ro 31.

*Movitz betreffend, als er auf der Straße Prügel bezog,*
*weil ihm auf der Baßgeig die Quinte zersprang,*
*an einem Sommerabend anno 1769.*
*Ob solum punctum caruit Robertus Asello!*
*Dargestellet als 6/8-Allegro in C-Dur*
*für Violoncello und andere Streichinstrumente*
*sowie Blasinstrumente*

*Allegro*

Ja – Movitz! Was weinst du, Geselle?
So blutig geschwolln dein Gesicht?
»Tür auf!« – . . . Na, willkommen zur Stelle!
Tritt her auf die Diele, macht Licht!
Noch hast du hier Freunde und Gönner,
noch winkt, Bruder, hier dir dein Ziel!
*V: cello* »Pong-pongtuli pongtuli!« – Spiel
ein Stückchen für Kenner!

Skol, Bruder! So nimm dir die Tasse!
Erkennst du den Schnaps hier? Kein Wahn! –
Ist Danziger Goldwasser-Klasse!
Das beizt dir die Zunge, den Zahn!
Du hast doch nicht Fieber? – »Schweig, Lümmel!« –
Kaum wär dann der Fusel gesund! –
*V: cello* »Pong-pongtuli pongtuli, Hund!
Jetzt gib mir den Kümmel!«

Ist's Aug ausgeschlagen? – »Bewahre!
Das Pflaster laß sitzen, du Schwein!« –
Ach, denkst du auch noch an die Jahre
mit Gröna-Lund-Krugprügelein? –
»Ich warne dich, Bruder! – Jetzt bringe
den Schnaps her! – Ich haue sonst zu!
*V: cello* Pong-pongtuli pongtuli! Du,
ich nehme die Klinge!«

Schütt's Herzchen mir aus und erzähle!
Wer schlug dich denn bloß grün und blau?
Wer kränkte so tief deine Seele,
wer machte dich bloß so zur Sau?
Na, konntest du dich denn nicht wehren,
vielleicht bist du manchmal zu – zach? –
*V:cello* »Pong-pongtuli pongtuli, ach,
ich kann's dir erklären!

Den acht ... achtundzwanzigsten ...« – Weiter! –
»Im vorigen Monat es war,
der Tag war halb wolkig, halb heiter,
doch abends, da wurde es klar.
Nein, halt mal, vielleicht ist's gewesen
am siebenundzwanzigsten Mai ...
*V:cello* pong-pongtuli pongtuli ... jei,
wann werd ich genesen?

Na gut, es war nachts auf der Straße,
im Dämmern ein Hürlein ich seh;
ich plaudre mit ihr und ich spaße;
sie sagt mir, sie wohnt in der Näh.
Die Gasse heißt – Teufel, der Name –
jawohl: Göran Helsinges ... sieh,
*V:cello* pong-pongtuli pongtuli ..., nie
vergeß ich die Dame!

Die Baßgeig geschultert und heiter,
so schritt ich der Dirn hinterdrein;
ich meinte, wir gingen noch weiter,
da trat in den Hausflur sie 'rein!
Und grad wie ich küß die Gesuchte,
trapp, trapp – kommt ein blaugelber Fant,
*V:cello* Pong-pongtuli pongtuli ... stand,
krakeelte und fluchte.

Er schrie: »Laß die Schnepfe!« Ich trabte,
doch er schlug mir eine aufs Maul ... –

N:31.

Allegretto
Se Mo_vitz, hvi ſtår du och grå _ ter, Så
blo_dig och ſvullen och ſtirn:
Dörn up, nå välkommen nu
å _ ter, Si här har du Far_ſtun ſtig in. Än
Vello
lefva ju dina Pa_tro_ner; Förglöm den förtret du har rönt. Pong
pongtuli pongtuli Skönt du ſlår dina to _ ner.

»He, spiel was!« so grunzt' er. Ich schrapte.
»Da capo!« Na – ich gar nicht faul!
Da stand er im Durchgang und wühlte
der Dame die Hand in den Rock!
*V:cello* Pong-pongtuli pongtuli, Bock!
Viel Leid ich nun fühlte!

Ich schrapte wild, als er da geigte,
ich stand sogar Schmiere vorm Gang,
bis schließlich – die Baßgeige streikte,
die Quinte, die Quinte zersprang!
Oh, Teufel – welch blaugelber Drachen!
Gib mir einen Schnaps drauf zum Trost!
*V:cello* Pong-pongtuli pongtuli . . . Prost!
Jetzt kennst du die Sachen!

Die Schnepfe bekam der Gestrenge,
er schimpfte mich Biermusikant!
Und ich bezog zusätzlich Senge,
wie ich sie noch niemals gekannt!
»Ha, Rache!« er brüllte. »Kanaille!«
Das sei für die Quinte, die sprang!
*V:cello* Pong-pongtuli pongtuli . . . Dank
für solche Bataille!«

## Fredmans Epistel N:ro 32.

*An Vater Movitz,*
*darin er ihn mit einem gestrandeten Schiff vergleichet;*
*ein schön Andante in G-Dur*

*Andante*

Kreuz! Ohne Glas siehst du aus, du Kanaille,
wie ein sieches Schiff im Meere ohne Flagg'. *Fin.*
Kompaßberaubt in der Wogen Bataille,
leck, gestrandet – gänzlich wie ein elend Wrack!

N:o 32.

Andante
Kors! u_tan glas du ser ut din Ca_
nal_je, Som et rankigt Skepp på böljan u_tan Flagg,
Fin
u_tan Compass och i bru_sande Sval_je Strandadt, plundrat,
fullt af Fat_tig_dom och agg. Stråken lät se, är
masten Skeppet förer, Skjortan blir Seglet, Vimpeln naltkappan
är, Klip_por och Skär ä krogar här och där. D:C:

Dein Mast, laß sehn – das ist der Fiedelbogen,
Segel ist's Hemd, der Wimpel drüber dein Rock!
Dein Trockendock
sind Kneipen voller Grog. *D. C.*

Bist ein Piratenschiff, willst was erjagen!
Du fährst ohne Ziel; nur manchmal wird laviert. *Fin.*
Mußt in die Buchten dich tausendfach wagen,
weil dein Mund nach Bier und neuen Fässern giert.
Ich bin Neptun, der Segel peitscht und Wogen ...
es ist der »Lilienkrug« dein Hafen – scheint mir,
die Schankfrau hier
der dicke Walfisch, Sir! *D. C.*

Sei nur vergnügt, keiner will dich verhöhnen!
Da, nun nimm dein Glas! Leg aus! Der Wind spielt
auf! *Fin.*
Such dir dein Grab, bald Totenglöckchen tönen,
und die alte Branntweinschute geht dann drauf!
Bacchus – dein Reeder – bleibt dir stets gewogen,
Engelein holn die Seele ins Rettungsboot.
Hast keine Not!
Drum trink noch eins vorm – Tod! *D. C.*

**Fredmans Epistel N:ro 33.**

*Über die stolze Stadt Stockholm, welche primo handelt von der Überfahrt des braven Vater Movitz zum Tiergarten und secundo von der keuschen Susanne; lustig auszuführen für alle Instrumente, jedoch vor allem für Waldhorn nach einem Marche in A-Dur*

Was ist das? Platz da an der Rudertreppe! – Zurück, ihr Bierfiedler, Schuhputzer, Zollschnüffler und Matrosen! – Hurra! – Nehmt 'nen Heringsschwanz zum Bier! Trümpfe auf den

Tisch! – Sei still, Alte! – Schwefelhölzer, sechs Bündel für'n Stüber – Trumpf! Acht Stüber halte ich ... – Courage, du alter Grenadier! Was wühlst du unten am Tischbein? Willst du Purzelbaum schlagen mit Madam? – Da liegen Zitronen auf dem Tisch, ein Spinnrocken hängt vom Dach, da ist holländisch Tuch auf einer Kiste ausgebreitet!

Aus dem Weg, Kohlenträger, Waschweiber, Milchfrauen! Laß ihn doch, den Zugewanderten! Den mit den gesottenen Kringeln um den Hals! Prost! Trinkt mir zu!

So lasset doch Movitz durch mit der Baßgeig! – Zum Teufel, ihr Heringskistenpacker, Bäckerbengels, Nürnberger-Puppen-Verkäufer, Schneider und Vogelfänger! – Platz da, ihr Herren Aufseher oder Zuseher, oder was sonst für Herumtreiber ihr seid hier am Hafen! – Hilf dem blinden Alten mit der Leier! – Drängelt nicht! – Na, hau ihm aufs Maul! – So laßt doch diesen goldbetreßten Kerl durch mit den Bären, die Polka tanzen können! – Na, guck dir den Musjöh an, Susanne! – Hat 'ne Meerkatz auf der Achsel und 'ne Sackpfeife im Maul! – Trommelt, ihr Trommler! Harlekin tanzt und schmeißt die Beine in die Luft! Frisch, Kerls, haut den Boden aus der Tonne! – Trümpfe auf den Tisch! – He, nehmt den Dieb fest!

Dieser gräfliche Lakai setzt acht Stüber als Einlage! – Acht Stüber für dies – junge Ding hier! Zwei Stüber für den Husaren! – Kreuz ist Trumpf! – Jetzt kommt Movitz! Acht und acht macht sechzehn, vier dazu ... ich hab siebzehn! Mehr Kreuz! Sechs und sechs macht zwölf ... Hast du die Herzdame verschluckt? – Ja, hast gewonnen!

Kreuz! – wie du wieder aussiehst, Movitz! Na, die Perücke erkenn ich wieder, hast sie beim Pechbeißer gepumpt, gegenüber von »Wismar« in der Kohlmesser-Gasse – wie? – Na, fein siehst du aus! – Baßgeig überm Rücken, Tulpe am Hut, Waldhorn unter dem Arm, Flasche im Rock! – 'rein ins Schiff! Was spricht dieser Goldbetreßte, dieser Appeldeutsche mit der Meerkatz auf der Achsel?

Le diable! Il porte son Violon, oui, par dessus l'épaule comme le Suisse porte la hallebarde! – Nu faßt er zum Waldhorn: furz-furz-furz-furz! – Ach, du tummer Teifel! – Versteht sich auf der Musik wie eine Kuh auf Mittag –! Movitz, Bruder! Willst du ein paar Kirschen haben? – Komm auf die Fähre, Susannchen! – Paß auf den Proviantkorb auf! – Spring runter, Schwester! – Du mit deinen Lederhandschuhen und dem Fischkasten! Wo bist du gewesen? Warst weg und hast geangelt? – Festhalten! Festhalten! – Wohin jetzt? Zur Werft, aha? – Le diable, oh que non! – Genau dahin, wo ich hinzeig! Wo dies klein Mensch, diese Soldate mit die gelbe Hos da oben sitzet – Non, non, ce n'est pas là! – Richtisch, nach deme Dieregartene. – Oui, Tiergart, oui, Tiergart! Oui, par dumme Taifel – Meister Nilses Gasthaus? – Ganze richtisch! – Also da schlag' dem Krugwirt eins übers Maul – der schimpft über die Musikanten! –

Ah, il a peur d'être battu! – Lumpenhund, du! – Kanaille, Hundsfott! Kanaille! – Meister Nilses Gasthaus? – Oui, que le diable t'emporte – Wie hängt das zusammen? – Excusieren Sie mich; das ist alles Lapperey – er sagt nur, daß er oftmals seine Bezahlung gefordert und der andere es nicht beachtet hat, sondern ihm allzeit mit Schimpfworten begegnete – Na, Skol denn! – Stoß ins Horn! Susannchen singt, die Winde wehn lau, und auf den Wellen tanzt unser Schiff – Jetzt blas!

*Marche*

*Corno* Stolze Stadt,
*Corno* hab dich satt!
Vergesse den Lärm,
das Hetzen und Geschwärm,
Schlösser, Türme vorn!
Movitz, blas in dein Horn! *Corno*
Wogen rolln, *Corno*
und wir wolln *Corno*
auch Dank diesem stolzen Spanienfahrer zolln!
Bald dahin *Corno*
muß er ziehn, *Corno*
nach Cadix und Dublin! *Corno*

He, Meister Petz! Willst du Nüsse haben? – Geh nicht so nah an die Bären heran! – Still doch! Unsre Nymphe singt, und Zephir begleitet ihren Gesang:

*Corno* Da, es schoß
*Corno* auf dem Schloß;
zum Himmel es ragt!
Wie das dem Aug behagt!
Aber dort im Tal
steht das Arsenal, *Corno*
dicht dabei *Corno*
die Bastei *Corno*
mit Schießscharten, Flaggen, Mordsgeschütz, au weih!
Und vom Wall *Corno*
tönt ein Knall; *Corno*
vom Fels kommt Widerhall! *Corno*

Die Wogen glitzern und glänzen; die kühle Brise erfrischt. – Mundet's dir, Movitz? – Prost! Doch sieh nur das Ufer drüben! Dieses blaue, gelbe und grüne Panorama! Es spiegelt sich im Schatten all dieser schaukelnden, dunkelbraunen Boote! Die Werfthämmer tönen ganz laut herüber. Kennst du da rechts den griechischen Tempel auf der Klippe? – Und unten am Wasser, sieh nur, welch Wald von Masten und flatternden Wimpeln! Die Sonne sengt, die Flaggen wehen, die Piken der Wachtparade funkeln, das Glockenspiel schlägt und jubiliert! – Zieh also jetzt den Korken aus der Flasche! Ach, Movitz, schmeiß einfach Perücke und Hut in die Wellen! Trink mit mir auf das Glück der ganzen Welt! – Frisch, blas ins Waldhorn! Ruder ziehet ein! Sing, Sannalein!

*Corno* Schau die Pracht! –
*Corno* Ulla lacht,
den Hut in der Hand,
mit rosarotem Band,
Brustbukett, sieh's dir an!
Faltenrock, Flitter dran! *Corno*

## N:o 33.

Marche
Corno
Corno
Stolta Stad! Jag nu glad, för_
glömmer dit pral, dit buller larm och skrål, di_na Slott och
Corno
Corno
Torn Movitz blås i dit horn. Böljan slår
Corno
Båten går, bland Jakter och Skutor Spanjefararn står; Se_gel
Corno
Corno
Corno
stinn går snart in i Ca_dix och Dub_lin.

Schnüre und *Corno*
Spangen bunt. *Corno*
Jetzt springt sie vom Schiff, ihr Hintern ist so rund.
»Ei, jei, jei! *Corno*
riß dabei *Corno*
mein Schürzchen ganz entzwei!« *Corno*

*Corno* Sannalein? –
*Corno* »Du, laß sein . . .!
Ich wollte wirklich doch
zum Metzger eben noch!
Ja, nun bleib ich bei dir;
fällt nicht schwer, glaub es mir! *Corno*
Muß nicht fort, *Corno*
bleib an Bord!« *Corno*
»Lieg still, laß mich dann! Du gabst mir grad dein Wort!« –
»Für den Herrn *Corno*
sterb ich gern! *Corno*
Ich liebe dich – mein Stern!« *Corno*

## Fredmans Epistel N:ro 34.

*Dem Movitz zugeeignet,*
*als diesem die Wohnung in seinem Viertel*
*in der Kohlmesser-Gasse abbrannte;*
*gar lustig vorzutragen als ein füllig Andante in a-Moll*

*Andante*

Movitz, Bester, nicht verzagen,
deine Türe ist perdu!
Scheiben sind entzweigeschlagen,
und der Hahn kräht »kikrikie«!
»Feuer!« schreit man durch die Gassen
Jepp im Turm bläst eifrig, hei!

Schnell herbei!
Kommt her in Massen
bei der Glockenläuterei!

Schwärzlich vor dem roten Lichte
ragt der Niklas-Turm am Platz,
sieh mal da: zwei Bösewichte
prügeln sich um einen Schatz!
Hinterm Fenster, das zerschlagen,
äugt erschrocken eine Katz'.
Jetzt, ein Satz . . .
Sieh doch, es jagen
Köter hinterdrein, welch Hatz!

Pumpen knarren, Ziegel prasseln,
und die Gäule werden wild.
Schwankt der Boden? Spritzen rasseln
vor dem Mälarsee – welch Bild!
Mannschaft vor mit Haken, Schläuchen!
Links, zwei, drei, schnell einen Schluck!
Wasser, Druck!
Ach, wie die keuchen! –
Dämchen wachen auf mit Ruck.

Schau sie an, die schiefe Gasse,
schmal und schmutzig, ach, ein Graus!
Nur das Rathaus, das ist Klasse;
hinten steht das Hurenhaus.
Aus dem kleinen Fenster eben
schauet eine müd heraus.
Um die Maus
wird's Prügel geben!
Kind, mach Schluß für heut, spring raus!

Abfalltonnen stehn und stinken
auf dem Fahrweg himmelan.
Siehst du dort das Krugschild winken?
Uh, darunter schnarcht ein Mann.

Pennt betrunken auf der Matte
und verpestet uns die Luft!
        Gebt dem Schuft
        eins mit der Latte
als Belohnung für den Duft!

Wunder, wenn den Weg ihr fändet
her zu dieser Sodomsstätt'!
Spritzen regnen, Feuer blendet,
ringsumher ein Flammenbett!
Hier haust Movitz, den ich liebe,
Brandsignal und Bajonett!
        Ach, nicht nett
        sind diese Diebe!
Weiberkreischen, Klarinett!

Movitz, sieh dein Schild, noch hängt es!
Bruder, Skol aus Herzensgrund!
Traurig blicket dein gekränktes
Auge auf den ganzen Schund.
Lange wirst du nicht mehr kämpfen,
Schwindsucht zieht dich in den Schlund.
        Mir ward's kund
        bei deinen Krämpfen;
bald naht dir die letzte Stund.

Lächle Movitz, halt dich wacker!
Sieh, nun naht in schnellem Lauf
auch ein Ratsherr, und der Knacker
hält den ganzen Laden auf!
Wenn die kommandieren können,
nehmen Mühe sie in Kauf.
        Movitz, sauf,
        du sollst nicht flennen!
Skol – und nimm ein Priemchen drauf!

Schwing die Baßgeig auf den Nacken,
ach, sie ist schon angebrannt!
Kannst auch noch den Lehnstuhl packen,
auch das Waldhorn hol an Land!
Flöt', Fagott und auch die Harfe . . .
häng sie um, flieh unverwandt!
Armer Fant,
denk an die scharfe
Not, die kommt nach diesem Brand!

Wie Aeneas aus der Lohe,
Movitz, stürzt du aus dem Haus.
Geige, Klarinett, Oboe
brennen schon, sie sind nicht mehr.
Die Perücke ist wie Zunder,
wüste Flammen prasseln draus;
keine Maus
bleibt dir vom Plunder!
Ja, das ist ein böser Graus!

Erdengötter, euer Glücke
ist nur Staub und böser Trug!
Doch den Bettler mit der Krücke
kaum's den Appetit verschlug.
Movitz, eile deshalb klüglich
wohlgemut zum nächsten Krug,
Trink genug –
schlaf unverzüglich! –
Mancher schon viel mehr ertrug.

# N:o 34.

Andante
Ach'hwad för en usel koja! Spräckta ru_tor,
brutna lås. Tuppen gal en SträfHo_bo_ja,
Trumman hörs i gränden slås. Wer_da Werda
Larm på ga_tan. Jeppe blås i Tor_net blås; Som en gås
Kacklar den Sa_tan, klockan klämtar, vat_ten fås.

## Fredmans Epistel N:ro 35.

*Für diesmal Anna Greta, seine Schöne, betreffend und ihre Unbeständigkeit; klinget sehr hübsch als ein Allegretto in C-Dur im 6/8-Takt*

*Allegretto*

Brüder verfehlen wohl manchmal das Glas,
doch niemals verfehln sie die Schenke;
sie finden alle das köstliche Naß.
  Trinkt, Brüder, trinkt ohne Haß! –
Schau, wie sie torkelig wanken zum Faß,
rütteln an Türen und wünschen Getränke!
Krüg' in den Händen, so gehn sie fürbaß,
  mit gierigem Zahn wolln sie was!
  Vater Movitz, gieß ein, gieß ein!
Mein Mädchen, das Aas, ist weg, man denke!
  Da nützt eines nur, eins allein:
  ab jetzt – besoffen zu sein!

Brüder auch zetern beim Spiel ohne Rast
und kippen die Becher nicht heiter,
einige picheln das Faß leer in Hast,
  andere schlagen sich fast.
Kollern die Würfel, dann grölt man und praßt;
Ältere schwatzen, und das ist gescheiter;
Sieh nur den Schankwirt – er war schon im Knast! –
  vorn steht er und lacht sich 'nen Ast!
  Hei, ja, ja! Nun, das ist mal so!
Na, rauch eine Pfeife und sauf weiter!
  Anna, Skol! du bist nicht mehr da,
  bezahlte dich – wie ein Schah!

Machte mit Ketten und Klunkern dich reich
und gab auch in Pfleg deinen Knaben . . .
Und beim Begräbnis der winzigen Leich
  soff ich den Grabschaufler bleich.

War Polizei mal in deinem Revier,
lagst du zur Nachtzeit grad wieder im Graben,
kam ich gerannt, und ich half dir sogleich,
oft schlugen die Greifer mich weich.
Anna Greta, ach, komm zurück!
Auch Vögelein müssen Nester haben.
Komm doch wieder, du süßes Stück!
Sonst bin ich hin, ohne Glück.

Gieß nochmal ein! – Manchmal gibt sich die Pein;
ach, Rebensaft, herrliche Säure!
Tropft auch die Zähre vom Aug in den Wein,
besser fürs Herz wird es sein!
Habe die fünfzig schon lange im Schrein,
und soff doch nie – wie ich jetzt euch beteure –
solch miesen Schnaps wie den gestern hinein!
Ach, Bruder, ich werd noch zum Schwein!
Solch ein Tropfen, oder zwei,
mein Movitz, mir jetzt die Seel' anfeure!
Liebe schüttelt mich, geht vorbei . . .
Ja, Skol! Dann trink ich für drei!

Kind, deine Augen warn leuchtend und klar,
es blühten so rot deine Wangen;
würden wir beide heut noch ein Paar,
mied ich das Saufen wohl gar.
Doch das ist alles nun gar nicht mehr wahr!
Freia verhöhnt mich, verhöhnt mein Verlangen,
ich bin ein Sklave, der Liebesfreud bar,
ertrage es nicht noch ein Jahr!
Anna Greta! Alles ist Stuß!
Ich laß mich in deinem Netz nicht fangen!
Fahr zum Teufel – mit deinem Kuß!
Gieß, Küfer, ein! Nun ist – Schluß!

N:o 35.

Allegretto
Bröderna fa_ra väl vilſe ibland om
glaſen men intet om kro_gen; Al_la de hit_ta til
Drufvornas land. Drik Bröder, drik li_tet
grand. Hör hur de ſtul_ta och ſkrapa i ſand,
ſam_la på dör_rar och bul_ta med kno_gen,

Ragla och tum_la med Sto_pet i hand, och
blöda om tunga och tand.
Minore
Fa_der Movitz Slå
i, Slå i, min Flicka har glömt mig,
Jag dör tro__gen. Natt och dag jämt i
Fyl_le_ri Skal all min Sorg gå för_bi.

## Fredmans Epistel N:ro 36.

*Darinnen abgemalet ist, wie die Schankmaid Ulla Winblad beim Krugwirt verhaftet und abgeführet wird; all das vorgestellet als ein lieblich Allegretto in D-Dur*

*Allegretto*

Schön Ulla lag im Bett noch und schlief,
die Hand wohl unterm Kissen,
da späht' der alte Krugwirt und lief
zur Kammer, er wollt's wissen.
Still im Haus war's, wie zur Nacht,
durstig dort lechzten die Prasser;
doch es ward kein Bier gebracht,
nein, nicht mal bißchen Wasser!
  Still auf Zehn zum Bett hin keck
hört man den Alten schleichen;
zieht dem Kind die Decke weg.
Er fleht, doch er muß weichen.
  Ulla prustet,
  friert und hustet,
hat die Bettdeck zugemacht,
  kriecht noch tiefer:
  »Was denn, rief er?«
  Dreht sich um und lacht.

Da wölbt ein Regenbogen sich bunt
durch einen kleinen Schauer,
ein Hänfling tut den Morgengruß kund
und zwitschert froh im Bauer.
Zephir nun, mit süßem Hauch,
sieht man vorm Fenster hinschweben.
Jetzt erwacht schön Ulla auch
und kann sich kaum erheben.
  Hin und her, so wälzt sie sich,
schlägt halbwach mit den Armen,
kratzt die Brust gottsjämmerlich
und seufzet zum Erbarmen.

Froh dann wieder
sucht sie's Mieder,
findet's endlich an dem Pflock,
nimmt die Schuhe,
und in Ruhe
knöpft sie zu den Rock.

Am Spiegel wird ihr Busen genetzt
mit Wein und Rosentröpfchen;
ein Perlband um den Arm schlingt sie jetzt,
es ziert ein Hut ihr Köpfchen.
Wenn in Paphos' Inselreich
Venus erwacht in der Frühe,
stirbt die Welt vor Wollust gleich,
so fern von Sorg und Mühe.
Auch dem Wirt verwirrt's den Sinn,
kann kaum die Sehnsucht hemmen,
denn schön Ulla setzt sich hin,
die Lockenpracht zu kämmen.
Krug und Gäste
jetzt der Beste
ganz vergißt in süßer Qual:
Debitoren,
Kreditoren,
Zunftschuld und Fiskal.

Um Ullas Scheitel, puderbestreut,
drei holde Grazien fliegen.
Cythera singt in Liebe und Freud,
Ah, zart die Löckchen liegen.
Und ein Zephir drüber schwebt,
hält ihr den Spiegel grade.
Zarten Duft ein andrer webt
in Schleier und Pomade!
Mit der Zang' am Feuerloch
ein Cupido sich mühet,
und ein zweiter bläst gar noch,
daß rot die Kohle glühet!

Ullas Brüste
wecken Lüste,
und der Wirt vergeht vor Schmerz.
Soll er stehen,
sie nur sehen?
Ach, es brennt sein Herz.

Ihr Teint so zart, es lächelt ihr Mund,
die Brüste – ohne Hülle!
Ach, Himmel, Wirt! Nun lieb dich gesund
bei soviel Lebensfülle!
Doch, Natur, all deine Pracht,
all deine Wollust, dein Wehe
schwinden hin, wenn ich die Macht
von Ullas Augen sehe!
Blickt sie her, dann wird mein Sinn
so furchtbar aufgewühlet;
bloß ein Blick, und ich bin hin.
Nun saget, was ihr fühlet!
Ach, ihr Girren
muß verwirren
jeden Mann, den sie umschwirrt!
Und ihr Lachen,
glücklich machen
kann's. Das sprach der Wirt.

Nein, nimmer sah man so voller Pein
den Wirt! Er war so glücklich;
er knüpfte zärtlich um Ullas Bein
das Strumpfband augenblicklich,
zog den Schuh bald aus, bald an,
ja, wurde röter und röter,
gähnte Ulla, so gähnt dann
der alte Schwerenöter!
Um den Hals ein Tuch sie wand,
gestreift, von gelber Seide,
drunter ihre Brust verschwand
zu seinem großen Leide.

Ach, wie fließen
und ergießen
ihre Locken sich so frei!
Bunt gerändert,
nett bebändert
ist ihr Hemd dabei.

Schön Ulla schlüpft ins blaue Gewand,
verfärbt aus Pontak-Tagen,
und läuft zum Krug hin, wo sie gleich fand
ein Schnäpschen für den Magen.
Zuckerwaffeln dann zur Stund,
die munden unsrer Süßen,
Amor brennt im Glasesgrund,
vom Rand läßt Bacchus grüßen.
Hier träumt jede Kreatur
von Lieb nur, Lust und Glücke,
reicher Mann mit Silberuhr
und Bettler mit der Krücke.
Ulla, Kleine,
Bier und Weine
bringst du stets mit Kuß uns nah;
solch ein Eden
war in Schweden
wirklich noch nicht da!

Doch Himmel! Welch verändertes Bild
zerstöret unsre Kreise!
Sieh, auf der Schwelle, drohend und wild,
vier lahme Büttelgreise!
Einer einen Säbel zieht,
und einen Strick hat der zweite,
greift sich Ulla, als sie flieht,
und gibt ihr das Geleite.
Himmel, war das ein Geschrei!
Schön Ulla klagte greulich,
und die Gäst' in bleicher Reih,
sie fanden es abscheulich!

N:o 36.

Allegretto
Wår Ul_la låg i Sängen och Sof med
handen under ö_ra, och ingen mer än krögarn fick lof på
Nyckel_hå_let rö_ra. U_tan för på krogen Bror
var det så tyst som om nat_ten; In_tet öl fans
om du tror, nej knapt en droppa vat_ten.

Tyſt på tå Så nöjd och qvick kring Sängen Gubben
vandra. Tog på täcket, log och gick, och hviſka vid de
an_dra. Ul_la Snarka, frös och Sparka,
P
cres
täc_ket öf_ver huf_vud drog; Kröp in_un_der,
f
P
med et dun_der vände Sig och log.
cres
f

Auf dem Schankbord
an dem Schrank dort –
liegt noch Ullas Branntweinglas,
leergetrunken,
umgesunken,
ach, das war kein Spaß!

Leb wohl, mein Schatz! Apollo lieh mir
die Gabe, dich zu malen.
Nun gingst du fort; wie sahen wir hier
dein schönes Bild erstrahlen!
Doch auf Freias weitem Feld
preisen dich Zymbeln, es tönen
Lieder durch die ganze Welt
zu Vestas Lob, der Schönen!
Hüll dich in dein hären Tuch
und spinn, sing fromme Lieder!
Lies wohl auch ein heilig Buch,
dein Stern, er kehret wieder!
Zeit vergehet,
Leid verwehet,
glaub mir, daß aus dem Verließ
Amors Schwingen
heim dich bringen
in sein Paradies!

### Fredmans Epistel N:ro 37.

*An Mollberg, als er auf Posten*
*vor dem Königlichen Schloßgarten stand;*
*darzubringen als Marche in C-Dur*

*Marche*

Mollberg, steh ruhig, steh ruhig am Tor!
Bleib auf deinem Platz, du darfst uns nicht schrecken!

Steh wie ein Zinnsoldat kernig davor,
neben Floras grünenden Hecken.
Prächtig dein Kopfputz – Troddeln als Zier –
glänzt mit dem Säbel blank um die Wette!
Schön wirkt dein Bein in weißer Stief'lette;
du gehst manierlich und nett durchs Revier.

Bruder, dein Aufzug verrät mit ein Blut,
das Verderben, Tod gar, allen anzeiget.
Ja, man befindet dich wirklich für gut;
brav der Kerl, solange er schweiget!
Schau, wie er schreitet mit dem Gewehr!
Lang und gewaltig, mutig und kräftig,
hinten der Zopf, er wackelt geschäftig,
Schläfen gepudert, der Blick ziemlich hehr!

Hinter dem Gitter, welch blühende Pracht,
Wege, Lauben, Marmorbilder und Gänge!
Ja, man begrüßt sich, verneigt sich und lacht.
An den Brunnen – welch ein Gedränge!
War das tatsächlich eine von Stand?
Gräfinnen, Schranzen plaudern sehr fleißig;
Männer mit Wampe, Fraun über dreißig,
sitzen bei Töpfen und Trödel und Tand.

Sieh, wie uns Flora eröffnet das Feld
und das Aug erfreut mit ihren Genüssen!
Guck nur durchs Gitter, ah, welch eine Welt!
Gärtner haben viel schaffen müssen!
Da an dem Buchsbaum, ach, welch ein Grün!
Namen, geritzet auf Hunderte Arten!
Rote Päonien, Nelken im Garten
zieren die Flächen und duften und blühn.

Hier die Allee, so weit man auch sieht:
Hecken, Gänge, Fenster, Streifen und Rauten.
Du, hier sang Orpheus der Flora sein Lied
schön bei Zymbeln, Flöten und Lauten!

Oftmals erklang hier feine Musik:
Grenzer, La Hay, Anzani, Camilla;
still liegt der Park, hier fehlt keine Villa,
wo sich der König dann ausruht vom Krieg.

Sieh, auf der Bank so ein Kriegsheld jetzt sitzt,
koset seine Iris; sieh, die hat Zöpfe!
Schwer sind die Stiefel, sein Koppelschloß blitzt,
und am Rockrand funkeln die Knöpfe!
Drüben am Wasser, wo Schatten fällt,
legt grad ein Kerl den Kopf auf die Arme.
Träg schläft er ein, die Sonne, die warme,
führet ihn fort, in des Morpheus' Welt.

Achtung! Ein Läufer jagt keuchend heran,
seine Farben, blau und gelb, kennen alle,
rennt vor zwei Hengsten, wie schwitzt dieser Mann!
Pferde wiehern, Peitschengeknalle!
Jetzt rast die Kutsche donnernd durchs Tor,
ach, wie die Kutscher fluchen und schreien!
Hinten ein Türke und vier Lakaien –
halten ganz huldvoll Laternen empor.

Vornehm in Purpur mit Stern und mit Band
kommt ein Großer. Unser Mollberg erstarret,
schreit laut »Gewehr!«, greift zur Flinte gewandt,
schultert brav und trotzig, verharret.
Schon schreitet stolz ein andrer heran.
Glänzende Kleider, Federn ihn zieren,
rot in der Sonne, daß alle stieren,
glitzern die Finger, Juwelen sind dran!

Himmel, ihr liegt ja im Staub vor dem Prunk!
Skol, ihr Boråser Schmiede, zeigt eure Waren!
Blast, Musikanten! Ihr lechzet nach Trunk?
Spielt ihr gut, dann kommen die Scharen;
Bergström, steh grade! Blas dein Fagott!
Hast gelbe Ärmel, rot glänzt die Nase!

N:o 37.

Marche
Mollberg, ſtå ſtil la, ſtå ſtil_la vid grind,
Stil la på din Poſt, Fältvä_beln be_fal ler, Stå ſom en docka rödblommig och
trind, in_om Flo_ras grönſkande galler. Prägtig med tofs din
blanka Karpus ly_ſer i Fronten bland bajonetter, Stolt dina
ben med hvita Stöflet_ter, Trippa be_ſtändigt kring gångar och hus.

Irgendwo Cymbeln! Mach schon und blase!
Alles rennt hin, die Kapelle ist flott.

Kerl, falls du einstmals krepierest im Feld,
sieh, das Arsenal – da sind deine Ahnen.
Da hat uns Mars ein Begräbnis bestellt,
in zerrißnen, blutigen Fahnen.
Unsere Säbel hängen dann dort,
rostig vom Blutschweiß wilder Kosaken;
dein Kriegerhemd laß nicht verpacken!
Löcher von Kugeln zeigt's, die dich durchbohrt!

Mollberg, ja Skol! – Sag, wie spät ist es jetzt?
»Am Jakobiturm schlägt's acht zur Stunde!« –
Ängstigst du dich? – »Nein, man denkt ja zuletzt
als Soldat an Tod oder Wunde.« –
Achtung! Marschieren! Willst du wohl gehn!
Ablösung vor! Na, wie zur Parade . . .
Richt euch und marsch! – Was schlug es denn grade? –
»Unten am Kai rief die Brandwache zehn!«

## Fredmans Epistel N:ro 38.

*Darin von Korporal Mollbergs Paradieren die Red ist,*
*als man Boman zu Grabe trug;*
*gesetzet als Marche in G-Dur,*
*vornehmlich für Trommeln und Flauto*

*Marche*

Weg da! Zurück! Unser Leichenbitter hat das Sagen,
hebet die Goldaxt und macht die Gasse frei.
*Tamb.* So steht, wenn sie die Leich raustragen!
Hört, wie die Flöte schön musiziert dabei!
Trommler, laß dröhnen!
Mollberg vorne, Fusel weht,

fluchet, muß stöhnen,
und rufet: »Steht!«

Seht nur, der trommelt ganz desparat; den Arm er
schwinget!
Haut mit dem Schlägel aufs Fell, es tönet dumpf.
*Tamb.* Zwei Schellen schlagen, einer singet,
da furzt ein Waldhorn! Hör, Kerl, dein Ton ist stumpf!
Hier dieser Schlingel
hat ein Eisen in der Hand,
machet Geklingel
am Straßenrand.

Heda! Freund Mollberg, so watschle nicht mit krummen
Beinen
wie eine Ente! Du trankst ja bisher kaum!
*Tamb.* Sieh, hinter dir scharwenzeln, weinen
»Löwe« und »Lustig« und »Lachs« und »Dunderbaum«.
Rock rückt er gerade,
blicket nun auf Reih und Glied:
»Richt' euch! – Parade!«
Und dann ein Lied!

Grüß dich, mein Mollberg! Ja, Mutter! Sieh doch, wie er
nicket!
Lüftet die Mütze und lächelt ganz verschämt.
*Tamb.* Im Takt er auf die Hacken blicket:
Eins zwei! und »Takt halten!« ruft er ganz vergrämt.
Neu, will ich wetten,
sind Perücke und die Schuh',
weiß die Stief'letten
und Flor dazu.

Schau, Dalbergs Kajsa! Am Fenster steht die
Tränenblasse;
schwarz trägt sie heuer, die Augen so verweint.
*Tamb.* Horch! Harfenklänge auf der Gasse.
Da spielt der Krüger, der's gut mit allen meint!

Wie eine Nonne
Bomans Witwe, schwarz ihr Tuch,
da, vor der Tonne
mit Liederbuch!

Hin fährt die Leiche. Sagt, wen wir da zur Ruh geleiten!
»Ja, Korp'ral Boman, er hatte Wassersucht.«
*Tamb.* Seht Christian Wingmark neben ihr schreiten!
Schwarze Rosettenperücke, ei, verflucht!
Hält er dic Rede?
Neben Bergström da im Glied
Schankkellner Ede
samt Pfarrer zieht!

Da laufen Türmer und Orgeltreter von Katrina,
hier gehn die Wirte von »Sodom« und »Krypin«.
*Tamb.* Laßt's scheppern, dröhnen wie in China!
Trommler, den Wirbel! Ja, Boman der ist hin!
Taktvoll der Küster,
voll ist er, doch galant;
jetzt bringt er düster
die Schaufel Sand.

Ja, Korp'ral Boman, der mußt' nun gehen, mußte weichen,
jetzt ist er weg! – »Ach, bewahre! Welch ein Schmerz!« –
*Tamb.* Zum letzten Mal den Schnurrbart streichen
sahen wir ihn dort im Krug am zwölften März!
Wie eine rasche
Flamme werden wir verzehrt!
Freund, deine Asche,
sie sei geehrt!

Reitet euch Satan? Steht grad im Glied, wenn Mollberg führet!
Rechts um! Marsch, marsch! Ja, jetzt ladet das Gewehr!
*Tamb.* Nun blaset, wie es sich gebühret!
Legt an, gebt Feuer! Zwölf Schuß zu Bomans Ehr'!

N:o 38.

Marche
Un_dan ur vä_gen. Se hur Profoſ_sen
med plumager Svän_ger Guld_yx_an tils alt blir undan
Tamb.
röjdt. Se Pi_parn ſtolt med
Små muſtaſcher trind och röd_blom_mig tar fram ſin Mäſsings
flöjt. Trum_ſla_garn trumlar, Mollberg framför
går på tå, Ry_ter och mumlar, och ro_par, ſtå!

Bomans Geleite,
preisen soll man's nächtelang!
's war keine Pleite.
Drum, Kerls, habt Dank!

## Fredmans Epistel N:ro 39.

*Worin es um das Porträt der fülligen, hübschen Schankwirtin Bergström gehet, welches Movitz seinerzeit im »Lilienkrug« zu Torshälla so herrlich gemalet; ausnehmend schön als feierliches Menuetto für alle Instrumente in Es-Dur*

*Menuetto*

Sturm und Wellen werden sacht,
sieh, am Himmel flieht die Nacht!
Wolken nicht mehr jagen,
es beginnt zu tagen.
Sonnenschimmer,
Morgenglimmer;
und die Nacht verweilet nimmer,
frisch und frei die Morgenluft,
vor den Fenstern Rosenduft.
Espenblätter rauschen,
kannst den Bach erlauschen!
Hähne krähen,
und wir sehen
unsern Wirt zum Stall hingehen.
Er hat im Herd
Feuer gemacht
und es genährt,
fast noch zur Nacht.
Schon die Morgengrütze kochet,
und ein alter Knecht,
der gern raucht und zecht,
Tabak sucht, an die Türe pochet.

Und am Wiesenrain
lehnt an einem Stein
noch ein andrer Alter gar.

Und der Wirt sucht's Stiefelpaar,
reibt die Branntweinstirn sich klar,
kommt zur Tür, muß lachen,
will, daß wir erwachen.
Trinkt, möcht rauchen,
Pfeifchen schmauchen
und bei uns ein Trinkgeld schlauchen.
Vettel sitzt am Wegesrand,
stützt ihr Kinn müd in die Hand.
Ganz verstört sie blicket,
schlummert ein und nicket.
Ihr zur Linken
schlagen Finken.
Sie erwacht, muß Bier gleich trinken.
Mühlen, ganz nah
ratternd sich drehn.
Am Hügel da
kann man sie sehn!
Laut ein Hammerschlag hallt wider,
dort ein Schmied sich müht,
rot die Zange glüht.
Nackt er schuftet, treu und bieder,
zwischen Glut und Sand;
fest am Balg die Hand,
singt er nun, will fröhlich sein!

Ach, der Morgen ist so rein!
selbst das kleinste Blümelein
seinen Kelch aufschließet
in dem Grün, das sprießet!
Zephirs Wehen
läßt vergehen
allen Tau, und Rosen stehen.

Sieh, der Wald grüßt dunkelblau!
Berge, Wiesen, grüne Au,
Kühe, Lämmer, Ziegen
malerisch dort liegen.
Fohlen grasen
auf dem Rasen
und ein Hirt will Flöte blasen.
Lerchen im Wind,
Hähne im Stall
flattern geschwind,
krähn überall!
Welch ein Leben und Verschwenden!
Neu im Glanz steht die Natur,
Wonne, Tatkraft nur!
Um das Schöne zu vollenden,
steht jetzt Movitz auf,
mischt gleich mit Geschnauf
Farben vor der Staffelei.

Mutter Bergström! Ach, ei, jei,
in der Haube! Dickes Ei!
Auf der Brust die Rose,
ihren Mops im Schoße.
Ohrgeschmeide,
Schirm aus Seide,
Movitz, welche Augenweide!
Ah, wie dumm! – Da bin ich platt,
Schäferhut? Wer hat, der hat!
Prächtig, nichts verpaßt er.
Hier, das Schönheitspflaster,
lauter Falten
bei der Alten!
Kannst das Doppelkinn gestalten!
Wie alles quillt,
Brüste so stramm,
das ist ihr Bild,
Lilien-Madam! –

N:o 39.

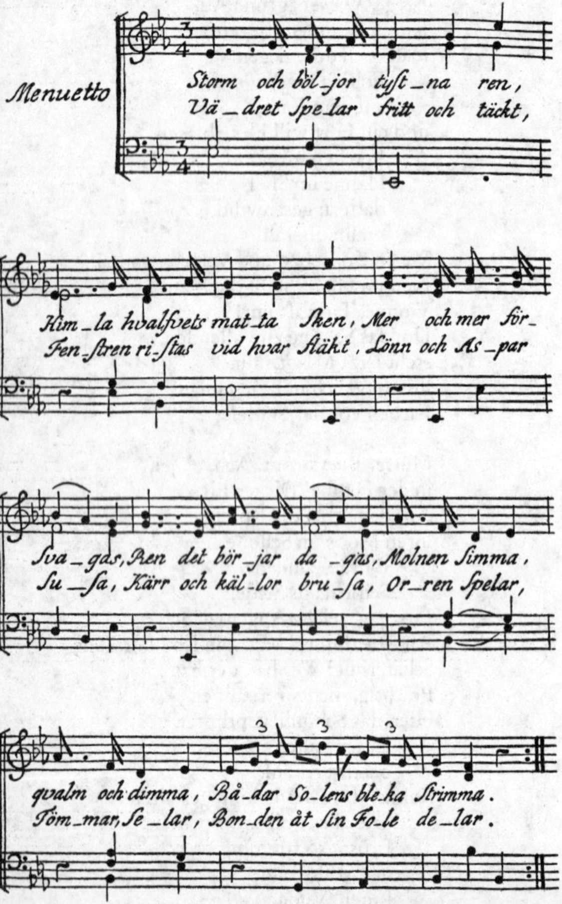
Menuetto
Storm och böl_jor tyst_na ren,
Vä_dret spe_lar fritt och täckt,
Him_la hvalfvets mat_ta sken, Mer och mer för_
Fen_stren ri_stas vid hvar fläkt, Lönn och As_par
sva_gas, Ren det bör_jar da_gas, Molnen simma,
su_sa, Kärr och käl_lor bru_sa, Or_ren spelar,
qvalm och dimma, Bå_dar So_lens ble_ka strimma.
Töm_mar, se_lar, Bon_den åt sin Fo_le de_lar.

Ren i hvar Spis, fladdrar och fräs Spå_nor och ris,
Stic_kor och gräs, Re_dan Väl_lings gry_tan
ko_kar. Ren med yfvig lugg, Tor_parn ut_i mjugg
ef_ter Tobaks el_den Sno_kar; Och på ängen ren,
lutad mot en Sten, Dalkarln i Sin Skyf_fel tar.

Schön ist dir dies Werk gelungen,
aber sag mir, Fant,
warum mit der Hand
hält 'nen Vogel sie umschlungen? –
»Tjä, der Grund ist doch:
er, der zu ihr kroch,
Vater Bergström – lebt ja noch!«

**Fredmans Epistel N:ro 40.**

*Darin er die denkwürdige Hochzeit bei Knochendrechslers abmalet und Mollbergs Mühen beschreibet, Ordnung zu halten; schön in Noten gesetzet als schnelles Vivace in F-Dur*

*Vivace*

Mach Platz vorm Hochzeithaus, du Hund,
sonst schlag ich zu, du Lümmel!
    Kreuz, die Enge!
    Welch Gedränge
    »Muß durch zur Stund!« –
Tritt ein! – »Dank für den Kümmel!«
    Im Getümmel
    vor der Türe
    einer führe!
    Ordnung ist ein Muß!
    »Alle weg vom Fenster,
    glotzt nicht wie Gespenster,
    Gewehr bei Fuß!«
Huch! Im Schornstein brennt der Ruß!

Oh, aus der Esse Feuer quoll!
»Wo ist bloß Movitz, Leute?« –
    Kannst ihn finden

bei den Linden,
sitzet da – voll!
»Was steht ihr noch, ihr Meute?
Hurtig, Leute!
Muß schon sagen,
schwach, sein Magen . . .
Bringt den Kerl zu Bett!«
Heda! Ihr Gestalten,
ihr sollt Ordnung halten!
Fällt 's Bajonett,
steht in Reih und Glied adrett!

Alarm! Holt schnell die Spritze ran!
He, haltet auf die Planke!
Ihr müßt hasten,
denn der Kasten
sengt mächtig an.
Mehr Wasser her zur Schranke,
weg die Planke!
Ah, welch Feuer . . .
ungeheuer! –
Hochzeitsfiedler, macht!
Seht, die Braut jetzt nahet!
Würdig sie empfahet!
So gebt doch acht!
Venus gleicht sie, welche Pracht!

Gewehr! Der Hochzeitsbitter vor!
Er trippelt so geschäftig,
diskutieret
arrangieret,
wir sind ganz Ohr.
Die Braut! – Er zieht sie heftig,
ziemlich deftig.
Sie, manierlich
und gebührlich,
folgt ihm in den Saal.

Blast, ihr Musikanten,
Polkas und Andanten!
Und der Korp'ral? –
Schultert, leert den Weinpokal!

Wer da? Wer will denn jetzt herein? –
»Es ist die Mutter, Bruder!« –
Ha! Welch Drachen!
Ach, zum Lachen:
grollt nur zum Schein!
Bringt Wasser her, ihr Luder,
hundert Fuder!
Bräutchens Mutter
ist wie Butter,
laßt sie endlich 'rein!
Wingmark, du magst wissen:
sie hat gern ein Kissen
und etwas Wein!
Ja, Hans Casper, tritt nur ein!

Den Drechsler her! Ja, seid ihr toll!
Soll seine Kinder zeigen!
Krugmamsellen,
Saufgesellen,
alle schon voll?
Bei Leier, Horn und Geigen
tanzt den Reigen . . .
Doch nun Achtung!
Zur Betrachtung
steht der Bräut'gam da.
Still jetzt, ihr Philister,
hier kommt der Magister.
Da ist er ja!
So? der ist schon voll? Aha!

Die Fiedel schweigt. – Auf Fleischeslust
flucht der Magister mächtig;

wird ganz heiser,
spricht jetzt leiser,
wild bebt die Brust!
Seht, alle sind andächtig,
er schimpft prächtig
auf Sankt Paulus,
David, Saulus . . .
Züchtig soll man sein! –
Marsch! Das Horn erklinge!
Und sie wechseln Ringe –
Oh! Dieses Schwein
steckt die Ringe selber ein!

Nun hat die Hochzeit einen Riß,
der Bräutigam muß weinen!
Her die Becher!
Sauft, ihr Zecher,
Frontignac, gewiß!
Schnell! – Gehet hin zur Kleinen,
gebt ihr einen
Korn zum Troste!
Pfaff', nun proste,
aber nimm nicht drei! –
Kann die Braut noch stehen?
Und der Pfaff' noch gehen?
Na, einerlei!
Bums, da liegt er, schnarcht dabei!

Nun gibt's die schönste Prügelei,
die Hochzeitsmeute raset.
Alle klauen
und verhauen
die Polizei!
So stampft den Takt und blaset!
Kommt und aaset
mit dem Kümmel!
Trinkt, ihr Lümmel!

N.40.

Vivace
Ge rum i Bröllops gåln din hundslag slår dig
med Ge vä_ret. Kors hvad trängsel: ingen stängsel: Släpp in en kund. Stig
in, tack för besväret. Kors geväret sät för porten, slån i lor_ten
om han käftar mot. Vak_ta port och fenster. Ö_ _go_
nen til vänster Musköt för fot. Aj i skorsten brin_ner sot.

Bräutigam wird geil;
endlich gleicht die Stätte
einem Lazarette.
Und wer blieb heil?
Na, der Pfaff', der hat sein Teil!

## Fredmans Epistel N:ro 41.

*Über eine Begebenheit am Rande,
als Christian Wingmark seinen Nachtrock
bei einem Scharmützel mit Mollberg einbüßte;
zu singen als ein Andante con moto in F-Dur*

*Andante*

Mollberg saß noch im Bett,
traurig, müd, 's war nicht nett.
Trug noch seine Weste, als hätt
er vor dem Schädel ein Brett.
Wie er dann endlich stand,
nahm ein Glas er zur Hand;
so wankte er über den Sand,
bis er zur Flasche hin fand.
Das Band seiner Hose zersprang,
da ging er zum Fenster und trank,
stieß die Läden rasch auf,
schaut' zu den Sternen hinauf.

Seine Stube war bloß
winzig, wirklich nicht groß.
Nein, da war nun gar nicht viel los;
und in den Ecken wuchs Moos.
Ohne Schloß war der Raum,
und ein Bett war das kaum.
Es gab da nicht Kissen, noch Flaum;
und durch die Wand wuchs ein Baum!

Doch unter dem Fenster – schau hier! –
da stand wohl ein Fäßchen voll Bier.
Sieh dir's an, komm nur her,
blick durch die Ritzen, mon chèr!

Mollberg fluchte jetzt laut;
hat am Ohr sich gekraut.
Sieh, wirr ist sein Haar und ergraut,
holt nun sein Bierfaß und schaut.
Als er trank, Kamerad,
stand er wenigstens grad.
Nahm drauf eine Axt – desperat –,
spundet' das Faß, in der Tat.
He, Mollberg! So komm doch und schnack!
Was ist in der Flasche? – »Arak!« –
Und im Fäßchen? Sag's mir! –
»Herrliches doppeltes Bier!«

Na, was ist denn mit dir?
Kerl, du glotzt wie ein Tier . . .
Schlug dich irgend jemand beim Bier?
Was tut die Beule denn hier? –
»Sieh die Geig dir nur an!« –
Da ist ja kaum noch was dran . . .
Blut klebet am Waldhorn, o Mann!
Red doch, wie all das begann! –
»Das Maul an die Kanne und schweig!
Hör, ich bin im Prügeln nicht feig;
einmal tu ich's im Jahr,
wenn grad mein Namenstag war!« –

Sprich doch! Warum genau
machte man dich so zur Sau? –
»Kerl, weil ich es brauche! Da schau,
schlage dich selbst grün und blau!
Halt dein Maulwerk und trink!
Du, ich sag dir ein Ding:

N.41.

Andante
Con moto
Moll_berg Satt i Paulun, Full med
Skjor_tan Syntes i bland, När med
Fjäder och dun, Klädd ut i en Skintröja brun,
kärlet i hand, Gub_ben stod så bredbent i Sand,
Och med en Väst af Cat_tun;
Ho_sta och fuk_ta Sin tand;
Böx_bandet i
Böxor_na Sprack; Nu gik han til Fenstret och drack,
Skrufva luckorna opp, Såg uppå Stjernornas lopp:

zupf jetzo und rühre dich flink,
dazu noch ein Lied für mich sing!
    Du kannst wohl nicht singen?« Hu, nein!
    »Dann mußt du mein Tanzliebchen sein.
Sei die Nymphe, du Schaf,
ich bin ein Satan und Graf!

Tanze, Wingmark! Alarm!
Strolch! Dich prügle ich warm!« –
»Au, Hilfe! – Du brichst mir den Arm,
zerr nicht am Nachtrock, Gendarm!
Mollberg! . . . Jetzt fließt mein Blut!
Schon' den Nachtrock! Sei gut!
Au! Saukerl und Branntweinrekrut!« –
»Wart nur! Jetzt krieg ich die Wut!« –
    »Was sag ich dem Weibsbild bloß jetzt?
    Hund! Hast mir den Nachtrock zerfetzt!
Mollberg! Ich bin in Not,
ach, meine Frau schlägt mich tot!«

## Fredmans Epistel N:ro 42.

*Über sein winterliches Kartenspiel*
*im Wirtshaus »Klubben« am Mälarsee*
*und was dort noch geschah;*
*man singet es als ein Allegro C-Dur mit allen Instrumenten*

*Allegro*

Kurz gesagt, du spielst jetzt aus,
Mollberg, Bruder, du kommst raus!
Putz die Lichter, her die Karten,
        denn wir warten
        auf den Daus!
Hier Kreuz As! Na skol! – Bedien'!
Zehn her, bitte! – Na, leg hin!

König raus? – Wir spielen Trümpfe,
komm schon, Nymphe!
Sahst du ihn?
Süßeste Frau Wingmark, du Gute mußt stechen!
|: Mußt mich rächen, :|
weil ich blank schon bin!

Ulla, ganz in Grün? – Geschwind,
setz dich, wo wir Männer sind!
Schick, dein Perlband da am Mieder!
Weiße Glieder
hast du, Kind!
Wie steht's Spiel? Man helfe mir!
Da Kreuz Sieben, – Karo Vier!
König, Dame, Fünf und Sechse!
Pfui, du Hexe!
Herz, nimm Bier!
Plärr nicht, Bruder Mollberg! Alter, nicht weinen!
|: Hast ja einen, :|
einen Trumpf bei dir!

Nimm Pik Bube! – Gut, der fiel!
Topp! Der geht auf Ullas Spiel!
Asse raus! Es müßte gehen,
halt, laß sehen! –
Unser Spiel! –
Nein, man dankt, ich sage nein . . .
Skol, wirf dieses As noch 'rein!
Denkt an den Gewinn von gestern,
kommt schon, Schwestern!
Los, hinein!
Karo! Viel mehr Karo! – Und Buben, ihr Damen!
|: Und dann Amen! :|
Ulla, das war fein!

Ach, wenn Ullas zarte Hand
vorguckt unterm Kartenrand,

wird das Kartenspiel zur Wonne.
Freias Sonne
scheint galant!
Seht, wie Ulla schelmisch lacht,
wenn sie einen Stich gemacht!
An der Hand sind zwei Juwelen,
die erzählen
von der Pracht.
Movitz, laß den Humpen! Ach, Movitz, jetzt reize!
|: Niemals geize, :|
kommt der Trumpf, gebt acht!

Öffnet doch das Fenster mal,
liebe Leute, hier im Saal!
Seht, der Frost mit kalten Winden
scheint zu schwinden
hier im Tal.
Mutter Wingmark, ach wie gern
schau ich hoch zu diesem Stern!
Sieh, der Mond den Himmel zieret
und es frieret
nah und fern.
Ulla, nimm den Umhang! – Oh, kämst du nicht
wieder,
|: Trauerlieder :|
sängen alle Herrn!

Soviel Schlitten auf dem Eis!
Ihre Glöcklein tönen leis,
noch hält uns der Frost umschlungen;
bald zersprungen
ist der Kreis.
Schaut, ein Pferd die Nüstern bläht,
vor dem goldnen Schlitten steht,
will die tollsten Sprünge wagen.
Mit Behagen
es sich dreht!

Und da am Waldrand fahrn fröhlich die Bauern,
|: und die schlauern :|
mit der Pfeife, seht!

Schaut euch mal den Falben an,
blaue Troddeln an ihm dran!
Tänzelt hier mit leichten Schritten
vor dem Schlitten,
welch Gespann!
Wingmarks Pferdchen kommt in Trab,
wie ein Rentier geht es ab!
Ach, das ist ein wildes Jagen,
nicht zu sagen;
macht es schlapp?
Drüben zieht ein Schlingel auf Schlittschuhen weiter;
|: sei'n wir heiter :|
bis ins Grab!

Da, der Hengst gerät in Wut!
Welche Brunst, das tut so gut!
Braun der Gaul, hat weiße Flecken,
solche Schecken
machen Mut! –
Oh, der Schimmel ist gepflegt,
grün das Zaumzeug, das er trägt!
Wiehert zornig, er will traben!
Kann er haben ...
Wie der schlägt!
Na, jetzt brüllt der Kutscher, verliert gleich die Zügel,
|: der braucht Prügel! :|
Sei nicht aufgeregt!

Wölfe heulen fern im Wald,
es gibt Schnee, und dann wird's kalt;
schließt das Fenster, holt noch Scheite!
Ich bin pleite,
werde alt.

N:42.

Allegro
Ren Cal ad jag ſpår och tror, Förhand har du
Mollberg Bror, Knäpp af ljuſen, du ſkal fri_a, ro_pa tri_a,
kä_ra Bror. Klöfver äſs, Gu_tår, be_kän. Tu_an, tri_an;
Skål min vän. Kungen högſt för högſta ordet; Trumf i bordet;
Såg du den: Sö_ta_ſte mor Vingmark, mor Vingmark ſtick
öf_ver, mera klöfver, mera klöfver, mera klöfver än!

Schwarz der Himmel, komm und schau!
Tannenwipfel, silbergrau!
Stumm und still die Sterne funkeln;
such im Dunkeln
schon die Frau.
Movitz, nimm die Flasche! Ich friere, ich friere!
|: Und kapiere: :|
bin noch lang nicht blau!

Horch, der Wind! Die Tür schlägt an,
setzt euch an den Ofen ran!
Äol stürmt, und Flocken fallen,
Glück uns allen,
Frau und Mann!
Liebet, lebet, trotz Katarrh!
Schöner so ein Tag nie war.
Laßt uns Bacchus' Säfte preisen
auch mit Weisen,
wunderbar!
Treu wär mir mein Nymphlein, ja treu bis zum Tode,
|: wär es Mode! :|
Ich muß mischen? – Klar!

## Fredmans Epistel N:ro 43.

*Für Ulla Winblad, bei einem heiklen Ereignis geschrieben; in Musik gesetzet als ein Grave in a-Moll*

*Grave*

Wärm Bier an und Brot,
leih Madam Wingmarks Kanne,
tu Kümmel dran, Susanne!
Mach die große Kupferpfanne
glühend und rot! *Fin.*

Ins Bett nun zur Ruh,
hol Daunen her und Decken!
Schön Ulla muß sich strecken.
Wiege, Stuhl und Messingbecken –
das bringst jetzt du!
Die Tür schließ zu,
laß herunter die Gardinen!
Astrild, komm! Sollst Ulla dienen!
Ach, welch Glanz ist nun erschienen!
Stütze sie und helfe, denn es tut ihr not! *D. C.*

Gib Milch, Rheinwein rot,
hol Käse auch, du Gute!
Bring Ingwer mit, du Pute!
Bang ist Ulla doch zumute . . .
Lindre die Not! *Fin.*
Der Nymphe Gesang!
Ihr Herz muß ängstlich glühen,
ihr Blut wird drinnen sprühen.
Diese Kindsgeburt macht Mühen!
Sei nur nicht bang!
Schönste, welch Zwang!
Tausend Tode jede Stunde . . .
Ja, dem süßen Liebesbunde
folget oft die Todeswunde;
tief in deine Blüte bohrt ein Wurm den Tod! *D. C.*

## N:43.

Grave
Wärm mer Öl och bröd, län Madam Vingmarkskanna. Lägg
Fort bädda en Säng med Svandun, Silkes täcken. Ge_
kummin i Su_ſan_na Värm vår ſtora kopparpanna il_le_ne röd
ſvint preciſt på ſtäc_ken Vagga ſtöl och Mäſsingsbäcken Skaffa i ſtäng
Stäng dör_ren ſtäng, Fäll gardinerna helt Sag_ta. Aſtrild kom din Nymph up.
vakta, kom at hännes glans betrak_ta Hännes känſlor vänta ömt dit
un_der ſtöd. Värm mer Öl och bröd län Madam Vingmarkskanna Lägg
kummin i Suſan_na Värm vår ſtora kopparpanna il_le_ne röd.

## Fredmans Epistel N:ro 44.

*Darin er der heißen Frau Bredström*
*und Movitzens Melancholie ein Denkmal gesetzet;*
*darzubieten*
*als eine komisch-feierliche Allegro-Aria in F-Dur*

*Allegro*

Movitz einst alleine
in »Drei Lilien« saß und trank;
zwischen seine Beine
er die Harfe schwang. *Fin.*
Saiten fehlten keine,
jeder Finger zärtlich sprang,
und beim Kerzenscheine
traurig-schön es klang.
Ach, die Harfe, welch Getön,
Myrten drauf und Tausendschön!
Und der Cherub, der gemalte,
strahlte,
wie's bei Hoffbro ist zu sehn. *D. C.*

Oh, mit Harfentönen
rührt er jegliche Person,
von den Bauernsöhnen
bis zum Götterthron! *Fin.*
Welt scheint ihm versunken,
Herzblut fließt, bei jedem Ton
sprühen Liebesfunken
aus der Seele schon.
Ach, mein Movitz, welche Pracht!
Du singst gegen Teufelsmacht.
Sag, wie findest du so schöne
Töne?
Hat dein Kummer das gemacht? *D. C.*

In den Dreck gefallen
bist du, Movitz, welch ein Streich!
Hört, mein Lied sagt allen,
wie es kam – und gleich: *Fin.*
Movitz wollte wallen
hin zu Freias Liebesreich,
konnte nur noch lallen,
war vom Suff ganz bleich.
Trinket langsam, mit Bedacht,
liegt vor euch die Liebesnacht,
denkt an Chloris, wenn sie heftig
kräftig
ihre Grotte aufgemacht! *D. C.*

Movitz fand sich bieder,
ausgeglitscht auf Amors Bahn,
bei der Witwe wieder,
die ein steiler Zahn. *Fin.*
Sie tat auf ihr Mieder,
er, besoffen und im Tran,
sang ihr fromme Lieder!
Doch er war kein Hahn!
Sie war fertig zum Gefecht,
er zu schlapp und zu bezecht.
An der Wand lag er als alter
Falter;
ja er schlief und gar nicht schlecht! *D. C.*

Brüder, wollt ihr wissen,
wer die heiße Dame war,
die gelechzt nach Küssen?
Bergströms Tante, klar! *Fin.*
Still sonst und verbissen
blaß und maulfaul, träge gar,
ist auf Liebeskissen
sie ein kühner Aar.
Kurz, das eine war gewiß:

N:44.

Allegro
Mo_vitz helt al_le_na på Tre_Sil_jor
p
Satt en gång, Harpan mellan bena Flimmar bred och lång;
Fin
cres
f
Ro_ligt se hvar Se_na och hvart finger i fullt Språng
p
öf_fer Harpan Skena under klang och Sång. Harpan
cres
f
var förgyld och grön, Full med Myrten Tusen skön, med en
Cherubim ut målad, prålad, ut af Hoffbras vackra Rön. D.C.

Movitz aus dem Bett sie schmiß.
Darum harft er traurig wieder
Lieder,
und sein Herz hat einen Riß. *D.C.*

**Fredmans Epistel N:ro 45.**

*An Vater Mollberg; seine Harfe betreffend,*
*ist gleichzeitig eine Art »ad notitiam« darüber,*
*daß Mollberg unschuldig wegen »Polens Affären«*
*im Krug »Rostock« gelitten;*
*vorgestellet als ein schön Allegretto in D-Dur*
*im 6/8-Takt mit Harfenbegleitung*

*Allegretto*

Grüß dich, mein Mollberg, geht's dir nicht gut?
Wo ist die Harfe und wo ist dein Hut?
Und deine Lippe, wie ist sie so dick!
Sag, wer verdrosch dich so mit Geschick?
»Im ›Rostock‹, im Krug,
die Harfe ich schlug.
Da gab's reichlich viel
Krakeel um mein Spiel.
Wie ich so zupfe, pling plingeli plang,
kommt so ein Kerl 'rein, vierschrötig, lang,
und haut aufs Aug mir, pling plingeli plang!«

Wie sah er aus? – »Na, grauslich und blau,
trug schwarze Hosen, schieläugig, schlau;
hatte am Hut ein goldenes Band
und einen Rohrstock in seiner Hand.
Ein Hirschfänger hing,
als drohend er ging,
am Leib ihm, welch Bild!
Er wurde gleich wild,

knuffte und zog mich, pling, plingeli plang,
davon erzitterten Tische und Bank
draußen im Gang, o pling plingeli plang!

Na, ich saß da und spielte grad nur
Polkas aus Polen mit viel Bravour.
Es saßen Leute rings um mich her,
der trank ein Maß, ein halbes trank der.
        Da schlägt mir der Hund
        quer über den Mund!
        Ein anderer spricht:
        ›Dich scheren hier nicht
Polens Affären!‹ Pling plingeli plang.
›Spiele nie Polkas hier auf der Bank,
Polen ist krank!‹ Ach, pling plingeli plang.

Hör, lieber Freund, was weiter geschah!
Ich trank ein Viertel, saß ruhig da,
ließ über Polens Lage mich aus:
›Wisset, ihr Herren‹, sprach ich, ›o Graus,
        so stark kann ja kein
        Gebieter je sein,
        daß der meiner Hand
        verbietet im Land
auf dieser Harfe, pling plingeli plang,
wäre es selbst noch der schlechteste Klang,
Polkas zu spiel'n, ach, pling plingeli plang!‹

Nun zechten da ein alter Sergeant,
zwei Aktuare, ein dümmlicher Fant,
die riefen: ›Haut ihn, er hat nicht recht,
Polen ist offen, Polen geht's schlecht!‹
        Dann kam in die Kneip'
        ein schreckliches Weib.
        Sie packte die Harf' –
        in Trümmer sie warf!

N:45.

Allegretto
Tje_na_re Moll_berg hur är det fatt?
Hvar är din Harpa, hvar är din halt?
Ach hur din läpp är klufven och stor! Hvar har du va_rit? Svara min
Bror. Til Rostock min Far, min Harpa jag bar: Där börjas krakel om
mej och mit Spel; Och bäst jag Spelte Pling plingeli plång, Kom en Sko-
flicka_re hjulbent och lång, Högg mej på truten Pling plingeli plång.

Dann kriegte ich noch, pling plingeli plang,
hinten am Schädel die Schmarre – so lang!
Ich bin ganz krank, oh, pling plingeli plang!

Nie wieder Polkas! Ich habe Schiß
und sehr gelitten!« – Mollberg, gewiß! –
»Ich bin ganz schuldlos, ach, und so wund;
nie wieder Polkas von dieser Stund!
    Ich gehe hier weg
    von all diesem Dreck,
    verlasse dies Land,
    die Harfe am Band,
spiel nur für Bacchus, pling plingeli plang.
Kenner es wissen, bin Könner von Rang!
Folg mir Apollo, pling plingeli plang!«

## Fredmans Epistel N:ro 46.

*Selbige beschreibet, wie Mollberg hoch zu Roß*
*zum Begräbnis bittet, als die Wirtin*
*aus der Pinte »Wismar« das Zeitliche gesegnet,*
*und wie selbiger Mollberg das Sterbehaus verließ;*
*zu singen als ein heftiges Allegro in D-Dur mit Geigen*

*Allegro*

He, aus dem Weg da! Macht Platz dem Kurier!
Lasset durch Reiter Mollberg, er lädt euch zum Bier!
Pitsch! Hört, er knallt mit der Peitsche allhier,
sitzet steif wie ein Bock auf seinem Tier.
Seht, ist geschniegelt! Sein Hut – welche Zier!
Trägt sogar die Pistole, Flöte neben ihr.
Na, und den Gaul spornt er an mit Pläsier.
Heja, Mollberg! So bleib noch bißchen hier!
    Da! Wie im Kreis
    nun der Greis

sacht galoppieret voll Trauer!
Schwankt hin und her,
immer mehr,
von Bier und Schnäpsen schwer.
Mollberg lag schon auf der Lauer,
band fest die Pistole, den Flor.
Steckt', er ist ja mal kein Bauer,
Buchsbaum auch davor!
Und nun zieht er seine Liste,
alles ist bei ihm korrekt,
primo Wein, secundo Kiste,
tertio dann Konfekt!

He, aus dem Weg da! Adieu, Bruder wert!
Warte noch, Reiter Mollberg! Steh' mit deinem Pferd!
Pitsch! Hört, er knallt mit der Peitsche verkehrt!
Warte, Mollberg – du bist hoch geehrt!
Gleichst dem Sankt Georg und trägst auch ein Schwert!
Drachen töten, mein Ritter? Nein, sei unbeschwert!
»Ich bitt zum Grabbier, ihr habt es begehrt.
Kommt Schlag sechs! – Nun habt ihr's gehört!
Wißt, so um drei
war's vorbei,
nie wird sie mehr erwachen!
Sie find im Nu
ihre Ruh.
Ich lade Gäste dazu!« –
Mollberg, der muß alles machen:
Lampen, Kuchen, Fiedler, genug –
Leichenhemd und tausend Sachen,
und er führt den Zug;
stellt die Flaschen auf die Tische,
prüft die Liste. Noch tut not:
quarto: Pontak, quinto: Fische,
sexto: Saffranbrot!

He, aus dem Weg da! Es läutet so fein.
Glocken sind's von St. Olof. – »Eilet Mollberg?« – Nein!

N.º 46.

Allegro
Un_dan ur vägen ge rum för Curirn gå ur
Råcken upsü_stad på Hatten Cordon med Pi_
vä_gen för Mollberg u tan Stryk och tvång. Pitsch hör han smäller med
sto_len i bäl_tet och en stor Bassong. Pitsch hör han smäller i
Pi_skan Al_lons. Sit_ter rak i Sadeln som en Stång.
Fly_gande Språng och med Hatten viftar på en gång.
Tyst nu i ring rundt i kring Han Gallop_pe_rar i harmen;
än gupparhan af och an helt lik en ru_sig man.
f

Mollberg märk, har ſlor om ar-men och ut-i Pi-
ſto-ler-na ſlor. Bröſt bouquet ten märk i barmen
gjord af bux bom, Bror. Se hur han tar
up ſin li-ſta, hör hur han nu lä-ſer käckt,
Primo Vin, Se-cundo ki-ſta, Tertio tags Confect.
P

Pitsch! Hört, er knallt mit der Peitsche allein,
drückt dem Gaul die Sporen ein.
Oh! Tränen fallen mir in meinen Wein,
muß jetzt leben – o Jammer – mit Durst und in Pein!
Zapfmutter, Zapfmutter, du gingest ein
zu den Engeln, trägst den Glorienschein!
    Hast, stets besorgt,
    mir geborgt!
    Wurdest dem Tod doch zum Raube!
    Dein Bein so weiß –
    kalt wie Eis!
    Ich küßt' dereinst es heiß!
Mollberg, denk doch an die Taube,
wie sie in der Krugtür oft stand,
mit der hübschen Spitzenhaube,
Gläschen in der Hand.
    Augen strahlten aus dem Weibe!
Und die weißen Brüste! – Nein,
was ist Schönheit? Ach, ich bleibe –
    vorerst mal – allein!

## Fredmans Epistel N:ro 47.

*Worin er abmalet, wie der Reiter Mollberg ins Sterbehaus »Wismar« zurückkehret; ein gar traurig Andante in c-Moll, vornehmlich für Streichinstrumente*

*Andante*

»Kommet nicht bald Mollberg?« – Na, noch zur Stund
erblickt' ich sein Roß vor dem Krug »Gröna Lund«!
Da stand er und feilschte, die Pfeife im Mund,
  und pfiff seinem struppigen Hund.
Ja, im blauen Staatsrock stand er am Tor,
Pistolen im Gürtel, die guckten hervor.

Am Arm trug er still und bescheiden den Flor. *rit.*
Er hatte viel Zeit – und Blümchen am Ohr! *a tempo*
Und der Falbe vom »Wismar«, die Mähne sehr lang,
na, der stand an der Tonne des Schankwirts und trank
während hinten ein Karren Rekruten umsank,
|: als plötzlich die Achse zersprang! :|

»Gruß euch, Soldaten!« – Mollberg macht halt.
Sie sehn seine staksende, dürre Gestalt.
Pitsch! Hört, wie die Peitsche aufs Roß niederknallt!
Pitsch, pitsch! In der Gasse es schallt.
Seht, wie Mollberg reitet über den Damm,
die Locken gerollt auf dem silbernen Kamm!
Im Steigbügel steht er, sein Rock sitzet stramm. *rit.*
Sein Roß ist so zahm wie ein Lamm. *a tempo*
Guten Morgen, Freund Mollberg! – »Hab Dank, Kamerad!«
Sag, was hast du im Korb drin? – »Konfekt, Zitronat!« –
Und im Säckchen am Sattel? – »Bloß Kohl und Spinat!
|: Und – Schnaps hier im Faß! Delikat! :|

Hört, ich ritt heut früh zum Nyboda-Krug,
kam an, als vom Kirchturm es zehn grade schlug,
traktierte den Küster, der wenig vertrug.
Fünf Schnäpse – die waren genug!
Wie der Weg da war? – Na, häßlich und kalt
und schlammig, voll Pfützen – ich trinke drauf halt!
Das Schloß ist verfallen, und Moos wächst da bald *rit.*
und viel ist nicht übrig vom Wald. *a tempo*
Ja, ich fand da kein einziges gastliches Haus,
aber Disteln und Dornen, ach Männer – ein Graus!
Und am See pfiff es lausig, der Sturm zog mich aus.
|: Ja, Skol! – Fahrt da bloß nicht hinaus! :|

Das ist für Madam, die liegt auf der Bahr'!
Ein Laken, die Leiche – laß sehn, was noch war!
Was gestern ich schrieb in die Liste, ist klar.
Das andre – vergaß ich wohl gar?

N:o 47.

Andante
Kommer in tel Möllberg? so nyss på stund Så
Kläd der var han i Sin mörkblå surtout med
gnägga hans Fole vid dörn på Grönlund Där stod han och växla med
bäl te kring lifvet, Pi sto_ ler och spjut, Stolt floret kring armen var
Pi pan i mund, och klappa sin lurfvi ga hund.
Hängt med en knut Som bröts i en blomma til slut.
1
2
Mosters
brunte på Vissmar långhalsig och ful Stod och sörpla ur tunnan i
kröga_rens skjul mot en Resvagn med knektar mångfärgad och gul, med
Sön dri ga Skenor och hjul. med Söndri ga Skenor och hjul.

Hab nun: Fische, Brezeln, Kuchen und Bier;
die Liste ist lang, und hier fehlt was, scheint mir!
Ich hab was vergessen! Rekruten! Bleibt hier! *rit.*
Den Zug mit dem Sarg! Ah, ich Tier!« – *a tempo*
»Hast den Branntwein versoffen! Bekenne, mein Sohn!« –
Hilfe! Sieht man's mir an? – »Wie ein Loch soffst du schon!
Solltest Frühstück bestellen, Freund Mollberg, Kujon!
|: Ja, sauf! – Nun versauf auch den Lohn!« – :|

## Fredmans Epistel N:ro 48.

*Worin Schön Ullas Rückreise von Hessingen am Mälarsee an einem Sommermorgen anno 1769 als Idylle gezeiget wird, desgleichen deren pikanter Ausgang; klinget schön auf allen Instrumenten, vornehmlich mit Geigen und Posaunen, als ein Allegretto in C-Dur*

*Allegretto*

Ah, die Sonne glänzt so blank,
spiegelt in den Wellen;
fahren nun die Bucht entlang,
und die Segel schwellen!
Wimpel flattern, Südwind weht,
Olle auf dem Heuboot steht,
Kerstin zur Kajüte geht;
horch, die Hunde bellen!

Olle schlägt mit Ruh den Stahl,
steckt sich an die Pfeife,
kratzt am Ohr sich noch einmal,
fährt dann eine Schleife,
blinzelt müd ins Sonnenlicht,
Kerstin, seine Liebste, spricht,
daß sie, anders ging's wohl nicht,
nun zum Ruder greife!

Unsre große Schute saust;
Jerker dreht die Leier,
und sie brummt, die Welle braust
hier zur Morgenfeier.
Knarrend fährt der alte Kahn,
lustig flattert eine Fahn,
heiser kräht dort grad ein Hahn,
welch ein Tag! Gedeih' er!

Bruder Movitz bläst allhier
auf der Schute Lieder.
»Olle, sag, was kost' der Stier?«
Horch? Was rief er wieder? –
»Na, wo kommt ihr, Leute, her?« –
Sind aus Lövö, vorn am Meer,
fahren Milch und Grünkram schwer
nach Stockholm hernieder!« –

Eine Jolle kommt heran,
Marjo schwenkt das Ruder.
Mit Gemüse, Milch und Lamm
geht zum Zoll das Fuder.
Schöne Kirschen zeiget sie,
Butternapf steht auf dem Knie,
und sie summt die Melodie,
schneuzt sich, schnupft, das Luder.

Ulla Winblad, werde wach!
Schnäpslein ich dir bringe!
Gähne nicht, mach keinen Krach!
Setz dich her und singe,
steck die Röcke richtig auf!
Niest du gar? Skol, Herzkind, drauf!
Hessingen! Da! Schau hinauf!
Nun sei guter Dinge!

Ulla, guck: dein Bräutigam! –
»Norström?! – küß mich lieber . . .

oder küßt mich beide, stramm,
wie im Liebesfieber!« –
Hier hat jeder gleichen Rang,
hörst du den Posaunenklang?
Skol denn! Und Contentement!
Bist schon ein Kaliber!

Da! Vom Schilfgras fast verhüllt,
kannst du Kühe schauen!
Und ein Stier belebt das Bild
vor der Flut, der blauen.
Auen stehn in Herrlichkeit,
Kälber springen keck und weit,
Fohlen tänzeln voller Freud,
und im Schlamm sind Sauen!

Auf der Lichtung, hinterm Baum,
siehst du einen Schützen!
Und er lauschet, wie im Traum,
das wird nicht viel nützen!
Und die Vogelwelt so bunt
zwitschert, singt im Erlengrund,
und da steht ja auch sein Hund.
Soll die Ohren spitzen!

Movitz, jetzt den Morgenschluck!
Wellen schlagen leise;
sieh nur, Ekensberg! – »Gluck, gluck!«
auf die alte Weise!
Da am Wirtshaus – welch ein Knall! –
spielt man Kegel, klarer Fall!
Und vom Fels kommt Widerhall.
Ist sie schön, die Reise?

Draußen sitzen um ein Faß
recht besoffne Zecher,
schreien Trumpf! – und dies und das,
leeren ihre Becher.

Einer pennt, geschwächt vom Wein,
schon mit ausgestrecktem Bein,
und sein Kissen ist ein Stein,
Morgenwind sein Fächer.

Auf der Klippe, da am Strand
die Chinesen malen,
formen aus ein wenig Sand
schönste Blumenschalen;
brennen in den Ton hinein
selbst Apelles' Pinsel fein.
Ulla, was könnt schöner sein!
Kannst du das bezahlen?

So, das war Marieberg,
blick nun tiefer nieder!
Sieh, da qualmt's wie gelbes Werg,
hu, es friern die Glieder.
Ist das Zuchthaus! Dicht dabei
die Salpetersiederei!
Einst bringt dich die Polizei,
Ulla, dahin wieder!

Laß zum Messen jetzt das Lot
in die Tiefe sinken!
Penne bloß nicht, sapperlot,
Ulla möchte trinken.
Gib ein Glas ihr, fauler Wicht!
Still, wenn Ulla mit dir spricht!
Oder liebst du Ulla nicht?
Komm, gib mir den Schinken!

Sieh nur, wie im Sonnenschein
Stockholms Türme gluten!
Und die Luft ist hier so rein,
klar sind hier die Fluten!
Kinder spielen schon am Strand,

sammeln Steinchen da im Sand,
fangen Fische sehr gewandt
mit den Angelruten.

Löst das Tauwerk! Segel weg!
Skinnarviken schauet!
Das Kastell am selben Fleck,
Mälar es umblauet.
In der Schmiede Eisen glüht,
Pumpen knirschen, wie das sprüht!
Da, ein Gaul, ein Schmied, der müd
grad den Huf behauet!

Mit dem Klöppel in der Hand
stehen Mägde bieder,
nesteln vorn am Schürzenband,
füllig sind die Mieder.
Sieh nur da, die hübsche Braut
dann und wann zur Turmuhr schaut,
zählt die Schläge, trällert laut,
und jetzt wäscht sie wieder!

Schönste, kommt man so hinaus,
ist das reinste Wonne!
Doch am schönsten ist's zu Haus.
He! Du mit der Tonne!
Wupp, da liegt sie, Wagen kracht!
Wasser fließt, der Kutscher lacht,
das hat bloß sein Gaul gemacht. –
Herrlich scheint die Sonne.

Jepp, der Türmer, bläst vom Chor,
grell die Glocken klingen,
vor dem Schornstein steht ein Mohr,
muß den Besen schwingen.
Und ein Bäcker bringt schon Brot,
aus der Schmiede leuchtet's rot.

N:48.

N:49. Se Mel: N:42.

Ein Rekrut in höchster Not
muß zum Dienst hinspringen.

Gehn wir alle nun zu Bett!
Blas Posaune, eile!
Kinder, diese Fahrt war nett,
denkt dran eine Weile!
Lebet wohl, du Jörgen, Hans,
Mädchen ihr bei Spiel und Tanz!
Ulla kriegt den Myrtenkranz!
Ulla komm! Nun teile!

Norström die Perücke schwang,
er konnt' nur noch lallen.
Und Schön Ulla, bleich und krank,
ließ die Röcke fallen.
Kroch, breitbeinig, auf die Daun';
Movitz nach ... mit der Posaun'!
»Laß nur, Norström! Solche Fraun
die gehörn uns allen!«

## Fredmans Epistel N:ro 49.

*Welche uns beschreibet,*
*wie man an einem Sommertag anno 1769*
*beim Wirtshaus »Klubben« am Mälarsee an Land stieg;*
*vorgestellet im selben Allegro wie unter N:ro 42,*
*jedoch vornehmlich mit Waldhörnern*

*Allegro*

Mamsell Ulla! Merk, Mamsell!
Sieh den Mond, wie silberhell
er den See, das Land bestrahlet,
herrlich malet
diese Stell'!

Still der Mälarsee nun ruht,
viele Schiffe trägt die Flut.
Über Felder,
dichte Wälder
streift dein Blick voll Übermut.
Schwester, blick hinüber! – Die Jachten, die Kiele!
|: Da sind viele :|
Männer, heiß und gut.

Sieh die Äcker hier im Rund,
tausend Blumen winken bunt,
Roggenfelder duften, geben
Brot zum Leben
hier am Sund!
Du, man brennet Schnaps hier auch.
Da! Aus Essen steigt der Rauch;
Hat man Dusel,
kriegt man Fusel,
das ist hier so Brauch!
Mollberg, lenke dorthin! Am Steg da zur Linken
|: seh ich winken :|
Vater Hök, den Schlauch!

Schau jetzt hierhin, wo am Strand,
dicht am See zur linken Hand,
freundlich zwei Laternen glimmen
und verschwimmen!
Dir bekannt?
Nein, mein Röschen, Zuckerkind,
dorthin zeig ich, schau geschwind!
Ja, die Schenke
hat Getränke!
Und wir liegen gut im Wind.
Da steht auch der Krugwirt, hält angelnd die Rute.
|: Schaut zur Schute :|
Wie wir durstig sind!

Blast ihr Winde, spielet auf!
Hißt die Wimpel, setzt sie drauf,
laßt die Segel herrlich knattern!
    Tücher flattern,
    kommt zuhauf!
Skol! Bei wildem Waldhornklang
saufen wir ein Leben lang!
    An die Kannen
    gehn die Mannen,
wärmt die Seele mit Gesang!
Trinke, liebe Schwester! Oh, Mollberg, jetzt knallt es!
    |: Ulla galt es ... :|
    Unsrer Braut wird bang!

Hier vorm Krug wird angelegt;
ja, der Strandweg ist gefegt;
schau, da stehen Wirt und Wirtin,
    komm nur, Hirtin!
    Aufgeregt?
Na, wie geht's? – Ja, kommt an Land!
Wirtin Wingmark gibt die Hand.
    Hier sind Stufen ...
    Nicht berufen!
Schüttelt ab den nassen Sand!
Hol auch den Eßkorb, die Taschen, du Kleine!
    |: Bier und Weine :|
    bringe her vom Strand! –

»Mein Rubin, ja, ist der weg?«
ruft da Jeanna voller Schreck.
Lottas Muff im Bettzeug, zeige!
    Und die Geige
    fiel von Deck.
Papas Handschuh' – ich werd krank –
lagen auf der Ruderbank.
    In der Schute
    sucht der Gute
die Perücke – die vom Schrank!

Lieber Bruder Peter, ach, ach, die Perücke
|: blieb zurücke! :|
Leuchte, Glatze, – blank!

Laß das Cello ganz, mein Kind,
koste, wie die Waffeln sind!
Hol die Büchse mit der Butter,
liebe Mutter,
aus dem Spind!
Schön die Torte! – Welch Genuß!
Zimt, Anchovis, Zuckerguß,
Karamellen
an den Stellen,
die man einfach essen muß!
Laßt uns heute fröhlich hier rasten zur Stunde!
|: Bleibt am Spunde, :|
noch ist längst nicht Schluß!

Vater Hök, ich trink auf dich;
grienest du, dann freu ich mich.
Komm schon, Lieber, nimm den Becher!
Alter Zecher,
trink wie ich!
Nimmst die ganze Bande auf,
hast die Betten, na, ich sauf.
Deine Säfte
geben Kräfte;
laßt der Wollust freien Lauf!
Sturm kommt, liebe Damen, laßt fallen die Segel!
|: Nur ein Flegel :|
paßt und kommt nicht drauf!

Dieselbe Melodie wie Ep. N:ro 42.

## Fredmans Epistel N:ro 50.

*Worin dessen letzter, wehmütiger Blick auf Ulla Winblad bei ihrer Rückfahrt vom Tiergarten abgebildet wird; zu singen als ein Allegretto in C-Dur und gleichermaßen als ein Menuetto mit Waldhörnern!*

*Allegretto*

Phöbus glänzt wieder
aus Wolken hernieder.
Die Hütten, den Flieder
umgießt er mit Licht.
Pferde beim Tränken
ins Wasser sich senken,
sie stampfen und schwenken
  die Leiber so dicht! *Fin.*
Donner grollen
und Wolken rollen!
Dianas Schuß hören
die Eichen und Föhren.
  Wenn Blitze zucken,
die Wolken ausspucken,
gar Götter sich ducken,
*rit.* da Zeus nun spricht *D. C.*
*Menuetto* Seht nun das Bild im Ganzen,
welch herrliche Bahn!
Seht Neptun tanzen –
*Corno* den Dreizack im Ozean!
Helden fälln ihre Lanzen;
und Flöte spielt Pan
im Liebeswahn . . .
  Engel, Teufel, Schranzen –
die liegen im selben Kahn!
  Wellen, die glitzern, springen . . .
Tritonen solln blasen, singen!
*Corno* Ulla Winblad!
*Corno* Ulla Winblad!

Wollust dich uns gewann!
Mars selbst – mit Goldgalonen –
fliegt blutrot heran!
Und in die Felsen schießt mit Kanonen
Neptun, der brave Mann!
Nymphen und Cupidonen,
nun küßt euch! – Fangt an!
Schön Ulla kommt schon mit Postillionen. *Corno*

*Allegretto* Schiffsglock' ertönet,
man stampft, daß es dröhnet,
ein Holländer frönet
dem Hurra-Akkord!
Engländer knallen,
und Schüsse verhallen.
Musik soll erschallen,
nur hier ist der Ort! *Fin.*
Ulla, Kleine,
du weißt, was ich meine!
Die Wellen dich wiegen,
so bleib ruhig liegen!
Ja! Wieg dich noch freier,
ich seh deinen Schleier;
es steht meine Leier,
*rit.* Freia, sofort! *D. C.*
*Menuetto* Gib mir die Flasche, Gute!
Die Hüt' werft empor!
Los, Movitz, tute!
*Corno* Stimm' ein in den Männerchor!
He! Aus der alten Schute
da blitzt es hervor!
Man schießt, du Tor!
Wie ist dir zumute?
Ja, blas mir dein Lied ins Ohr!
Strahlen ins Auge stechen . . .
Blas! Fredman will weiterzechen!
*Corno* Ulla Winblad!

## N:50.

Allegretto
Phœbus förnyar de gyllene Skyar, kring Städer och byar be
ſtrålar vår Syn; Häſtarna blänka, i vatnet ſig ſänka, de ſtampa och ſtänka och
Fin
gnägga til Skyn; Åſkan bullrar, på molnena kullrar: Di_ana ren knallar bland
Ekar och tallar, där blixten ljungar, ſjelf Jupiter gungar bland Gudar och kungar i
vattu_bryn. D:C.
Häſtarna lyfta Svanſar med fläktande
Corno
man ſjelf Neptun danſar med gaffel kring Oce_an;

Hjeltarna fälla lansar; Sin Pi_pa tar Pan; På kärleks
ban syns med bloss och kransar båd' Ängel och Mori_an. Böl_jorna glittra,
gunga. Tri_tonerna blåsa, sjunga. Ulla Vinblad! Ulla Vinblad! kärlek dig öfver_
Corno
Corno
Dann Mars sjelf med guldgaloner står blodig och grann, och uti bergena tänds Ca_
noner af hvar en Neptuni man: Fastar och Cupi_do_ner om_
famna hvar ann Men Ulla Syns skrålen Postil_joner.
Corno

*Corno* Ulla Winblad!
Skol! Rufet laut Hurra!
Neptun befahl den Wellen,
dich, Nymphe, nur ja
sicher und glücklich zu überstellen!
Drum geh jetzt, was immer geschah!
Hört, wie die Hunde bellen!
Nun sind wir gleich da –
Leb wohl, mein Glück! – Blaset, ihr
Gesellen! *Corno*

**Fredmans Epistel N:ro 51.**

*Das denkwürdige Konzert im Wirtshaus »Drei Bütten« betreffend; klinget gar lieblich mit Holzblasinstrumenten, vornehmlich Klarinetten, als Marche in G-Dur*

*Marche*

Movitz blies einst ein Konzert
in »Drei Bütten«, spät abends, der Ball war geschlossen.
Und kein Ton war da verkehrt.
Wie Erbsen kamen die Töne geschossen.
Erst sprach Berg mit viel Elan;
dann sang Ulla ein paar von den Filzschen Duetten
mit dem Akkompagnement
gar von zwei Flöten und sechs Klarinetten!
Weg mit Schmerz und Weh! *Clarin.*
Orpheus ich hier seh! *Clarin.*
Heiß ist's hier vor Lieb und Lust,
nun kost die Brüste, die weiß sind wie Schnee!

Movitz streicht wie'n Satan dort!
Seine Finger, die trillern und flattern und gleiten
auf dem Cello immerfort;
und kommt das Solo, dann springen die Saiten!

Ach, wie phantasierst du fein
aus b-Moll nach G-Dur, wie die Töne uns liegen!
Skol denn! Brüder, gießt mal ein!
Und tanzet lieblich, viel Wein sollt ihr kriegen!
Blas doch, Movitz, klar! *Clarin.*
Ah, wie wunderbar! *Clarin.*
Bravo, brav, bravissimo!
Ihr seid die beste, die fröhlichste Schar!

Wie ein Hahn springt Movitz auf,
und er stampfet und prustet und ruft ins Gedränge:
»Von Galuppi, paßt gut auf!« –
»Ja, von Galuppi!« so jubelt die Menge.
»Erst«, schreit Vater Berg, »bringt Wein!
Gießet Bier doch in unsere Kannen! Courage!« –
Hört, jetzt quiekt er wie ein Schwein!
Komm, spiel Polka, dann tanzt die Bagage!
Movitz bläst – oho! *Clarin.*
Gut! – Bravissimo! *Clarin.*
Bist zu unsrer Lust gemacht,
selbst im Olymp bläst man heut nicht mehr so!

Eine Arie Ulla singt,
aus dem schwellenden Busen das Halstuch sie zupfet;
Wingmarks Flöte nun erklingt;
wie kühn er linst und die Stirn sich betupfet!
Bergström stehet trinkend da,
stimmt die Quinte jetzt ein, hält die Geige im Arme.
Ulla singt, da ruft er »Ah!«
Betatscht die Brust ihr, die volle, die warme.
Ulla, nichts dabei! *Flauto*
Mach doch kein Geschrei! *Flauto*
Sing doch ruhig weiter, Kind!
Hier bläst bloß Wingmark, der Freche! Ei, ei!

Na, und sieht er denn nicht aus
wie auf Fächern mitunter gemalt ist ein Hirte?

N:51.

Marche
Mo_vitz blåste en Concert på Tre
Byt_tor en af_ton sen Ba_len var slu_ten;
Hvar_je ton likSom en ärt den föll så
kullrig och rul_la ur tru_ten. Först höll
Bergen en Harang sen sjöng Ulla et par utaf Filtzens Duetter

Vid et ac_compa gne_ment ut_af två
Flöjter och ſex Clari_net_ter Kör båd' folk och
fä
Clarin.
Or_phei O_bo_e.
Clari-
net
Låt oſs va_ra gla_da
barn ochklappa Sy_ſtrar_na hvarpå ſit knä.

Er tritt aus dem Wald heraus,
am Mund die Flöte, welch ein zartes Geflirte!
Schief hängt ihm der Schäferhut,
und vorm Bauch, ja, verrutschet wohl ständig die Weste.
Bläst er mal den Ton ganz gut,
so nickt fröhlich und selig, der Beste.
Horch! Es klingt im Chor, *Flauto*
na, da capo, Tor! *Flauto*
Ja, wir singen's alle vor!
Es klingt so prächtig wie niemals zuvor!

Äol durch die Wolken stürmt;
unsre Fackeln verlöschen, soll's regnen und gießen!
Neptun hoch die Wogen türmt,
schon Nix' und Walfisch aus Tiefen aufschießen.
Ach, wie heiß war jeder Ton!
Wir warn Kinder Apollos, wir tanzten, wir sangen!
Heil sei meinem Erzpatron!
Ja, Wingmarks Flöte, die weckte Verlangen!
Blas Fagott und stark! *Fagotto*
Wir sind ohne Arg, *Clarin.*
fröhlich sind wir, bis ins Mark!
Wir trinken Skol! – Alles andre ist Quark.

## Fredmans Epistel N:ro 52.

*An Korporal Movitz, als ihm die Braut gestorben war;*
*Elegie;*
*ein Andante moderato in C-Dur für Flauto*

*Andante moderato*

Movitz, spiel Trauertöne!
Ach Movitz, ach Movitz!
Wie kalt und bleich liegt deine Schöne!
Jammern hör ich Bacchus' Söhne,

beklagen dein Geschick!
Sieh, dieser ringt die Hände,
jener glaubt, daß Trost er fände.
Dort ein andrer seufzt ohn Ende. –
Im himmlischen Gelände
|: verbirgt sie sich dem Blick. :|

Weint, Bacchus' Dienerinnen!
Charlotte, Charlotte!
Die Tochter Freias ging von hinnen;
selbst vom Olymp die Herrscherinnen
gäb Movitz gern für sie!
Ach, wie ihr Auge sprühte,
wie in Saft und Kraft sie blühte,
wenn die Wollust sie durchglühte!
Wie Movitz sich dann mühte!
|: Ah, soviel Glück gab's nie! :|

So wie in klaren Quellen,
ach Movitz, ach Movitz,
du siehst ein flinkes Fischlein schnellen,
wie durch Zephirs Wirbelwellen –
so sprang sie stets umher.
Sie liebte dich so bieder,
in dein Bett kam sie stets wieder,
fuhr in deine Seele nieder,
beglückte alle Glieder! –
|: Du siehst sie nimmermehr! :|

Noch glaub ich sie zu sehen,
Charlotte, Charlotte!
Ich seh in der Fabrik sie stehen . . .
Movitz, nie mehr kannst du gehen
am Samstag mit ihr aus!
Oh ja, ich seh Charlotte!
Weben mußt' die arme Motte,
vor der Haspel saß die Flotte;

## N:52.

Andante Moderato
Mo_vitz mit hjerta blöder! Movitz! Mo_
vitz! jag sett din fästmö kall och dö_der;
Grymt jag hör hur Bacchi bröder med gråt bestor_ma skyn.
En vrider si_na händer En sitt hufvud bort han vänder,
Ömt en annan suckar sänder, när i de sälla län_der Hon
gömmes för vår Syn. Hon gömmes för vår Syn

jetzt ruhet die Kokotte
in Plutos dunklem Haus.

Was nützet dir dein Sinnen?
Ach Movitz, ach Movitz!
Für immer ging das Kind von hinnen.
Deine Zähren, laß sie rinnen
bei jedem Celloton!
Entflieh vor Freias Scharen,
sollst die Freiheit dir bewahren!
Liebesstricke, laß sie fahren!
Zum Wein nur geh, zum Klaren!
|: Jetzt bist du frei, mein Sohn! :|

### Fredmans Epistel N:ro 53.

*Über eine Prügelei in der Pinte »Rosenlund« am Danto-Zoll bei einem gewissen T. in einer Herbstnacht, wobei Vater Berg zuvor selten schlecht spielte; zu präsentieren als Allegretto in F-Dur*

*Allegretto*

Für ein Glas Bier und ein paar Kümmel
flattert plump der Genius
und fällt hinab ins Zechgetümmel,
einst voll Glanz, doch nun ist Schluß.
Berg, laß dich hören! *V:cello*
Kannst uns nicht stören *V:cello*
mit dem Cello auf »Rosenlund«!
Rosig du, frisch, gesund!

Feurige Lust und hohes Können,
zeigst du, Alter, wirklich nicht!
Spielst wie die Ente – ich will's nennen –,
der's an Eleganz gebricht!

Mürrisch er fiedelt, *V: cello*
scheußlich er gniedelt, *V: cello*
tötet olympische Lust und Freud;
doch ihn selbst hat's nie gereut.

Hinten – na Skol drauf! – bei Grimshagen
liegt der Bierkrug »Rosenlund«,
Schnäpse und Weine für den Magen
fließen dort aus manchem Spund.
Trinket, ihr Kunden, *V: cello*
laßt es euch munden! *V: cello*
Tabak auch kriegt ihr im Garten am Feld,
wo der Schrei der Krähen gellt.

Sehet den Wirt, wie gut erzogen
er dort kredenzt das volle Glas!
Lächelnd nun reicht er Berg den Bogen
für das Solo auf dem Baß.
Hört, wie er grummelt, *V: cello*
fingert und fummelt! *V: cello*
Nickt mit dem Kopf jetzt und äuget ins Licht.
Himmel, Berg! So spielt man nicht!

Sehet im Rauch den Alten sitzen,
wie er glotzet dösig-gut!
Sehet doch seine Zinnknöpf' blitzen!
Welke Blumen trägt sein Hut.
Er spielt – daneben! *V: cello*
So ist das eben. *V: cello*
Ein Schuh hat Spangen aus Messing, guckt hin!
Und der andre, der hat Zinn!

Skol, lieber Berg! Man muß ja lachen,
wenn man unsern Spielmann sieht!
Mußt du dich denn zum Affen machen,
wenn du geigst dein schönstes Lied?
Spiel nur, mein Junge, *V: cello*
bleib so im Schwunge! *V: cello*

Läufe und Triller, die kannst du doch schick!
Sag uns nur, wo ist dein Trick?

Voll ist der Wirt und voll die Taverne,
voll der Humpen immerzu,
manche Gesellen streiten sich gerne.
Bootsmann, laß den Kerl in Ruh!
Sieh mal: die Gaukler! *V: cello*
Ach, was für Schaukler *V: cello*
zwischen zwei Seilen ganz oben im Baum!
Frei sie schweben da im Raum.

Brüder, so trinkt! Und Skol euch Damen!
Schäferhütchen, weißes Bein!
Alle, die hier zusammenkamen,
scherbeln jetzt im Mondenschein.
Hebt eure Röcke ... *V: cello*
Weg da, ihr Böcke! *V: cello*
Singet von Freia, von Wiege und Bett
Tag und Nacht! Und seid kokett!

Hier geht's uns gut, drum Skol, meine Gute!
Hol Melonen, Waffeln, Mann!
Sauf aus dein Glas mit fröhlichem Mute,
tu Muskat, Zitronen ran!
Trink, meine Beste *V: cello*
immer feste! *V: cello*
Bootsleute, Nymphen! – Nun gehet zum Tanz!
Seht, der Mond verschwendet Glanz!

Doch wer ist der im Lederkoller?
Hu! Welch fieser, krummer Mann!
Seht doch, sein Glas wird immer voller!
Allen bietet er was an.
Tückisch er grinset, *V: cello*
schmierig er linset, *V: cello*
dienert und lächelt, er macht sich beliebt
und sein Glas dem Nachbarn gibt!

He, Leute! Wer ist dieser Kunde
mit der Peitsche? Da am Baum!
Hält eine Koppel junger Hunde,
schaut nach Raben, sieht uns kaum.
»Will auf dein Fragen *V: cello*
Antwort dir sagen: *V: cello*
Das ist der Scharfrichter!« – Schrecklich, o Graus!
»Wohnt am Hang im schiefen Haus!« –

Und wer ist das? – »Na, Sjögren, mein Junge!
Schnüffler hier am Danto-Zoll!
Beute er sucht mit falscher Zunge;
macht die armen Bauern toll.
Zwölf gibt's von diesen *V: cello*
Ekligen, Miesen, *V: cello*
Immer betrunken, zerrissen die Schuh',
nimmt er allen ihre Ruh.«

Gebt was aufs Auge! – Auf die Nase!
Nehmt dem Kerl den Säbel weg!
Ja, der gehört hier zu der Blase,
die man schmeißet in den Dreck!
»Es ist derselbe, *V: cello*
der hier um elfe *V: cello*
wegnahm die Pfanne, die jedermann kennt,
weil man mit ihr Branntwein brennt!«

Nun herrscht im Gasthof Freudendusel,
vor der Krugtür – Tod und Mord!
»Hör mal, dein Blut fließt in den Fusel
und dein Kopf fliegt dir gleich fort!« –
Forte! Kanaille, *V: cello*
spiel zur Bataille! *V: cello*
»Schlagt ihm aufs Aug, aufs Kinn, daß es knallt!
Haut aufs Hirn doch, schlagt!« – Nein! Halt!

N:53.

Allegretto
Wid et Stop öl och nå_gra
Det från Sin högd Sig Så för_
Su_par Fladdrar Snil_let mörkt och plumpt;
dju_par, At dess prål blir kallt och dumt
Vcllo.
Men lät oss hö_ra
Bergen, må
Vcllo
gö_ra!
Hur vid Fi_o_len han på Rosen_
lund Står röd blom mig, frisk och Sund.

## Fredmans Epistel N:ro 54.

*Gedichtet am Grab des Korporals Boman*
*auf dem Kirchhof St. Katarina;*
*feierliches Harfen-Andantino in F-Dur*

*Andantino*

Nie eine Iris auf diesem bleichen Feld
Blumen jemals pflückte,
zu schmücken ihres Hirten Zelt.
Die hohen Bäume am hellen Waldesrand
lockten nie Entzückte,
nie Vögel her vom Mälarstrand.
Nie singt hier die Lerche, will es tagen . . .
Nur die Turteltaube hör ich klagen,
|: welche traut :|
überm Grabstein hat ihr Nest gebaut.

Rings in der Runde, o Schreck, wie bang ist mir,
schwarze Kreuzesstangen
verdüstern Bomans Grabrevier.
Sieh diese Zeichen auf jedem Leichenstein:
Hippe, Todesschlangen
euch, Väter, schmücken das Gebein!
Hier und da ein alter Baum, auch Flieder.
Gelbes Herbstlaub segelt schon hernieder;
|: jedes Blatt :|
deckt behutsam eine Ruhestatt.

Oben im Sande das kleine Kirchlein steht;
hinter goldnen Gittern
der reichen Leute Geist umgeht.
Ah, plötzlich Jofur furchtbar allen droht!
Unsre Herzen zittern,
mit Donnerschlägen ruft der Tod.
In den Abgrund, wo Zyklopen hausen,
schleudert er den Tempel einst, o Grausen . . .

|: Und die Pracht :|
neuer Morgenröte er entfacht.

Jammre und weine! Die Hände ring voll Graun!
Bomans Grab umstehen
mit vollen Humpen Klagefraun.
Die mit dem Milchfaß, die so verzweifelt tut –
ach, sie will vergehen
im Übermaß der Tränenflut –
ist die Witwe von dem toten Bengel;
und die andern sind, die netten Engel,
|: Hökerfraun, :|
in der Nord- und Südstadt anzuschaun.

Movitz, wir singen ihm unsern Grabgesang!
Bruder, kannst du spielen?
Ach nein! Dein Herz ist viel zu krank ...
Zupfe die Harfe für Bomans Witwe, Sohn!
Sieh, die Zähren fielen
auf ihre schwarzen Schuhe schon!
Reich die Flasche ihr zum Trostestranke! –
Skol, Madam! Der Eure ganz! – »Ich danke.«
|: Mehr Wein her! :|
»Ach, mein Boman – seh dich nimmermehr!

Danke, mein Boman! – Ja, Dank für jeden Tag,
da du mich verbläuet
mit wildem Fluch und hartem Schlag!
Sieh, deine Mütze – sie wird mein Sommerhut!
Auch ist – wie's mich freuet –
dein Rock für mich als Mantel gut!« –
Bomans Witwe! – Laß das Weinen, Mutter!
Hör nur, Movitz harfet weich wie Butter.
|: Weg die Qual! :|
Such dir einen neuen Korporal!

N:54.

Andantino
Al_drig en I_ris på dessa bleka fält,
Och dessa löf_trän vid dagens ljusa .rand
Minsta blomma ploc_kat til vällukt i sin Her_des Fält,
Al_drig Foglen loc_kat til Floras fest från Mälarns strand.
Aldrig hör_des Lärkan nånsin spela För at Tur_tur dufvans
qval för_de_la, Som i ro Som i ro
midt bland dö_dens pi_lar bygt sit bo.

## Fredmans Epistel N:ro 55.

*Darin von Mollbergs Kegelspiel beim Wirtshause »Faggens« am Hammarby-Zoll an einem Sommerabend anno 1770 die Red ist; vorzusingen als ein kräftiges Allegretto in B-Dur*

*Allegretto*

So sieht er aus! Ja, er will kegeln!
Es ist kurz vor Sonnenuntergang;
kräftig wie'n Schrank,
kann er das regeln.
Seht, sein Hut ist hoch und lang!
Schnür' sind dran – blank.
Schwatzt mit drei Flegeln;
hat zum Kegeln einen Hang.

Blau ist sein Rock, weiße Manschetten
trägt er; und am Bein hängt schwarzer Taft.
Hose gerafft,
kaum noch zu glätten,
ganz verdreckt durch Schnaps und Saft.
Der hat viel Kraft,
drauf will ich wetten;
schwarz sind Bart und Stiefelschaft.

Da läuft er los, hin zu den Eichen!
Sie umstehn die Kegelbahn ganz nah,
Was macht er da?
Er will's erreichen ...
Schreit, daß er mehr fallen sah!
»Stimmt das denn, ja?«
Laß dich erweichen,
wirklich! – Zwei nur lagen da!

Pfeifchen im Mund, fluchet der Recke,
schiebt den Hut sich ins Genick und speit.

»Das war . . . zu weit!« –
Da steht die Ecke!
»Unsinn!« – Mollberg stänkert, schreit.
Er ist bereit.
»Neun auf der Strecke!« –
Und es tut den andern leid.

Still ist die Luft, Abendrot glimmet,
Blitz und Nordlicht ziehen ihre Bahn;
Schloß mit Altan
drüben verschwimmet,
silbern rollt der Mond heran.
Lieder im Kahn
sind angestimmet
für Diana, Mars und Pan.

Am Plankenzaun tönen sie wieder;
und das Echo hört man überall.
Die Nachtigall
sitzet im Flieder,
bis zur Aue dringt ihr Schall.
Zärtlicher Hall
öffnet die – Mieder.
Süße Nymphe, bist mein Fall!

Mollberg, na Skol! Solch Nachtigallen
höret man bis Hammarby hinein!
Oben am Hain
Nymphen hinfallen,
üben neue »Lieder« ein.
Weg mit der Pein,
lasset erschallen
Floras Lob bei Bier und Wein!

Hier vor dem Baum kannst du auch rauchen,
uns beschimpfen, Mollberg; wie ein Star!
Doch eins ist klar:
Pfeifchen zu schmauchen –

das beruhigt wunderbar!
    Jetzt droht Gefahr:
    Sturzgüsse tauchen
schon ins Wasser unsre Schar.

Da ist ein Dach! – Kommt, unterstellen!
Flaschen her! – Das Licht ist ausgebrannt.
    Krug in der Hand,
    trinket, Gesellen!
Laßt die Kugeln nur im Sand!
    Schnupfst du? – Bekannt!
    Wir sind Rebellen!
Schlag dich nicht um Bier, du Fant!

Ach, wie es gießt! Wie geht es weiter?
Sieh, ein Regenbogen! Diese Pracht!
    Aus ist die Schlacht;
    Wetter wird heiter,
jeder sich ans Kegeln macht.
    Dort wird gelacht ...
    Mollberg, ein Reiter
küßt dein Nymphlein grad mit Macht!

»Das war 'ne Ratz!« – »Mollberg, hast achte!«
Ratz nun auch für Wingmark, wie vorher!
    »Zwei bloß? – Nicht mehr?«
    »He, nun mal sachte!«
»Dieses macht zwei Schnäpse, Pehr!« –
    »Ratze, du Bär!« –
    Bruder, ich dachte,
Kegelspielen sei nicht schwer!

Was denn? – Wieso? – Wie viele fielen?
Ecke fiel! – Fünf Schnäpse wett ich drauf!
    »Kommst nicht mehr auf!« –
    »Kannst du nicht zielen?« –
Schwach bist du im Schumm! Geh, sauf!

# N:o 55.

Allegretto
Så ſer Han ut midt bland de ſtrålar Solen ſprider
i ſin ne_der_gång; Duf_ven och lång; Håret med nålar
Bär en Hatt båd' trind och trång, Som med Cordon
Glimmar och prålar mel_lan klotets mör_ka ſprång.

Skol, kommt mal rauf!
Bacchus sollt' spielen . . .
Mollberg laß doch! – Nun verschnauf!

Nymphen, jetzt Skol! Nie was verwehren!
Skol für den, der nie ein Eh'weib nahm.
Weil keine kam,
ihn zu beschweren,
fand er Nymphen, die sehr zahm
und ohne Scham.
Wolln Bacchus ehren,
Myrtenkranz auf! Schluckt den Kram!

## Fredmans Epistel N:ro 56.

*Verfaßt, als Mollberg sein Weibchen,*
*die Zapfmutter Maja im »Vergoldeten Becher«, verlor;*
*Marche G-Dur*

*Marche*

Seht, Mollberg geht in Rock und Flor,
trägt Kalbslederhandschuh', ein schwarzes Rohr,
und wirres Haar, ja – wie ein Mohr!
Oh – den Humor
er ganz verlor;
oh – den Humor
er wirklich ganz verlor,
der Tor!
Wie steht er trostlos weinend dort,
das Taschentuch zieht er in einem fort
und schlägt auf seine Brust – mein Wort:
Sein Schmerz, seht her,
ist groß und schwer.
Sein Schmerz – Glas her! –

ist wirklich groß und schwer,
    ja – schwer!
*Refr.* Denn Clotho mit der Scher' –
sie schneidet ungefähr
den Lebensfaden ab.
    Eine Hand
    voller Sand
decket, die sich Freia einst in Lust ergab;
die Nymphe hold mußt' hinab, mußt' hinab!

Wie blickt der Witwer traurig drein,
er wischt mit dem Rockarm die Äugelein;
er atmet Fusel, schwitzet Wein,
    weh dir – Freund Hein!
    Er ist allein.
    Weh dir – Freund Hein!
Er ist allein – in Pein,
    in Pein!
Vorm Krug ein Doppelschloß jetzt sitzt,
verrammelt, vernagelt – kein Klopfen nützt;
das Schild fort, das sein Leben schützt!
    Goldbecher dort
    für allzeit fort,
    Goldbecher dort
für allzeit, allzeit fort –
    welch Mord!
*Refr.* Denn Clotho mit der Scher' . . . *usw.*

Mein Kind, dich dieses Grab nun ehrt;
die Sehnsucht nach Wollust hat dich verzehrt,
sie hat dir Graf und Sklav' beschert.
    Die Lieb gewährt',
    ruht in der Erd',
    die Lieb' gewährt'
hat jetzt des Todes Schwert
    begehrt . . .
Dem Staub gleich, Schwestern, drauf ihr geht,

ist Zapfmutter Majas Bild jäh verweht.
Sie hörte euer Lustgebet –
        von früh bis spät.
        Nun nicht mehr – seht! –
        sie je euch lädt
auf Freias Liebesbeet!
        Zu spät!
*Refr.* Denn Clotho mit der Scher' ... *usw.*

Zum Strauß pflückt Anemonen hier
und nehmt auch Narzissen, des Grabes Zier,
Jasmin, Levkojen dann von mir!
        Ach – schenkt sie ihr ...
        und Mollberg, dir!
        Oh, Mollberg, Sir,
vergehst vor Kummer schier!
        Pläsier!
So wein um deine Lieb nicht mehr!
Sie wird bald zu Staub unterm Rasen schwer,
nimm deinen Strauß, du alter Bär,
        trink's Viertel leer!
        Na Skol! – Komm her!
        Trink's Viertel leer!
Und lächle mehr, viel mehr –
*rit.* viel mehr! *a tempo*
*Refr.* Denn Clotho mit der Scher' ... *usw.*

N.º 56.

Marche
Se Moll_berg med ſvart Rock och ſtor, Med
Be_trak_ta hur han mod_fäld ſtår, Drar
Ru_calvanshandſkar och Bockſkins ſkor, Med lurf_vigt hår ſvart
up hvi_ta Näsduken vid hwar tår, Med han_den ſig för
ſom en Mor; Hans ſorg är ſtor Bror Mo_vitz Bror, Hans
Brö_ſtet ſlår; Hans ångſt Gu_tår! är öm och ſvår, Hans
ſorg är ſtor, Hans ſorg är öm och ſtor, Bror! Bror!
ångſt Gu_tår! Hans ångſt blir år från år, ſvår, ſvår.

Men Clo___tho med ſin ſax, Kon
klip_per ſom et ax vår ſva_ga lifs_tråd
af; Blott en hand full med ſand
döl_jer nu en för_dom Frö_jas vackra ſlaf, en
ſträng ve_ſtal i ſitt qvalm, i ſitt qvaf.

## Fredmans Epistel N:ro 57.

*Worin beschrieben ist, wie Mollberg zur Kindtaufe einlädt und wer Kindsvater ward; klinget schön mit der Tromba als ein 3/8-Presto in C-Dur*

*Presto*

Alles ist richtig geklärt und getan.
Zäum deinen Braunen und stopf dir die Pfeife!
Schmier dir die Stiefel! – »Ich tat's schon, Galan!« –
Schmück auch dein Zaumzeug! Die Sporen noch schleife
und dann begreife:
noch heut mußt du reiten!
»Hab nichts begriffen . . . doch sag mir's, ich tu's!« –
Nun, du sollst los im Galopp und verbreiten
allen die Nachricht von Mutter, mit Gruß!
Bald ist hier die Kindesfete,
die Schabracke leg schon mal auf!
Und wo hast du die Trompete,
bind sie fest am Sattel, am Knauf!
Dann steige auf, ja, und tätschle die Lende!
Glück auf die Reise, das Hoftor auf! Hopp!
Pitsch! – Horch, er knallt mit der Peitsche behende,
seht, und er bläst selbst im vollen Galopp!
*Tromb.* Für diesen Botengang
*Tromb.* braucht man viel Bier;
*Tromb.* ihn machen Noten krank,
*Tromb.* Freias Kurier!

Bleibe noch, Mollberg, mach halt und kehr um!
Mollberg, kehr um, komm zurück, alter Knabe,
trink erst zwei Schnäpse, na, sei doch nicht dumm!
Vor deinem Kindsritt ich Bier für dich habe.
Dann dich noch labe
an roten Likören,
die jüngst zur Kindtaufe Mutter gebraut!
Prächtig mit Litzen wirbst du für Gören,
suchst für sie Paten . . . Na Skol! Auf die Braut!

Skol! Was meinst du zu dem Schlückchen?
»Bravo, bravo, herzhaft und kalt!
Solch ein Schluck – na, der hilft ein Stückchen,
stillt das Magenknurren mir bald!
Bruder, ich schwör dir mit Handschlag in Treue,
jetzt reit ich los! Und ich weiß auch, wohin!
Pitsch! Weder Kirchturm noch Rinnsteig ich scheue.
Skol denn, ich blase! Und froh ist mein Sinn!«
*Tromb.* Skol denn zum Botenritt!
*Tromb.* »Danke, Papa!« –
*Tromb.* Nimm keine Noten mit,
*Tromb.* blase Trara!

Warte noch, Mollberg! Den Priem aus dem Mund! –
»Nein, ich muß reiten durch Tore und Gassen!« –
Jetzt hört er nichts mehr; er pfeift seinem Hund,
und er muß singen, er kann es nicht lassen!
Ist kaum zu fassen . . .
Oh, Mutter, nicht rufen!
Weg wie der Blitz ist er, leer der Karton.
Sieh doch: im Matsch nur noch Spuren von Hufen!
Da liegt ein Stück noch vom Silberkordon!
Pitsch! Die Peitsche knallt zur Wende.
Pitsch, Hurra! Gleich landet er hier . . .
Oh, wie dampft die Pferdelende,
Zittrig und nervös ist das Tier!
Sieh doch: Freund Mollberg sitzt schräg auf der Mähre!
Da winkt das Krugschild, er lechzt schon nach Trank.
Pitsch! Hört, er peitscht noch und reitet verquere!
Steht jetzt im Steigbügel! – Mollberg, hab Dank!
*Tromb.* »Skol nach dem Botengang!
*Tromb.* Darfst Vater sein! –
*Tromb.* Gieß aus dem roten Schrank
*Tromb.* mir noch was ein! –

Maja läßt grüßen! Sie bittet, mein Sohn,
daß du ihm Ehre auch antust, dem Kleinen!

Du, hol uns Paten, ja, eine Legion!
Grafen und Herren, die sollten erscheinen!
        Mutter, nicht weinen,
        Du hast ja mich Alten,
zeigst mit dem Finger umsonst auf mein Haupt!
Mir gleicht das Gör, hat's Leben erhalten
drüben in Danto – ein Hund, wer's nicht glaubt!
        Gleiche Augen, gleiche Mienen,
        gleicher Blick, so finster verquer . . .
        auch die Nase ist erschienen,
        rot wie meine so ungefähr!« –
Skol drauf, Mollberg! Hol Kajsa vom »Drachen«,
Brita vom »Luchskrug«, den Schankwirt auf »Soln«,
reite Galopp, na, du wirst das schon machen . . .
schieß in die Luft auch mit deinen Pistol'n!
*Tromb.* Her mit dem Bier fürs Kind,
*Tromb.* blast mit Hallo!
*Tromb.* Wir sind dir wohlgesinnt,
*Tromb.* Mutter will's so! –

## N:o 57.

nej det be-griper jag intet min Bror. Se på Hä-ſten hur han
werlden en nyhet och helſa från Mor. Din Trompet med Silſver
f
danſar; Vickla ner dit gröna Schabrak; Stig i Stigbygeln och
franſar, fä ſta faſt vid hängſlorna bak; Pitſch hör han ſmäller och
p
klappa på län den; Lycka på re ſan, lät Portar na opp.
hojtar i gränden; Hör hur han blåſer i gupp och ga-lopp.
Trombe
Trombe
Ödmjuka tjena_re
Hurra far väl.
f
Fröjas Enſpänna re
Sporrar ſin häl.
p
p

## Fredmans Epistel N:ro 58.

*Auf den toten Kilberg,*
*den Bacchusritter und Ordensoffiziant im Schanktempel;*
*gesetzet als ein schicklich Menuetto*
*für gezupfte Saiteninstrumente in D-Dur.*

*Menuetto*

Kummer im Herzen,
ohne zu scherzen
zupf ich die Quinte mir,
pling plang!
Kein Licht mehr flimmert,
kein Humpen schimmert,
kaum noch ein Stuhl ist hier,
kling klang!
Offen steht die Krugtür, meine Guten!
Hinterm Schanktisch seht den hochgemuten
Kilberg – tot! Das Herz will mir verbluten!
Klingeli plingeli klingeli plang!

Himmel, welch Schrecken!
Da: in den Ecken
liegen noch leere Pokal',
pling plang!
Bei der Tapete
hängt die Trompete,
Ach, welch ein Bacchanal,
kling klang!
Und im Winkel sieht man an den Stangen
gar die ganze Jul-Musik noch hangen!
Kilberg ist in'n Himmel eingegangen.
Klingeli plingeli, klingeli plang.

Ich geh und suche,
hämmere, fluche,
sind denn hier alle fort?
Pling plang.

N. 58.

Mentto
Hjertat mig klämmer Sorgligt jag Stämmer Qvinten på min Fi_
Ljuset utbrunnit, Flaset utrunnit, Ej fins en enda
ol Pling plang. Krogdörn Står på gafvel mina Bröder,
Stol. Kling klang..
Och där bak om Disken ligger döder Kil_berg, ach! mitt.
hjerta i mig blöder. Klingeli plingeli klingeli plang.

Still wie im Sterben
liegen die Scherben,
Doch sieh, was find ich dort?
Kling klang!
Ist das Faß denn wirklich ausgeronnen,
hat denn auch der Tod das Faß gewonnen? –
Kilberg, ei, der leert' wohl noch den Bronnen?
Klingeli plingeli, klingeli plang.

Nichts mehr zu trinken,
Charon mag winken!
Am schwarzen Fluß ich steh,
pling plang!
Geh mich erhängen,
laß mich verdrängen,
sag dieser Welt ade,
kling klang!
Fahr dahin, o Welt, mit allen Tücken!
Schnapsverbot? – Na wenn schon, soll's euch glücken!
Kilberg, kannst nun mild herunterblicken!
Klingeli plingeli, klingeli plang!

## Fredmans Epistel N:ro 59.

*An den »Luchskrug«;*
*geschrieben als ein fröhlich Menuetto für Waldhörner in G-Dur*

Hurra! Courage, Bagage! Guten Tag, Brüder! Greift zur Flasche, weg mit dem Damespiel! – Du da hinten mit deiner langen Holländerpfeife! – Du wirst noch mal Damen-Jan! Gieß ein und trink mir zu! – Hirr ...! Wie das blitzt aus den Kastell-Schießscharten! Peter Ivarsson kommt von Bordeaux, er liegt ja im Kattegat, Dummkopf! – Skol! Der kommt von Danzig mit Seitenwind – jaja, er kommt aus

Danzig! – Ja, das tut er! – Siehst du da die rote Flagge? – Blau isse doch. – Na, noch einen Klaren? – Rot isse, sag ich! – Grün isse, sag ich! Hurra, hurra, hurra!

Streicht zu auf den Fiedeln! – Bewacht die Fenster! He, Nymphen, schwenkt mal eure H . . . üte! – Gib mal den Bierkrug her! Stoßt an, trinken wir! Skol, Vater Berg! – Ich trink auf Peter Ivarssons Wohl, juchhe! Skol auf das Toppsegel! Ich habe die Ehre, jetzt auf das Toppsegel zu trinken! – He, was für Zwölfpfünder! Hurra, hurra, hurra! – Jetzt kriegen wir Wein und Danziger Doppelbier, Flaschen mit Silbertulpen an den Kanten – Goldwasser! – Streicht zu auf den Fiedeln! Blast 'rein in die Trompeten! – Jetzt auffordern! Legt los! Tanzt, ihr Papageien! Blast, ihr Turmfalken!

*Menuetto*

*Corno* Bootsmann! Sieh, deine Mütze
ist hier nichts nütze!
Du hast doch Grütze:
tanz' jetzt mit der Nymph',
doch tu ihr keinen Schimpf!
*Corno* Paß auf, du Kleine – Pfütze!
Gurre, ich schütze,
ja, und ich stütze
dich, mein süßes Kind!
Weil wir zusammen sind!
Sjögren, Schweiß rinnt von dir nieder,
horch, das Waldhorn bläst schon wieder!
Komm, du Nymph' im weißen Mieder –
im weißen Mieder,
weg's Korsett und Ohrgehänge! Ja, mein Stern,
ich schlief mit dir so gern!

Zum Teufel, Sjögren, such dir selbst eine! Kannst du dich denn nicht in eine Hexe verlieben? In eine mit schwarzem Flanellrock, roten Ohrklunkern, nacktem Fuß und abgelatschten Triumphant-Pantoffeln? – Sjögren, hör mal! Was hältst du von der da im gelben Damastrock mit dem Kalmin-

Mieder? Barfüßig steht sie da und fummelt an der Baßgeig, hörst du, Sjögren? – Nanu, wer da? Ach, da kommt ein Deutscher! Und dies ist ein Italiener, wie? Mit den zwölf Aposteln auf dem Rücken. – Was kostet König David zu Pferd mit Läufer davor? – Acht Stüber! –

Ja, hol's der Teufel! die sind doch alle aus Bordeaux! Skol, ihr Damen! – Guten Tag, mein Herr! – Skol, der Herr! Dolce vino della pace! Hier ischt sisch sischer eine große Tanzfeste? Ja, sowas mag er. – Noch einen Klaren! L'ira di Dio arrivera bentosto a questa città. – Bomben und Granaten! Guck dir den Dänen an! Wie der tanzt und tollt! Ratsch, Alter! Oder solln wir dich durchhaun? Wird dir bange, Däne? – Ihr äkte Mannshuren! Ihr Steißwedlerinnen! Ja, giv et denn keene Skam nit in juch? Dürfet ihr denn so krakeele in de Gade von de Borgemeester? Dor mut woll de Düwel selbstens up dat Raathus logiere? – Gebjörnamat! – He, schmettert in die Trompeten! – God damn you! How do you do? – Machen Sie mir doch keinen Schpassen nicht! – Palla vinno ja olta tannä! Hurra, schmettert in die Trompeten!

*Corno* Laßt die Musik erstrahlen,
her mit Pokalen!
Könnt noch bezahlen,
wenn der Himmel blaut.
Und nun trompetet laut!
*Corno* Küßt euch zu vielen Malen,
trinkt aus die Schalen,
ich will euch malen
Freias Lust allhier,
denn ihr nur dienen wir!
Brüder, lernt und singt die Weise:
Lieb ist unsre Herzensspeise,
euer Unmut schmilzt ganz leise,
ja, schmilzt ganz leise!
Schlunzen, Brüder, lebet, wie's Sankt Fredman macht:
Ja, trinket jede Nacht!

## N:o 59.

corno
Menuetto
Båtsman tag nu din lufva,
Kut_tra du lil_la Dufva;
Tugga din Snufva och i din Stufva Dansa med din Nymph, gör
Pass på, dig grufva, Lyfta din hufva För den där Munsjörn, Som
henne in gen Skymf
grälar där i dörn.
Sjö_gren Svetten af dig lackar,
Hör Valthornet hur det hackar. Hör du Nymph med hvita
klackar med hvita klackar, Med Cor_set och Siran_
doller, Jag är kär, Bur_dus dit bröst be _ gär.

## Fredmans Epistel N:ro 60.

*Gerichtet an den Branntweinadvokaten Vater Kulkus über eine Sache, die nebenher passierte; vorzuführen als Allegro ma non troppo in C-Dur, welches vom Violoncello akkompagnieret wird*

*Allegro ma non troppo*

Kipp den Humpen froh und heiter,
leer die Flasche weiter!
Lügst dann täglich noch gescheiter,
machst Gewinn beim Spiel!
Kulkus, merke: niemals schreien,
streiten die Parteien!
So ein Richter vor den Laien
schnupft und rechnet viel.
Muß Gebühren sich erküren ... *V: cello*
Deine Advokatsallüren
bringen dich ans Ziel!

Bredströms Nymphe unwohl scheinet,
beugt sich tief und weinet;
Kajsa Wingmark gut es meinet,
Eier bringt sie an!
Aufruf – Kulkus! Nimm den Degen!
Streiterei bringt Segen.
Zeugnis mußt du hier ablegen,
Hand aufs Buch jetzt, Mann!
Sei verschlagen! – Hast du Fragen? *V: cello*
Kannst zum Fall doch vieles sagen ...,
kratz den Bart, fang an!

Kajsas Bauch ist dick und mächtig,
ihre Schürze wölbt sich prächtig.
Richter sitzt und sinnt bedächtig:
Ja, was fand hier statt?
Fahrig im Gesetz er blättert,
ihm wird heiß, er wettert; –

N:o 60.

Allegro ma non troppo
Sit_ter du än_nu och lju_ger
Kul_kus in_tet åt du kru_sar,
Och ur Flaskan su_ger, Hvälfver Sto_pet,
Par_ten in nu ru_sar; Præ_ses sit_ter
och så slu_ger Up_på Spelman ser:
ren och snu_sar, Räknar mynt och ler,
Vcllo
Sportlen de_lar; Spelman spe_lar;
Klockan är, om jag ej fe_lar, Elf_va el_ler mer.

ist ja selbst ins Bett geklettert,
welches Kajsa hat!
Und sie neigt sich, Röte zeigt sich. *V: cello*
Ach – und der Notar begeigt sich.
Trinkt! – Nun seid ihr platt!

**Fredmans Epistel N:ro 61.**

*Der runden Zapf- und Kuppelmutter*
*im »Vierkant« zugeeignet;*
*klinget wohl mit dem Violoncello in G-Dur*

*Menuetto*

*V: cello* Liebe Frau,
wenn die Bässe dröhnen,
holst du uns die Schönen,
tanzest, dick und schlau.
*V: cello* Lieber Mann,
laß die Saiten singen
und die Quinten springen!
Frisch! – Du mußt jetzt ran!
Fiedle, zupfe, trample, Bester,
daß der Teufel, Movitz, fester
*V: cello* zieht die Schlinge an!

*V: cello* Mutter mach!
Schaff uns Wein und Weiber,
nette, frische Leiber,
und wir werden wach!
*V: cello* Gieß jetzt ein! –
Erst den Musikanten,
dann den Anverwandten,
denn sonst tanzt kein Schwein.
Heja! Schlunzen sind gestohlen;
Prügel, Beinbruch, Kapriolen! –
*V: cello* Ja, so soll es sein!

## N:61.

Vello
Menuetto
Kä_ra Mor! Slå nu handpå
Kä_ra Far! Fa_der Mo_vitz
Kjo_len. Hör på Basfi_o_len, Dansa tjock och
klin_ga: Lät nu Qvinten Sprin_ga, Friskt du Stråken
1.
2.
Stor.
drar.
Stryk ochknäpp och Sup och dundra,
Lät hin Hå_le Stå och undra
Vllo
Hvem Som är hans kar.

## Fredmans Epistel N:ro 62.

*Den letzten Ball in »Gröna Lund« betreffend; zu geben als eine feine Waldhorn-Polonaise in G-Dur Polonaise*

*Polonaise*

*Corno* Movitz tut's Waldhorn probieren;
kaut den Priem und dreht ihn im Mund;
muß noch im Saal meditieren,
will dann die Sache formieren, *Corno*
ordnet und schubst, muß befehlen,
doch sind heut störrisch die Seelen;
Feuerhaken gar fliegen im Rund.
Stühl' schiebt man weg – an die Wände.
Hirschfänger zieht man behende –
heute ist Fete auf »Gröna Lund«!

*Corno* Inne hält plötzlich die Menge;
Decke, Wände will man beschaun:
Bilder von herb-süßer Strenge,
Kirchtürme, Seen und Gedränge ... *Corno*
manche in sehr schönen Rahmen.
Ja – und da sind auch die Damen!
Keiner will sich hier jetzt mehr haun!
Der wiegt den Kopf, die den Fächer;
oben das Bild zeiget Zecher,
hübsch gemalt, mit zärtlichen Fraun.

*Corno* Blick mal zur Decke, nicht quengel!
Kreuz, das könnten Heilige sein!
Hoffbro, der malt ohne Mängel:
Päpste erkennt man, auch Engel. *Corno*
Goliath, schau, mit dem Degen,
in roten Strümpfen – verwegen!
Und der David, der schmeißt den Stein!
Absalon fällt dort vom Maultier,

aber Ahasver, das Faultier,
schläft zu Esthers Füßen gar ein!

*Corno* Movitz, sieh, Pharaos Kühe!
Auen da am schäumenden Fließ!
Noah im Kasten hat Mühe:
Regen zur Nacht, in der Frühe! *Corno*
Hier thront zu Roß, na? – Die Disa! –
Dort in der Kutsche Elisa,
reist ganz eilig ins Paradies.
Nehmt eure Brillen, ihr Lieben!
Hier steht die Märe geschrieben
von Susanna! – Movitz, da: lies!

*Corno* Bruder, zieh's nicht in die Länge!
Lichter an! – Die Flöte übt grell.
Festmarschall pflügt durchs Gedränge,
stellt sich schon auf vor der Menge. *Corno*
Kuchen, drauf Zuckerguß, locken.
Nymphe! Ist das Zeug schon trocken?
Schürz den Rock und putz dich, Mamsell!
Los, Polonaise anfangen,
weil sie es alle verlangen!
Auf zum Ball jetzt, Leute! Macht schnell!

*Corno* Movitz, dein Waldhornklang schmettert.
Polonaise! – Das ist ein Ball!
Wenn ihr schön pauket und wettert,
merkt ihr, die Stimmung gleich klettert. *Corno*
Movitz, jetzt äug auf die Noten!
Furzt nicht und pfuscht nicht, Idioten!
Wie du trampelst – das ist mein Fall!
Stehst mit dem Hut, heizt an die Meute,
hell blinkt dein Mundstück auch heute!
Lampen blaken hier überall.

*Corno* Laut halln die Wände vom Blasen,
weiß getüncht sind Tanzraum und Bau,

Großväter hoppeln wie Hasen,
platzen vor Geilheit und rasen. *Corno*
Nymphen sind da, sehr galante,
auch manche ältliche Tante;
mal verschwindet dann eine Frau . . .
Tanzwütig glühen die andern,
wollen von Kerl zu Kerl wandern.
Schnupfen läßt sie der Movitz, schau!

*Corno* Skol denn, Mamsell Wilhelmina!
Du bist eingeladen zum Schmaus! –
Prost auch vom »Lachskrug« Regina!
Bootsmänner grinsen: »In China . . . *Corno*
trippelt man, alte Kartoffel!
Pfui doch, wie schlurft dein Pantoffel!
Wie ein Rauchfang schwarz siehst du aus!
Trägst auf der Stirne kein Pflaster . . .
Mach deine Arme weit, Laster,
halt im Kreis dich . . . du tanzt ja raus!«

*Corno* Schneuz dich, du Lümmel! Probieren
kannst du gleich dein Horn! – Blas mal 'rein!
Nymphen mit schlechten Manieren
gehen, sich schneuzend, spazieren. *Corno*
Die mit dem Drechsler zur Linken
ist Wingmarks Braut, will was trinken.
Wie ein Gänslein reckt sie das Bein.
Rot glänzt ihr Busen wie Kupfer.
Pfui doch, du Strolch, laß die Hupfer!
Weg die Schärpe, die ist zu fein!

*Corno* Stampfet den Takt mit – aufs Ganze!
Klatscht in eure Hände, juchhu –
Runter den Kopf, süße Schranze!
Red nicht, Ulrika, komm tanze! *Corno*
Arm hoch! Kriech durch, kleines Schätzchen!
Bein weg! Was sind das für Mätzchen!

»Fräulein Ulla . . .?!« – »Pah, Penner du,
such auf der Straße dir eine!« –
Blaset ins Waldhorn, ihr Schweine,
haut die Kerle! Na, schlagt doch zu!

*Corno* Wingmark mit großer Perücke
grapscht und freit und ferkelt allhier,
eng sitzt sein Rock, welche Tücke,
strammt überm Bauch, reißt in Stücke. *Corno*
Schief durch den Saal schurrt er wieder,
sieh, seine Hos' rutscht ihm nieder! –
Hand am Hintern, welch ekle Manier!
Flitterkram, Schnüre und Litzen,
Hemden aus Seide mit Spitzen;
hüstelnd geht er nun doch zum Bier.

*Corno* Stampft auf, Kanaillen! Ja, strampelt!
Blast nur weiter! Flott hoch das Bein!
Hier wird gejucht und getrampelt.
Seht, wie der Drechsler da hampelt! *Corno*
Na, laß den Kronleuchter leben!
Ach, liebster Meister, das eben
sollte wohl symphonisch gar sein!
Arm auf den Rücken! Nun schlenker!
Pfui, dieser Drechsler, zum Henker!
Bergström, laß den Drechsler nicht 'rein!

*Corno* Gäste die Türe versperren,
holt den Gastwirt her, den Kumpan!
Wir trinken Staatsbier, ihr Herren,
laßt doch die Nüchternen plärren! *Corno*
Skol denn, ihr Helden, zum Feste!
Auf Freias Wohl sauft das Beste!
Drechsler, Skol! – »Ja, das wird getan!«
Männlich zur Tür tritt der Recke,
Staub wirbelt auf bis zur Decke,
haut kurz zu, und ist stolz wie'n Hahn!

*Corno* Faßt euch doch an! Kehret wieder!
Kommet alle nochmal zum Tanz!
Movitz, so blas uns recht bieder
all deine herrlichen Lieder! *Corno*
Nymphe du klackst mit den Hacken.
Drecksweiber, ihr! Sollt euch packen!
Altes Reff, du im Reifrockkranz,
knallig geschminkt, dazu Schleife!
Tanzest ja schief, stinkst nach Seife,
krumme Bein', doch sie kann's, sie kann's!

*Corno* Hei! Das ist meine, Kanaille!
Was? – Du nennst sie dumm? – »Ja, Kapaun!« –
Na, ich kehr um die Medaille.
Ja, ich riskier die Bataille! *Corno*
Werde für sie alles wagen,
säg dich querdurch, will ich sagen!
Flöte spiel! – Jetzt sollt ihr was schaun!
Wirklich, ich hau dich in Stücke,
knall dir ums Ohr die Perücke!
Christian Wingmark, du wirst verhaun!

*Corno* Ach, kann der Kerl lamentieren!
Die Perücke liegt schon im Dreck.
»Willst meine Braut du verführen,
kannst du hier Senge verspüren!« *Corno*
so spricht der Drechsler, doch mutig
packt ihn der Wirt, haut ihn blutig.
Höflich schweiget still, wer erst keck.
Fackeln verlöschen, es dämmert,
und einer Nymph' geht's belämmert,
liegt vorm Tanzsaal, holt sich was weg.

*Corno* Halt aus beim Tanzen, Malene,
denk ans Geld! Die Stunden entfliehn ...
Bergströmsche, hast du Migräne?
Teufel, du holst auch noch jene? *Corno*

N:62.

Corno
Polonoise
Movitz, Valthornet probe_rar
Och Sin tuggbuss valkar i mund, Springer kring golfvet funderar
Corno
Pålskan i Syrkant forme_rar,
Städar och Slåss och be_faller Eldgafflar, Skärmar och galler
Al_ting ramlar nu denna Stund; Stolar_na Skjutas åt väggen,
Kirschfängarn brynes på äggen Friskt Cou_ra_ge på Gröna Lund!

Da weht ein Nachthemd durchs Fenster,
oben sind nackte Gespenster.
Polizei – huch – soeben erschien!
Movitz, mach Schluß jetzt, mein Bester!
Da sind die Greifer! – Oh, Schwester,
dieser Ball – der ist mein Ruin!

## Fredmans Epistel N:ro 63.

*Mitten in der Woche gedichtet;*
*wird wohl aufgeführet als ein gewichtig Menuetto*
*mit Pauken in E-Dur*

*Menuetto*

*Timp.* Vater Bergström, stimm, daß es klinge!
Reiß den Rock auf, was Wildes bringe!
Wir wolln tanzen, ein jeder schwinge
Schlunzen durch das Haus!
Kommt, verführen wir die Mamsellen
flugs mit Schnäpschen und Karamellen!
Mutter Majas Pimpinellen
sehn lieblich aus!
Ja, wir wolln sie mal scharf traktieren
und den Damen heut was spendieren.
Vater Bergström kann tirilieren
ganz in Saus und Braus!
Guck, die Nymphe lachet,
hat ein rosarotes Hemd mit Rock.
Fragt nicht, was sie machet,
kommt ein geiler Bock.
Körbe mit Zitronen
drücken nicht mehr ihren zarten Arm.
Nein, mit Krugbaronen
tanzt das Kind sich warm!

Kühlt den Busen mit ihrem Fächer,
neigt sich heftig und küßt die Zecher,
zuckert Waffeln und schlürft vom Becher.
Pauken, schlagt Alarm! *Timp.*

*Timp.* Könntest, Bergström, die Harfe trimmen!
Seht den Mond hinterm Berg hinschwimmen,
ich will Maja jetzt zärtlich stimmen,
daß sie auf mich schaut!
Seht im Tiergarten nach den Tänzen
weiße Kleider im Strauchwerk glänzen!
Kommt ein Nymphlein, wolln wir es kränzen
hier im Krug als Braut!
Bis zum Montag ist's weit, ihr Müden,
grad so weit wie von Nord nach Süden!
Morgen sagen nur die Prüden,
mir vor Morgen graut.
Wählen wir das Dunkel,
Brüder, zu dem heißen Bacchanal,
küßt im Sterngefunkel
auch den Weinpokal!
Wenn zur Nacht euch schneller
Amor zu den Liebeslagern bringt,
dann aus Bacchus' Keller
weiter Weindunst dringt!
»Von den Dummen wird's Joch gezogen;
Kluge oft nur ihr Hirn vollsogen!
Nymphen, Wein, dazu Geigenbogen!« –
So Sankt Fredman singt! *Timp.*

N:63.

Menuetto
Fader Bergström stäm upp och klinga, Öpna
Lät oss ge våra små Mamseller, Vin och
kråset för bröst och bringa, Vi sku dansa och vi sku svinga
Sviskon och Cara_meller, Pimpi_nel_la mor Maja häl_ler
I dit gla da hus. Vi ä va_na at jämt trac
ut_i glas och krus.
te_ra, Och med glaset i hand O_re_ra. Fader
Bergström nu Qvinti_le_ra, under sus och dus.

Se där dansar Flic_kan i sin rosen
Kor_gen med Ci_tro__ner, tyn_ger in_tet
rö__da koft och kjol; Hvar är nu den Bric__kan
me__ra hännes arm Men i bland Ba_ro__ner
som hon bar i fjol?
dansar hon sig varm.
Med Solfjä_dren hon bröstet
fläktar, Ni_ger djupt och med armen fäktar, Säc_krar
Våflor och dricker Nec_tar, under Pu_kors larm.

## Fredmans Epistel N:ro 64.

*Über den letzten Ball bei Frömans im Hornwinkel; ausgesetzet für Violoncello samt Waldhorn in B-Dur*

*Menuetto*

Schäm dich, du Nymphe, nun sei keine Schlampe!
Kommst hier zum Ball und hast keine Schuh'! *Fin.*
Springst wie ein Fettfrosch mit hängender Wampe;
Grafen, Barone läßt du nicht in Ruh!
*V:cello* Movitz, zupf jetzt den süßen Tenor!
*V:cello* Ach, welch ein Chor! *D. C.*

*Trio*

*Corno* Waldhörnerklang –
*Corno* Geigengesang!
Movitz, nun zeige *V:cello*
deine Baßgeige! *V:cello*
Glimmt deine Pfeife, ist dein Bier gar schal?
Rauch nur bedächtig, *V:cello*
fiedle ganz mächtig,
heb deine Kanne! – Trink und geig nochmal!

Lotta mit Golduhr! Ja, ist das zu fassen?
Stiehlst dir den Rock von der Herrschaft, na fein! *Fin.*
Bräute vom Hafen und Kerls von den Gassen,
fasset euch an und dann tanzet herein!
*V:cello* Movitz, die Saiten plärrn, stimm sie ein,
*V:cello* spielst wie ein Schwein! *D. C.*

*Trio*

*Corno* Kannst du ihn sehn,
*Corno* den Kapitän?
Spricht er denn Schwedisch? *V:cello*
»Nein, Samojedisch!« *V:cello*
Sieh, die Perücke! Doppelkinn, welch Hund!
Und seine Fresse, *V:cello*
schwarz wie die Esse! *V:cello*
Na, wie der Bauch ihm schwabbelt – dick und rund!

Wer liegt in Steuermannsarmen? – Die Vettel,
die so laut stöhnte, ihr sprang das Korsett! *Fin.*
Sonnabends Kerle, doch sonntags Gebettel,
montags beim Rocken im Spinnhaus, ich wett,
*V: cello* dienstags vorm Richter, ganz klein,
*V: cello* doch nie gemein. *D. C.*

*Trio*

*Corno* Movitz bläst vor,
*Corno* wir sind ganz Ohr!
Glotz nicht zur Wache, *V: cello*
bleib bei der Sache! *V: cello*
Steuermann, zückst du's Messer bei dem Tanz?
Still! Nur nicht reden, *V: cello*
stänkern die Schweden! *V: cello*
Arme und Bein', die bleiben da nicht ganz!

Schon zischen Messer; die Schlunzen, sie wimmern!
Knüppel und Klingen, zersplittert, zerstäubt! *Fin.*
Blaß sind die Nasen, und blutig sie schimmern,
Augen verquollen, die Schädel betäubt!
*Oboe* Movitz am Fenster linst nach der Dirn
*Oboe* mit nasser Stirn! *D. C.*

*Trio*

*Corno* Na, blas noch eins
*Corno* dem Gott des Weins!
In Freias Tempel *V: cello*
gibt er Exempel, *V: cello*
denn er ist gierig, tapfer, geil und flink!
Schon kann er minnen, *V: cello*
sie nicht entrinnen. *V: cello*
Da kommen Greifer! Bacchus sagt bloß: Trink!

N:64.

Menuetto
Fäll di_na ö_gon och skäms nu din
Dansa vid Valthorn som tungso_tad
Tås_sa, Komma på Baler och in_tet ha skor.
klos_sa, Kal_la Ba_ro_ner och Fresvar för Bror.
Vcllo
Mo_vitz knäpp nu din ljusva Tinor
Vcllo
f
P
Din konst är stor. Fäll di_na ö_gon och skäms nu din
tås_sa, Komma på Ba_ler och in_tet ha skor.

Trio
Corno
Valt_hor__nen hörs
Corno
Strå_kar__na förs.
Vcllo
Mo_vitz på ſto_len
Vcllo
Stämmer Fi_o_len,
Slår eld på pi_pan gömmer pung och ſtål,
Vcllo
Rö_ker och puſtar,
Vdle
Dundrar och ruſtar,
Hvälſver Öl_kannan, dric__ker La___gets ſkål.

## Fredmans Epistel N:ro 65.

*Sie zeigt den Tod der Steuermannstochter Gretgen an,*
*welche in der Fabrik gearbeitet;*
*mit vielen Streichern und Bläsern zu präsentieren*
*als Andantino in F-Dur*

*Andantino*

Der Movitz kommt mit Flor, o schau!
Und er ist genau
wie sein Rock so blau. *Fin.*
Er trägt grüne Hosen, ah,
gelbes Gurtzeug, ha!
Stiefeletten, ja!
»Herrjeh! Sag, wo warst du, Movitz! Dein Aug ist
verquollen?« –
*rit.* »Am Grab, und mein Kinn ist auch
geschwollen!« *D. C.*

»Hör doch, vier Stunden ich dort stand,
Lanze in der Hand,
wie ein dummer Fant. *Fin.*
Der Wirt, der von ›Gröna Lund‹,
schlug mir übern Mund,
hatte keinen Grund!
Da sieh, wie ich spreche! Bruder! Hier klafft eine Lücke!
*rit.* Mein Zahn – ausgeschlagen, welche Tücke! *D. C.*

Ach je! Ich litt da große Not.
Und in Charons Boot
sah ich auch den Tod! *Fin.*
Ein Kind – einst in Freias Welt –
lieget da, zerschellt,
bald zu Staub zerfällt:
Gretgen aus der Tuchfabrik, ja, du mochtest die Schwester,
*rit.* sie ist drüben schon ein Engel, Bester! *D. C.*

Ein weißes Leichentuch umflocht,
die wir so gemocht.
Nie mehr brennt ihr Docht! *Fin.*
Ich roch frischen Tulpenduft
in der Moderluft
dieser Leichengruft.
Sie trug noch ihr süßes Hemdchen wie einstmals im Leben.
*rit.* Doch nie wird sie mehr vor Lust erbeben! *D. C.*

Ihr Freund ist bei der Artillerie.
Denk dir, Bruder, nie
wieder küßt er sie! *Fin.*
Er hieß, warte, warte mal,
ist ja auch egal!
Sie ist tot, welch Qual!
Ich seh meine Nymphe immer, das hat nie ein Ende!
*rit.* Ach, schön waren ihre Brüste, Hände. *D. C.*

Ein Feuer, das durch Zauberhand
Mann und Weib verband,
ist nun ausgebrannt! *Fin.*
O Freund, ja, in ihrem Blut,
das erstarrt jetzt ruht,
fand ich Freias Glut!
Wie kalt ist jetzt Gretgen!« – Movitz, noch schlagen die
Herzen!
*rit.* So komm, schütten wir ins Glas die
Schmerzen! *D. C.*

N:o 65.

Andantino
Movitz med flor om armen hålt, I en mörkblå
Fin
Kolt, Kommer han så stolt. Svart Väst, gröna Böxor,
nå, Gult Ge_häng hå hå! Och Stöflet_ter på. Hvar
från kommer du nu Mo_vitz? dit ö_ga det
blöder. Ge_vär! I_från Grafölsgåln på Söder. D.C.

## Fredmans Epistel N:ro 66.

*Für diesmal an Movitz, den Maler gerichtet;*
*vorgestellet als Andante in F-Dur,*
*welches ausnehmend schön auf allen Instrumenten klinget,*
*vornehmlich aber auf der Traversflöte*

*Andante*

*Flauto* Seht, der Movitz sitzet dort
vor der Leinwand, sagt kein Wort,
er will malen,
darum ging er fort.
Seine Werkstatt ist so hell,
Kruken, Töpfe füllt er schnell,
hat in Schalen
Flittergold, Pastell.
Seht, die Staffelei steht prächtig uns vor Augen;
und die Leinwand ist drauf glatt und fest gespannt.
Movitz' neuer Pinsel, ach er wird schon taugen,
malet eine Hirtin, Blumen in der Hand:
süß ihr Mund, wie Zuckerkand,
den er gleich zum Küssen fand!

*Flauto* Seht dem lieben Movitz zu,
ach, er hat heut keine Ruh,
er ist fahrig,
kleckert auf die Schuh'.
Seine Weste, die sehr blau,
deckt er ab, und das ist schlau,
denn sehr haarig
ist die Wäschefrau.
Er hat einen Augenschirm von grüner Seide,
dessen Schatten auf die rote Nase fällt.
Ohne Brille sieht er nichts, die Augenweide
wäre sonst vergebens vor ihn hingestellt.
Movitz, ach, du Malerheld,
trink und nimm dein Malergeld!

*Flauto* Leer die Flasche, Pause, Mann!
Besser wird dein Genius dann
noch erschaffen,
was er kühn begann!
Trink bei jedem Pinselstrich,
mal ihr Bildnis inniglich!
Ihre Waffen,
die besiegen dich!
Gleich wird Freia um dein großes Kunstwerk schweben;
einen Pfeil schickt Amor; der trifft deine Brust.
Und du wirst erst lächeln und dann wieder beben,
malst du ihren weißen Flor mit heißer Lust!
Ach, mein Freund, hast du gewußt,
daß du nicht bloß malen mußt?

*Flauto* Seht die Hirtin, drall und schmuck!
Movitz, gib dir einen Ruck!
Wie sie blendet!
Trink erst einen Schluck!
Löckchen sind ins Haar gelegt,
wo sie Perlenketten trägt,
so vollendet
sie den Mann erschlägt!
Ach, mir schwillt die Brust! Und atmet sie voll Wonne,
blitzt am Hals hervor ein Kreuzchen aus Rubin!
Sieh, ihr Schleier leuchtet in der Abendsonne,
und ihr Mieder, es ist rot wie Karmesin!
Solch ein Wunder nachzuziehn,
ist Apelles nur verliehn.

*Flauto* Movitz stirbt vor Andacht fast,
denn nun malt er ohne Hast
noch zwei Kirschen,
die der Busen faßt.
Ach, wie brennt jetzt seine Glut;
er beschließt voll Übermut,
vorzupirschen,
denn das tät ihm gut!

## N:o 66.

Andante
Se hvar Mo_vitz ſit_ter där vid ſin taf_la
Vërkſtan glimmar glad och ljus, full med Pottor,
tyſt och twär, ler och må_lar med et ljuſt be_ſvär.
kru_kor, krus, glas och ſkå_lar, Guld och glit_ter_grus.
Prägtigt ſig en ſtällning för vårt öga hö_jer, där den
Framför ſit_ter Movitz och ſin penſel bö_jer, bil_dar
ſpända duken ſträckes kall och flat. Af des munn ſöt ſom ſuc_
en Herdin_na med ſit blomſterfat.
cat hvar_je kyſs värd en Du_cat.

Zärtlich lacht die Hirtin, Tüchlein sie umschmiegen,
löst das Perlenband und schürzet ihren Rock,
wehet mit dem Fächer, lockt ihn mit Intrigen.
Und der Movitz sieht's; er stehet wie ein – Stock!
    Was sie zeigt, ist wie ein Schock:
    macht ihn toll, den alten Bock!

### Fredmans Epistel N:ro 67.

*An die Zapfmutter Maja im »Hahnen«, welche den Movitz aus Gründen des Geschäfts zum Musizieren, aber auch noch zu anderen Dingen auffordert; Marche in A-Dur*

*Marche*

Vater Movitz du,
los, zieh an deine Schuh'!
Komm, nimm dein Waldhorn! – »Ich tu's im Nu!« –
Steh nicht da wie ein Hans,
zeige Eleganz,
sonst kommt doch hier kein Schwanz!
Wichse den Schnurrbart ein,
    mein Sohn,
du willst doch kein Knurrbart sein,
    Kujon!
Los, mach auf den Spund,
blas den Mund dir wund,
du bist doch frisch und rund!

»Mutter Maja, du
red'st mir kräftig heut zu,
bist feist und drall!« – Na hör mal, Filou!
Sieh, im vorletzten Jahr
ich schon siebzig war!
Ich bin noch stramm, 's ist wahr,

und richt im Bette noch
    was an
und häng wie die Klette doch
    am Mann!
Ah, welch Männerschwarm
lag in meinem Arm!
Na fühl, ich bin noch warm!

Die Perücke auf,
und den Hut setze drauf!
Erst schmier die Stiefeletten, verschnauf!
In der Dose komplett
ist das Stiefelfett!
Na, mach dich heut adrett!
Hier stehn noch Flaschen rum,
    paß auf!
Und wirf nicht die Taschen um,
    komm rauf!
Na, schau an . . . charmant!
Komm und sei galant!
So lieb mich, dummer Fant!

Nimm dein »Waldhorn« jetzt
und erfreu mich zuletzt!
Schon kommen Freias Scharen gewetzt.
Ach, da sind sie ja schon;
spiel den Postillion!
So blase doch, mein Sohn!
Da kommt ein Wagen an,
    welch Pack!
Nein! – Kaum, daß man's sagen kann! –
    »Schnickschnack!«
Aber jetzt wird's hell;
lauf zur Chaise schnell,
Schön Ulla ist zur Stell'!

Kreuz! Die Röck', die Schuh'!
Seidenroben? – Nur zu!

## N°. 67.

Marche
Fader Mo_vitz Bror spän i_gen di_na Skor Kom
tag Valthornet, jo kä_ra mor. Stampa tak_ten och blås, Vickla
fram dit kråས, och stå ej som en gås.
Tal_ga mous_ta cher_na min Son, och väl_tra fa_
sta_ger_na i vrån, Öp_na kärl och sprund, du är
stark din hund, stålt fro_dig frisk och sund.

Und Golduhr, Golduhr, Golduhr – o du!
Hol die Nymphen gleich her!
»Mutter, nach Begehr!« –
Jetzt blas ein bißchen mehr!
Weiht die Pokale ein
mit Macht;
laßt nicht Schakale 'rein
heut nacht!
Kerls, der Ball fängt an!
Teufel, jedermann
nun zeige, was er kann!

Ah, ich lieb mich satt
an den Nymphen der Stadt,
die Satan in den Krallen längst hat!
Doch es gibt auch Gefahr:
»Sind sie listig?« – »Klar,
und treulos ganz und gar!« –
Bin ich um Mitternacht
auch voll,
ich buhl, wie's ein Ritter macht,
ganz toll.
Mutter, mir juckt's Fell,
Movitz sucht noch schnell
zum Lieben 'ne Mamsell!

### Fredmans Epistel N:ro 68.

*Über den letzten Ball in Mollbergs Lokal »Grönlund«; ein schicklich Waldhorn-Menuetto in D-Dur*

*Menuetto*

*Corno* Movitz, heut abend ist Ball;
*Corno* Mollberg lädt ein, klarer Fall!

Guck, wo die Laterne
noch blakt vor der Taverne:
da ganz genau ist Ball! *Fin.*
*Corno* So nimm dein Waldhorn, geh 'rein,
*Corno* wer könnt willkommener sein!
Wie? Sinnst du und grübelst,
als ob du es ihm verübelst?
Von fern die Wächter schrein.
Diese Nacht ist dein!
Die blanken Sterne glimmen,
und dein Horn wird stimmen,
wenn im Bier wir schwimmen! *D. C.*

*Corno* Hohl tönt das Echo vorm Haus.
*Corno* Movitz, dein Horn, halt es raus!
Blas das Menuette
recht fein zur Klarinette!
Na, los jetzt! Auf zum Schmaus! *Fin.*
*Corno* Ulla am Fenster noch steht,
*Corno* uns ihren Hintern zudreht;
wir wollen zur Schenke,
da warten Getränke!
Macht Platz für uns; na, geht!
So ein Schurke! Seht,
der Kerl will uns nicht haben!
Solln wir alten Knaben
uns woanders laben? *D. C.*

*Corno* Dank, liebe Schwester, hab Dank!
*Corno* Na, dieser Trottel ist krank! –
Nun merkt's euch, Bagage:
man kommt, hat man Courage,
doch überall 'rein, Dank! *Fin.*
*Corno* Skol, Madam Wingmark, na Skol!
*Corno* Das war ein Schluck, der tat wohl!
Will Bierhumpen heben
und als Fischmöwe schweben
hoch überm Alkohol!

Diese Welt ist Kohl ...
Will eine Chloris fangen,
trinken ohne Bangen,
stillen mein Verlangen! *D. C.*

*Corno* Sprich mit ihr, Movitz! – »Kein Wort!« –
*Corno* Trink mit ihr, Kajsa ist fort.
Hör auf so zu plieren!
Ja, du sollst was spendieren!
Schau, darum ist sie fort! *Fin.*
*Corno* Wirklich, der Kuchen, der Wein
*Corno* könnten gern reichlicher sein!
Sieh, wie sie da mampfen,
die Bergström will's reinstampfen!
Huch! Sie fährt massig ein!
Da! Dies Nymphlein fein
schlingt Waffeln, wird noch fetter ...
früher war sie netter.
Mollberg naht als Retter. *D. C.*

*Corno* Blas mal ins Waldhorn! – »Ich tu's!« –
*Corno* Mollberg, der schlenzt mit dem Fuß,
stelzt, tanzet recht wacker,
stürmt vor, alt ist der Knacker;
martialisch ist sein Gruß! *Fin.*
*Corno* Sieh, seine Weste, o Graus,
*Corno* sieht gelb und ganz verdreckt aus.
Hemd wird kaum gewaschen,
kaputt sind die Gamaschen, –
was macht sich Mollberg draus!
Jetzt muß er hier raus ...
Hier war sein Bacchus-Eckchen;
blumigrote Fleckchen
zieren seine Bäckchen. *D. C.*

## N:o 68.

Menuetto
Corno
Corno
Movitz i afton står baln hema hos Mollberg Corpral:
Stöt i dit Valthorn gå på, lät man Branvakten gå.
Just där du ser ljuset och lyktan uppå huset, där ac_cu_rat står baln.
Hvad står du och undrar, Stor sak Trumslagarn dundrar och kläckorna de slå.
På det mörka_blå den blanka Månan glimmar tils om några timmar
Stjernehvalfvet strimar.
Movitz i afton står baln hema hos Mollberg Corp:ral.
Just där du ser ljuset och lyktan uppå huset, där ac curat står baln.

## Fredmans Epistel N:ro 69.

*Über Mollberg, den Tanzmeister;*
*gesetzet als ein lieblich Andante con moto*
*für Streichinstrumente in F-Dur*

*Andante con moto*

Brüder, seht, da steht der Meister
an der Wand der Schenke!
Er lehrt tanzen, Lehrer heißt er,
mit der Fiedel rot.
Er verneigt sich mit Geschwenke
und mit Füßescharren.
Nie gab's einen größren Narren
*rit.* von dem Korn und Schrot!
*a tempo* Er springt zum Spaß
auf Bänke, über Tische;
fällt in ein Faß,
drin hat die Wirtin Fische.
Seht, jetzt tropft vom Rock ihm Lake!
Mollberg – wie ein Krake –
stelzt mit komischem Gestake . . .
Bier tut ihm jetzt not!

Seht den Krugwirt, wie er glotzet
bei dem irren Spiel!
Mollberg wie ein Satan klotzet,
Wirt hält sich den Bauch!
Mollberg schreit: »Schaut her zur Diele –
diesen Schritt, den großen!«
Und er springt in gelben Hosen,
*rit.* dreht sich wie ein Schlauch.
*a tempo* Und Ulla schmollt
und will sich flugs verdrücken.
Doch Mollberg grollt
und hat sie schon am Rücken.

Na, da muß sie jammern, schreien. –
»Ich werd sie befreien!« –
Movitz ruft's, drängt durch die Reihen.
Und er tut es auch!

»Mollberg, laßt mich!« – »Nie, mein Mädel!« –
»Laß das Kind, du Rübe,
ich zerhau dir sonst den Schädel!« –
»Movitz, doch nicht du!« –
»Bloß viel Kummer bringt die Liebe,
Ulla, sind die Stunden
unsrer Lüste denn entschwunden?
*rit.* Ist dein Herz jetzt zu?
*a tempo* Mein Menuett,
es wird zum Tanzen taugen!
Sei wieder nett!
Oh, Tränen in den Augen?
Laß das, Süße! Sollst nicht gehen,
wirst mich doch verstehen!
Raff den Rock! Und dann laß sehen
deine roten Schuh'!

Nicht doch, Schwester! Wird sich finden,
mußt den Bauch eindrücken!
Soll ich dir dein Mieder binden?
Zeig doch, was du hast!
Jetzt den Fuß nach innen rücken,
stampf nicht mit dem Hacken!
Lachst du, Biest? Gleich in den Nacken
*rit.* kriegst du was verpaßt!
*a tempo* Taille! Gib her!
Nun sei bloß nicht so grämlich!
Tanz nicht verquer!
Was zierst du dich so dämlich!
Busen raus und vor die Beine!
Richtig, meine Kleine!
Sieh, wir kommen doch ins reine,
küß mich, süße Last!

Guck mich an! Die Hand gib wieder!
Nun herrscht eitel Friede ...
Non, ma chère! Wo sitzt dein Mieder?
Links den Fuß vor, stramm!
Stehst ja wie'n Rekrut im Gliede!
Guck mich an recht lange!
Schön die Drehung! Keine Bange!
*rit.* Bravo, gut, Madam!
*a tempo* Ist's dir genehm,
dich zu mir her zu neigen?
Tanz jetzt bequem,
jetzt muß die Kunst sich zeigen!
Dreh dich, dreh dich, meine Süße,
und die Kerls begrüße!
Aua! Das sind meine Füße,
gar nicht bist du klamm!«

Sing, mein Engel, sing ganz mächtig,
zechen will ich, geigen!
»Na? – Dein Mollberg tanzt doch prächtig?« –
»Mehr als prächtig, ja!« –
»Ulla, darf ich's dir gleich zeigen?
Hoch das Knie! Gelungen!
Zieh was aus, sei ungezwungen!
*rit.* Eh, was machst du da? –
*a tempo* Komm doch, Madam,
Du liebest uns doch alle!
Welch ein Tamtam
gibt's hier auf diesem Balle!
Na, du wirst dich doch nicht zieren?
Auch wenn alle stieren,
können wir es gleich probieren.
Tanz und trink! Hurra!«

N.° 69.

Andante con moto
Se Dansmästarn Mollberg Bröder, I vår krögar ſtu_ga,
Konſtigt har han lärt ſig buga och med foten' ſkrapa.
Hur mot väggen han ſig ſtöder med en röd Fi_ol. Hjelp Himmel
Aldrig ſåg man ſtörre a_pa i en Capri_ol.
nå! nu ſprang han öfver Di_ſken bums i en ſå, där
krögarmor har fiſken. Himmel ach! ſe på hur luten dryper af Sur_
tou ten. Näſan tält med blommor guten ſki ner ſom en Sol.

## Fredmans Epistel N:ro 70.

*Darin er über ein galantes Vorkommnis im Lager beim Artillerie-Manöver anno 1773 berichtet; vorzuführen als ein lustig Menuetto für alle Instrumente in C-Dur*

*Menuetto*

Korporal Movitz! Darfst nicht mehr schlafen,
stürz aus deinem weißen Zelt! *V:cello*
Trommelschlag hören längst deine Braven,
die aus Stockholm herbestellt.
Abendröte! Movitz, kannst du's sehen?
Wachposten gehen,
Staubwolken wehen
*cresc.* Bierwirte stehen
am Schank,
denn schon ist der Krieg im Gang.

Nun hüllt der schwarze Qualm von Kanonen
Movitz' Zelt in dunkle Nacht. *V:cello*
Eifrig, beim Platzen fliegender Bohnen
trabt die Kriegerschar zur Schlacht.
Dumpf vom Paukenklang die Felsen widerhallen.
Fluchworte schallen,
Achtpfünder knallen
*cresc.* Überall fallen –
ja was? –
Damen schon vor Angst ins Gras.

Horch, wie sie brüllen! Guck, wie sie schwitzen!
Auf der Schanz' ein wilder Schwarm! *V:cello*
Und in den Gräben, an den Haubitzen
hebt sich tapfer mancher Arm.
Harte Männeraugen Blitze senden,
wenn an den Ständen
nach allen Enden

*cresc.* Mörser sie wenden:
Alarm!
Kugeln zischen, blank und warm.

Movitz wach auf, es nahn Kommandeure!
Ja, sie suchen's Bataillon. *V: cello*
Lassen beim Üben strammstehn die Heere;
Hut ab zum Gebet, mein Sohn!
Wirst sogleich die Abendandacht hören!
Eichen und Föhren,
Stücke und Röhren
*cresc.* hallen von Chören
am Bach.
Schläfer Movitz, werde wach!

Sacht rutscht die Sonne runter vom Himmel,
und die Luft wird dünn und kühl. *V: cello*
Sieh doch: am Wegrand, welch ein Getümmel,
Staub und Wagen, welch Gewühl!
Massen schöner Frauen warten. Alle,
Gräfin und Schnalle,
euch zu Gefalle!
*cresc.* Munter im Schwalle
winkt dir
Venus-Ulla, dein Pläsier!

Kommt vom Olymp, dir Liebe zu geben,
in der offnen Chaise her. *V: cello*
Sieh nur: sie lacht und will zu dir streben!
Ulla liebt das Militär.
Da! Es bäumt sich auf die Schindermähre,
hopst aus der Schere,
rennt ganz verquere,
*cresc.* rast in Karriere
davon!
Über Berg und Tal entflohn!

N:o 70.

Menuetto
Mo_vitz vik Mössan högt öf_ver ö_ra
Flänta på dit hvi_ta Fält. Trumsla_garn ren hörs
pinnarna rö_ra, Dit Corpralskap ren Sig Ställt
Af_ton_rodnan Spri_der ren Sin flamma,
Vägarna damma, Posterna glamma, Krögarne Stamma Redan;
Krigs Sig_na_ _len läng_sen Smält.

Spute dich, Movitz! Such' Ullas vollen
Busen, wo die Rosen blühn! *V:cello*
Schräg liegt die Chaise, langsam noch rollen
ihre Räder durch das Grün.
Statt der Lunten laß Hymens Fackeln brennen!
Darfst jetzt berennen
dein Fort! Nicht pennen,
*cresc.* Movitz! Zu kennen
solch Mühn,
macht selbst Götter heiß und kühn!

### Fredmans Epistel N:ro 71.

*An Ulla, als sie im Krug »Fischerdorf« am Fenster stand;*
*an einem Sommertag zur Mittagsstunde.*
*Pastorale in F-Dur und f-Moll,*
*dem Assessor Lundström dedizieret*

*Allegro ma non troppo*

*Majore* Ulla, ach Ulla, was soll ich bestellen?
Erdbeer'n, gezuckert, mit Milch und Wein?
Oder Karauschen, die frisch sind und schnellen,
oder – Herz – darf's ein Glas Quellwasser sein? *Fin.*
Lässig der Wind spielt mit Luken und Türen,
Blumen und Tannen duften schwer,
über den Nebeln ist Sonne zu spüren,
sieh nur her! *D. C.*

*Refr. Minore*
Ist sie denn nicht göttlich, diese Gegend, wie? –
»Ja, göttlich anzuschauen!« –
Da, die stolzen Stämme! Reih in Reih, ach, sieh . . .
so grün wie nie!
Ruhig ohne Welle
liegt die Bucht nun da;

und am Acker steht die helle
Arnika!
Sind sie denn nicht göttlich, diese Auen da?
»Oh, göttlich, ja! – Oh, göttlich, ja!«

*Majore* Will dir durchs Fenster den Mittagsgruß sagen.
Horch! Stockholms Glocken fern, welch Getön'!
Sieh, wie der Staub von Kaleschen und Wagen
zieht; und das Wiesenheu duftet so schön. *Fin.*
Reich mir durchs Fenster, vor dem ich verweile,
müde im Sattel, Schwesterlein,
erst ein Stück Zwieback, doch dann mit Eile
Hogland-Wein! *D. C.*

*Refr. Minore*
Ist sie denn nicht göttlich, diese Gegend ... *usw.*

*Majore* Nun gebt dem Hengst was! Komm Ulla, Süße!
Sieh, wie er wiehert und stampft voll Brunst!
Da vor der Stalltür, er sendet dir Grüße,
stolz wie ich selbst! Und sucht deine Gunst! *Fin.*
Nymphe, so laß uns schlafen zusammen!
Alle betörst du, jawohl!
Vor dir am Fenster, wie steh ich in Flammen!
Komm schon! Skol! *D. C.*

*Refr. Minore*
Ist sie denn nicht göttlich, diese Gegend ... *usw.*

N:71.

Allegro ma non troppo
Ul_la! min Ul_la! Säj får jag dig bju_da
Rö_da_ste Smultron i Mjölk och Vin: El_ler ur
Sumpen en Sprittande Rö_da, El_ler från Källarn en
Vat_ten Ter_rin: Fin Dörrarna öpnas af vädren med våda,
Blommor och Granris välluk ger; Dug_gan_de
Sky_ar de So_len be_bå_da, Som du ser. D:C: al Fin

Minore
Ä_ke det Gudomligt Fiſkar_torpet? hvad! Gu_dom_ligt
at be_ſkå_da? Än de ſtolta ſtammar
Som ſtå rad i rad Med friſka blad? Än den lugna
vi_ken Som går fram:åh ja. Än på långt håll mellan diken
Åkrar_na? Ä_ke det Gu_domligt deſ_sa ängar_
na? Gu_dom_li_ga! Gu_dom_li_ga!

## Fredmans Epistel N:ro 72.

*Dagelassen für Kajsa Lisa*
*eines späten Abends an ihrem Bett;*
*vorzuführen als trauliches Schlaflied;*
*Andante in G-Dur für alle Instrumente,*
*vornehmlich aber für die Geige*

*Andante*

Zärtliche Nymph'! Wie strahln die Augen!
Schwebender Port! Im Bett Lust wir saugen ...
Kajsa, du Süße,
so komm und begrüße
bei dem Licht, das ausgebrannt,
Morpheus jetzt in Amors Land!
Fenster und Tür sind dicht verschlossen,
wie haben wir die Liebe genossen!
Und Norströms Zopfperück',
die hängt noch auf der Stieg'.
|: Schlaf, schlummre ein! – Ich mach Musik! :|

Buchfink schloß längst schon seine Weise;
Kajsa, mein Kind, die Nacht senkt sich leise.
Sterne schon funkeln,
lieg nur im Dunkeln!
Alles ist so schön und rein;
wollt' so stets bei Freia sein.
Regen rinnt mild nach den Gewittern,
am Himmelsbild seh ich noch zittern
den Irisbogen hold,
in Purpur, Grün und Gold.
|: Schlaf! Donner hat jetzt ausgegrollt! :|

Schlafe, mein Kind! Ja, träum in Wonne,
bis uns um vier erwecket die Sonne!
Wirst dich dann strecken,
den Arm ausrecken,

## N:o 72.

Andante
Glimmande Nymph! blix_trande
ö_ga! Sväſvande hamn på bol_ſtrarna
hö_ga! Men lö_ſa Styr_ka! kom, kom nu at
dyr_ka, Vid et ſmalt och ut_ſläckt
P
ljus Sömnens Gud, vår Mor_phe__us.
PP

Luc_kan ren Stängd, Por_ten til Nu_ten,
Nätt huf_van ren din Kjes_sa kringknu_ten Ren,
Nor.ströms Pisk.pe_ruk den hänger på Sin Spik.
Sof, Som_na in vid min Mu_sik.
P
Sof, Som_na in vid min Mu_sik.
8
PP

Kind, nach mir und meinem Wein.
Wieder werd ich glücklich sein.
Kajsa, du stirbst ... Himmel, sie lebet!
Lieb' du erwirbst, und Tod dich umschwebet!
Morpheus hat sie sacht
schon in den Schlaf gebracht.
|: »Geige, nun schweig! Gutnacht, Gutnacht!« :|

## Fredmans Epistel N:ro 73.

*Für diesmal Jergen Puckel aus Deutschland betreffend, als er sich im Kruge »Rosenthal« dem Satan verschrieb; feuriges Allegro in A-Dur und a-Moll für Streichinstrumente*

*Allegro*

*Majore* Grad fuhr der Satan in Sessel und Pfühle,
zerschmiß an der Tür alle Stühle;
Geigen in Trümmern,
die Musiker wimmern,
ja, Satan kam selbst auf den Ball.
Schweflig die Schenke,
Feuer und Knall!
Leer sind die Bänke,
und nichts im Pokal!
Jergen, sieh, stehet
und fluchet und flehet,
schreit gar: »Horch emal!
*Minore* Ach, ick pin so voller Sinden,
mei Vertrag bis heite war:
Satan, will mich an dich pinden
noch zwey Jahr!
Ich will alle Mädchen schände
und im Tanzhaus seyn fidel,

doch ans eigne Weib mich wende
mit Krakeel!
Scheen de Geigen singen,
könnt de Feder bringen!
Freylich komm ich, Beelzebub, zu dir mit Leib
und Seel!

*Majore* Eile dich, Lotta, nun fege die Wände
und rühre nur flink deine Hände!
Hole die Lichte,
die Fenster mach dichte
und drauße die Läde verschließ!
Mach schon, Kanaille,
beweg deine Fieß!
Nach der Bataille
erst schneuz dich und nies!
Movitz soll geige!
Und ihr tanzt den Reige.
Leben ist so süß!
*Minore* Hier mit meinem Plut ick schreibe,
Satan, daß auf jeden Fall
ick nu gantz dein eigen bleibe,
o fatal!
Nüchtern will ick niemals werden,
selten in der Kirche seyn,
treu die Pflicht erfülln auf Erden
als e' Schwein!
Daß ick's Geld verplemper ...
Stockholm, im November,
manu mea propria, im Kruge ›Rosenthal‹«.

N:73.

Allegro
Fan i fauteuillerna! Stolarna kullra; hej! bullra i
f
dörrarna bull_ra; Sparka Fio_lerna Bullra med Stolarna
Satan är kommen på Baln. Gran.ris kring Skänken;
Trumf är du galn? Ankarn på bänken och tom står Pocaln.
Jergen han fnäser, han spritter och lä_ser ner i käl_lar svaln.

Minore
Ach ich bin ein e_lend Sin_der min Contract til
Jak schall al_le Flicker kränke, på Schpelhu_sen
P
en_te går, Heerts ein mahl jak mik fer_pin_der
va_re flink, Al_trich på min hu_stru tänke
noch zweij år. Schent Fi_
på Ca___trink
o_len Schtemmer Bringt mir pleck und penne
Frej_lich hör jak tik nu till tu Fan vid ferschte Fink.

## Fredmans Epistel N:ro 74.

*Darin er berichtet,*
*wie Movitz das Porträt der Madam Bergström entwirft;*
*dedizieret dem Herrn Professor und Ritter Sergel;*
*vorgestellet als ein Andante in F-Dur*

*Andante*

Mein Sohn,
deine Töpf', deine Schalen
|: hinter Pinseln in Reihe stehn. :|
Still magst du nun hingehn
und Freias Jugend malen!
Mein Sohn,
hör nicht hin, wenn der Wirt schreit: zahlen!
Sieh, dein Pinsel kann sie gleich abmalen!
Die Augen – kannst du's sehn? –
wie Sterne strahlen! *Fin.*
Movitz, ach, was für Lust erblüht!
Du bist bemüht!
Welch leichte Hand
und welch Genie . . .
aus Paphos' Land!
Das lohnet sie!
Ach, ein süßer Lohn! *D. C.*

Welch Anblick, welch Behagen, Götter, welche Schöne!
Die Spitzenhaube braucht ganz zarte, weiche Töne;
nach unten, sanft gedrückt, sie auf den Nacken fällt;
ein rosarotes Band ihr Haar zusammenhält.
Sieh: unter diesem Ohr ist roter Glanz erschienen!
Ah, köstlich solch ein Schmuck aus funkelnden Rubinen!

Wie glänzen sie so warm! – Daneben fast verschwinden
die Silberspitzen da, die bis zum Aug sich winden.
Der grüne Seidenstoff, in dem das Häubchen strahlet,
ist leicht gestreift und fein, grad so, wie Movitz malet!

Das Tuch um ihren Hals, es bauscht sich schick und kühn,
ganz weiß wie frischer Schnee, mit Rändern gelb und grün!

Am vollen Busen fällt, das ziert die schlanken Glieder,
noch mit Smaragd versehen, ihr gülden Kettlein nieder!
Ich wundre mich, mein Sohn – na, trink was auf den
Schmerz! –
daß, wo dein Aug so schwelgt, so frostig bleibt dein Herz!
Wie schön ist dein Modell! – Es will mit heißen Blicken,
hervor aus schwarzen Brau'n, dir Liebesgluten schicken.

Des Lebens holder Lenz auf ihren Lippen schwebt.
Ach, Götter! Selten nur ihr solchen Teint uns gebt!
Nein, du hast keine Farb in deinen bunten Schalen,
sie auch nur ganz entfernt so wunderbar zu malen!
Sie überträfe doch dein Prachtbild der Natur!
Mal' ihrer Augen Schimmer einmal richtig nur!

Doch, Movitz!? Seh ich recht? Was säumst du plötzlich,
Bengel?
Du siehst sie ohne Kleid? – So fleischlich ist kein Engel!
Ihr Jäckchen – feinster Taft; die Schuhe – Goldbrokat!
Mach weiter, Movitz! Doch zuvor noch einen Rat:
Die Bergström, sie ist hier! Nicht auf der Leinwandfläche!
Apelles sagt: Bedien dich! Ich warte noch und zeche!

Madam,
setz dich nur! – Oh, halt stille,
|: blinzle zärtlich doch zu mir her! :|
Ja, nun lächle noch mehr!
Es schmilzt dahin mein Wille,
Madam.
Ah, mein Liebes, ich such die Brille!
Gegen dich ist ein Nichts die Destille;
wie ist dein Busen stramm!
Die Lust mir stille! *Fin.*
Ach, wie das Pinseln mich entrückt;
bin so entzückt!

N°74.

Andante
Min Son! dina kärl dina Skålar kring din
Pensel i ordning stå, Kring din Pensel i ordning stå, Där du
tyst i din vrå din Fröjas ungdom
må_lar. Min Son! hör ej ef_ter hur Krögarn
skrålar Se på den som din Pen_sel af_må_lar; Dess

Ö_gons eld hå! hå! Som Stjer___nan
Fin
prå___lar. Mo_vitz!ach!hvad du lycklig är!
Ljuf_va be_svär båd' för din hand och
Snil_lets kraft Från Paphos land et lån du haft,
Ach et dyr_bart lån! D:C:

In Pein mein Herz
und Liebe tollt!
Oh, Freunde! – Schmerz!
Ich rahm's in Gold,
dieses Bild! – God damn! *D. C.*

Halt, Movitz! Götter, ach! – Du sprichst ja wie im Fieber!
He, Vater Wirt! Komm schnell! – Der springt ins Wasser
lieber!
Halt, Movitz! Halt, mein Sohn! – Dein Lohn wird göttlich
sein!
»Nein, ich lauf jetzt! Stürz mich in den See hinein!

Wo ist mein Säbel? – Marsch . . .!«

**Fredmans Epistel N:ro 75.**

*Zugestellet dem Vater Movitz, seinem Rivalen,*
*an Kajsa Stinas Namenstag;*
*dedizieret dem Königlichen Kapellmeister Kraus*
*als ein Andante in F-Dur für Oboe*

*Andante*

Lachet, trinket heute feste! –
Sagt mal, kennt den Kerl ihr, Beste,
der zum Spaß der Gäste
trillert so frappant?
Ja, den mit der Schürze,
nenn ihn euch in Kürze,
im Staatsrock aus Leinewand?
Wild er auf die Noten schauet;
sein Oboenspiel! – Mir grauet! *Oboe*
Keiner seinen Lungen trauet.
Un poco lento! *Oboe*

Wie am Rohr er fingert,
wie sein Mundstück schlingert!
Ha! Welch Kunstverstand!

Kajsa Stina, brich dein Schweigen,
sollst mir schöne Augen zeigen!
Mußt dich nicht verneigen,
tust dem Movitz weh!
Hör nur, wie es klinget!
Wie zärtlich er nun zwinget
die knorrige Oboe.
Kajsa Stina, dir zum Preise
und zum Festtag tönt die Weise! – *Oboe*
Raubst nun doch den Mut dem Greise!
A tempo guisto! *Oboe*
Movitz! – Trotzdem wieder
spielt er seine Lieder
für die Nymph'! O je!

Bruder Movitz, blas mal sachte,
da ich grad mein Glas ihr brachte,
sitze und betrachte
diese Wunderbraut!
Kerl, sie ist von dieser Sorte!
Spring auf . . . Hurra! Blas forte!
Kling, klang! Kajsa Lisa schaut:
welche Augen, welche Lippen!
Blas, mein Lieber! Will dran nippen, *Oboe*
mir dann an die Stirne tippen!
O Mann, piano! *Oboe*
Ja, ihr Fest wir feiern,
Astrild kommt, nicht leiern!
Blase bloß nicht laut!

Gold und teuerste Geschenke,
Torten, Sahne, Obst, Getränke,
was dein Herz erdenke,
stell ich ihr zur Wahl!

## N°75.

Andante
Skratta mina barn och Vänner Säg om någon af Er känner
Den som står och spänner Stora Bulci_an. Än den med Peruken. Med
Skinförklä för buken och kapprocken af bul dan;
Oboe
Bistert han mot Nöten grinar, hör hur han Hobojan pinar
Oboe
Gubben blåser så han tvi _nar. Un po_co len_to!
Rö_ret strängt han kniper, och med truten piper, Gammal snäll och van.

Väter für den Knaben
und Kerle kann sie haben,
selbst Geldscheine ohne Zahl!
Sei die Meine, Kajsa! Kleine,
die Dukaten nimm alleine! *Oboe*
Blas doch Triller nun, doch feine!
Un poco forte! *Oboe*
Nimm dein Glas, mein Bruder!
Trink und laß das Luder;
weg mit Liebesqual!

**Fredmans Epistel N:ro 76.**

*An die Zapfmutter vom Wirtshaus »Wismar«,*
*den Deutschen Hans Jergen Puckel betreffend,*
*als er aus dem Saal gepeitschet wurde;*
*klinget gar schön als ein Andante in B-Dur*

*Andante*

Seht, Hans Jergen springt wie auf Socken!
Binde am Kopf und ein Pflaster am Mund,
Schwarz ist sein Haar, und hängende Locken
flattern ums Ohr ihm, dem zottigen Hund!
Den Krug in der Faust zum Wirt spricht er: »Sir!
Niemals Schwachbier, bringt mir Doppel-Bier!
Na, anjetzo hier!
Seynd Sie nun so gütig . . .
's steht da beim Nachbarn! Gesundheit, Pläsier!«

Steckt ein Messingkamm ihm im Nacken,
der glänzt beim Kerzenschein goldig und fahl.
Und wenn Jergen aufstampft die Hacken,
glitzern ihm Glasperl'n am Hut ohne Zahl.
Sein Mädchen ruft Skol, reicht das Glas ihm mit Schick.
»Ach, mein Herz! Engelskindlein! Wer – ick?!

Excusiern Sie mich!
Seynd Sie nun so gütig . . .
Warten Sie nun gleich im Augenblick!«

Seht, Hans Jergen säuft, will ich wetten;
prustend und polternd zum Tanz tritt er an,
schlenkert vor die langen Manschetten.
Satan und Liebe, die plagen den Mann.
Oh, schlugst du hin, Jergen? Tut weh dir dein Bein? –
»Nein, ihr Pack! Blast noch lauter, stimmt ein!
Menuett, du Schwein!
Seynd Sie nun so gütig . . .
Nu gantz piano, nu forte, gebt Wein!«

Jergen, still! Ach, das ist ergötzlich!
Singende Hürlein! Na, schweig doch, du Hund!
Er bleibt stehen, stutzt ganz urplötzlich,
tollt dann gleich weiter wie rasend im Rund.
Die Hand auf dem Rücken, so wippt er adrett:
»Ach meiner Seel', wo is mei Bukett?
Spielt doch Menuett!
Seynd Sie nun so gütig . . .
nu mit Erlaubnis das kleine Flageolett!«

Mutter, sieh, der Fant will Geplänkel,
goldgelb sein Rock und die Weste Kattun!
Und sein Hemd umschlottert die Schenkel,
Hosen verdreckt, was ist da zu tun?
»Zur Tür peitscht ihn raus! Na, das geht
eins-zwei-drei!« –
»Gottschwerenot, parbleu, welch Geschrei!
Ha, was is dabei?
Hole mich der Teifel!
Hundsfott, Kanaille und Mordssauerei!«

N:o 76.

Andante
Se Hans Jer_gen hur han Sig
Svar_ta hå_ret i hän_gan_de
boc_kar, Kläde kring hufvud och plåster på mund;
loc_kar Flacksar kring öronen Som på en hund. Med
Sto_pet i näfven han på krö_garn Sir. Nie mals
Schwachbier bringt mir doppelt bier. Na angeht So hier Seijnd Sic nun So
gu_tich; Schtet på tin Chranne, Gesundtheit, plaiSir.

## Fredmans Epistel N:ro 77.

*Darin es um die Schlunze Sophia vom »Luchskrug« gehet und um ein gewisses Geschehnis; darzubieten als gar ein züchtig Andante in F-Dur für mancherlei Instrumente*

*Andante*

Skol, meine Damen, die Wolken noch glimmern,
seht, der Mond versilbert schon Wellen und Land!
Wirklich, da scheinen schon Sterne zu schimmern ...
Laßt doch endlich Zuber und Klöppel am Strand!
Hört, wie die »Luchskatze« kreischt und greint!
Huh, ja, das Schild an der Stange – es knattert!
Flott sieht die Wirtin heut aus, wie es scheint,
Flitter am Stirnband ihr flattert!

Da hockt ein Schiffer mit schwarzer Perücke,
schief in das Gesicht er den Dreispitz sich drückt.
Er wirft die Würfel und kennt jede Tücke;
du, der bleibt beim Brettspiel stets bestens bestückt!
Das ist der Käpt'n, der mit seinem Charme
fünfzehnmal liebte die Schlunze Sophia
in der Kajüte; es wurde ihr warm
da auf der »Jungfrau Maria«!

Skol, alter Fredman, so netz dir die Asche!
Prost! Ich zahl die Rechnung, ihr Damen, bekannt?
Sehet doch, Brüder: der Kerl mit der Flasche
ist wohl auch ein Käpt'n? Er säuft allerhand.
Winkt der und zwinkert in Richtung zum Kai;
klopft der ans Fenster, dann – möchte ich wetten –
fliegen ihm mindestens zwei oder drei
Vögel wie ihr auf die Betten.

Ach, wie die Wimpel dort flattern und fliegen!
Da, die rote Flagge ist bauschig und rund,

und ihre Zipfel im Wasser jetzt liegen.
Überall Schiffe! Klar ist die See bis zum Grund.
Da ist ein Bär: ja, er blickt zu uns her,
wie seine Ketten im Mondenschein blitzen!
Aber im Schatten des Segels dort, frère,
schläfrig zwei Bierfiedler sitzen.

Ha, wie das Takelwerk zittert! Es schwanken
schön im Wind die Masten; ein Beiboot sich wiegt;
dösig aufs Deck zwei Matrosen hinsanken;
zwischen Teer und Fässern ein Ladeschein liegt.
Da ist das Fernrohr! Die Luft ist so klar.
Skol denn! Und gib mir ein Glas noch, mein Bruder!
Oh, auf dem Deck da – mit aschgrauem Haar –
Zollschnüffler Griep, so ein Luder!

Prost! Meine zechstolzen Säufer, man gaukelt!
Gottchen! Vater Bacchus, ich schlucke mich tot.
Schon dreht mein Stuhl sich im Kreis, alles schaukelt,
hier ersauf ich – ha! Meine Augen sind rot.
Trotzdem, es scheinet mir nötig und gut,
heuer mal wieder die Kehl' durchzufegen.
Und fragt mich einer: Tja, hast du noch Mut? –
muß ich nicht viel überlegen.

Ah, sieh, er schäkert, der Käpt'n, der fade!
Wie der Tölpel angibt! Der hat zuviel Moos.
Kniestrümpfe trägt er; pfui, gelb ist die Wade!
Und die Schnallenschuhe! Drei Nummern zu groß!
Süße Sophia, ach, sei doch so nett!
Du bist mollig, so feist und verdorben . . .
Los, laß ihn sausen, komm mit in mein Bett!
Längst ist der Käpt'n gestorben.

Himmel, da kommt er! Oh, Mama Maria!
Haut mit seinem Degen ja zu! Dieser Hund!
Holt sich ein Stuhlbein! Au, Hilfe! – Sophia!
Schlägt mir, Pest und Hölle, den Rücken noch wund!

## N:o 77.

Andante
Klang mi_na Flic_kor! Si Sky_ar_na glimma,
Stjernorna försilf_ra båd' vatten och land. Må_nan i molnet sin
Guldgu_la dimma kastar öfver klappträn och Så_ar vid Strand;
Lo_katten ly_ser med tas_sar och klor, Skylten på Stån_gen den
knar_kar och hvi_ner, Och Guldgra_ma_nen på
krö_gar_mor glittrar kring Mös_san och Ski_ner.

Liebster Herr Käptn! – God damn you! – Oh, Dirn!
Nie mehr, Sophia, so wahr ich hier büße,
wird sich mein Fuß nochmal künftig verirrn
in deine Laken, du Süße!

## Fredmans Epistel N:ro 78.

*Welche ein anmutig Ständchen war*
*an Vater Didriks Namenstag; angestimmet anno 1780*
*als Marche in C-Dur vor der Schenke »Amsterdam«*
*in der Großen Hopare-Gasse*

*Marche*

Freund Jepp' wohl schon zum letztenmal sang,
spät als des Wächters Trommel erklang,
da stand schon Berg mit Oboe d'amour
in Positur.
Ja, die Laterne warf düstern Schein,
da stimmte auch ein Brummbaß mit ein.
Kreuz! Berg, der blies die Oboe so gut,
mir stieg der Mut.
Und Stänk'rer Löfberg dudelte flott
dicht vor der Krugtür auf dem Fagott.
Er fingerte dran, daß halb furzend es klang,
die Faust hin zum Krugwirt er schwang.
Doch Didrik, dieser geizige Hund,
war wütend, denn schon spät war die Stund,
»Zum Henker das Ständchen!« so schrie der Filou
und machte zu.

Kein Kätzchen auf der Gasse man sah,
am Schornstein saß ein Kater still da,
hob in die Höh beim ersten Morgenrot
die schwarze Pfot'.

Doch auf dem Schiff am Kai dort, o Graus,
die Schmuggler stehn – pardon, ich sprech's aus –
verstaun ihre Waren eins-zwei-drei
beim Hahnenschrei.
Bei Boot und Segeln alles noch still.
Doch da: ein Vogel schreit plötzlich schrill,
vom kühlenden Morgenwind wird er gewiegt,
als er Schiff und Masten umfliegt.
Doch Vater Berg, vor Ärger halb krank,
ein Halbes und ein Ganzes jetzt trank,
so früh schon am Morgen, die Glock' schlug dabei
dreiviertelzwei.

Oha, wie Berg jetzt Rache sich schwor;
es saß der Satan selbst ihm im Rohr.
Er wollte blasen doch – o Schreck, o Pein –
es sollt' nicht sein.
Sein Rohr, so schmuck und blank wie der Tag
aus Birkenholz mit Messingbeschlag,
nicht einen reinen Kammerton gab's kund.
Man weiß den Grund.
Lang-Anders, da im streifigen Rock,
er stand am Baß und zückte den Stock
und schwor auf der Stelle und bei seiner Seel',
den Wirt brächt' er um, das Kamel!
Und Stänk'rer Löfberg fluchte und flennt'
und schaute wild auf sein Instrument.
Rums, flog's an die Wand, und er selbst stürzt' im Flug
zum nächsten Krug.

Doch Didriks Eh'weib war mild und gut,
sie goß ins Herz uns rasch neuen Mut;
vier Krüg' kredenzt' sie, voll mit frischem Bier,
und Kerzen – vier.
Und weil Sankt Didrik war an dem Tag –
doch Didrik bleibt ein Schwein, wie ich sag –,
da schenkte sie uns allen richtig ein,
und das war fein.

## N:78.

Marche
Knapt Jeppe hant ur gluggen gå in, Trumslagarn knapt hant
Ja! Ol jan knapt i lyktan utbränd Förn Bassi _o_ len
lyfta på pin Förn Bergen med sit Obo e d'Amour, Stod tyst på lur.
Surra i gränd Kors: Bergen blåste Oboe så sött, at snart jag dödt.
Grälmakar Löfberg gammal och van Vid krogdörn stod och blåste Dulcian. Ar
be_ta med fingrarna prutta och tjöt Och näfven mot kröga_ren knöt. Men
Å_kerblommen snål som en varg, I rö_da mössan slängde så arg. Be
fal_te oss draga för den och för den; Slog dörrn i_gen.

Ich dankte ihr und nahm mein Basson,
wir tranken auf ihr Wohl mit Fasson.
»Ach, Mutter, Gesundheit und Fried wünsch ich dir!
Ihr Männer, wir geigen es ihr!«
Oh ja, die Wirtin war sehr galant,
der Wirt ein Geizhals, ist ja bekannt,
Hurra! Ja Hurra! für die heiße Madam
vom »Amsterdam«!

**Fredmans Epistel N:ro 79.**

*Oder Abschied von den braven Matronen,*
*insonderheit von Zapfmutter Maja Myra*
*in der Sonnengasse nahe dem Großen Markt anno 1785;*
*zu geben als ein feierlich-trauriges Menuetto*
*in G-Dur für Streichinstrumente samt Waldhorn*

*Menuetto*

Charon bläst, welch ein Toben!
Horch, wie die Stürme wimmern!
Anker und Tau erproben? –
Nein, nein, es ist aus . . .
Weg ist der Mond da oben,
nur ein paar Sterne schimmern.
Ach, mein Glück ist zerstoben.
Kommt der Tod? – O Graus!
Gleich ist mein Stundenglas alle,
Charon hat mich in der Kralle!
Jetzt sinkt der Kasten,
fallen die Masten . . .
Und auf den Wogen
kommt schon gezogen
kohlschwarz die Leichengondel an den Todesdamm –
|: in Rauch und Schlamm! :|
Ah, welch ein Haus!!

Wirtsfraun, geliebte, rasche,
labt mich zum letzten Male,
denn zu der Väter Asche
muß ich fahrn heut nacht!
Schenkt mir kein Mensch 'ne Flasche,
weil ich nicht gleich bezahle?
Seht doch, ganz leer die Tasche!
Schwein ist, wer da lacht!
Mutter, streich weg die fünf Öre
für einen Fisch und die Möhre,
Käse auch, Mutter,
und alte Butter!
Und auch den Dreier
für die zwei Eier!
Und die drei Pellkartoffeln, die ich grade aß
|: und bald vergaß! :|
Na, auf zur Schlacht!

Ich schreib mein Testament hin,
setze es auf beim Schoppen!
Da komm! – Nimm mein Patent hin,
Mutter Maja, hier!
Fort, Welt, du Schaumregentin!
Ich laß mich nicht mehr foppen.
Zum fernen Firmament hin
schwimme ich in Bier.
Weil ich den Humpen noch schwenke,
find ich sie schön, diese Schenke!
Wallen die Säfte,
steigen die Kräfte –
läuft mir die Chose
auch auf die Hose!
Ach, das tut gut, Maja! – Das war Bier von Rang!
|: Trink, Maja! – Klang! :|
Heil Charon, dir!

Schon ist mein Mut hinüber,
Zähren des Elends rinnen;

nun fällt mein Kopf vornüber
und die Stirn aufs Glas!
Seh nun, als hätte ich Fieber,
glänzen die alten Plünnen;
Spitzen und Spang' und Biber,
die ich mal besaß.
Hosen, die sind ohne Bänder,
Mottenfraß sind die Gewänder,
Lumpen die Weste,
Fetzen und Reste,
Strümpf', ganz zerschlissen,
Hacken, beschissen.
Und dieses teure Hemdchen trug mit viel Plissee
|: die Beckmann-Fee. :|
Ach, was für'n Aas!

Steh schon in Charons Nachen,
hart ruckt das Steuerruder,
Bordwand und Planken krachen:
Schatten überm Fluß!
Hör ich den Fährmann lachen,
wird mir so angst, mein Luder,
Hölle sperrt auf den Rachen –
ach, hinein ich muß!
Nordlichter, Wolken und Blitze,
gräßlicher Donner und Hitze,
Sternhaufen tanzen,
laufen wie Wanzen,
schlingern und drehen,
Ufer vergehen …
Pechschwarze Nacht umfängt mich, ewig nur im Dreck,
|: fahre ich weg! :|
Gut Nacht und – Schluß!

N:o 79.

Menuetto
Charon i luren tu_tar, ſtormarna börja hvi_na,
Må_nan ſin rundel ſlu_tar, ſtjernorna ſorligt ſki_na,
Tros_ſar och tåg och klu — — tar losſna nu till ſlut.
Til ſin förvandling lu — — tar, ſnart min lifs mi_nut.
f
Snart nu mitt Timglas utrinner, Cha_ron ror alt hvad han hinner
Vat_net vid å_ran pollrar i ſå_ran, och på det blanka
Svåfvar en planka, Kol_ſvarta lik Paulu_nen gungar flo_den
fram, vid rök och dam, vid rök och dam, och Gaſtars tjut.

## Fredmans Epistel N:ro 80.

*Darin er Ulla Winblads und Mollbergs Landpartie nach dem Wirtshaus von Första Torpet vor dem Katzenschwanz-Zoll ausmalet als eine sehr zarte a-Moll-Pastorale; dedizieret dem Königlichen Sekretär Kellgren*

*Pastorale*

Grad wie eine Hirtin feingemacht,
und warm war's – ein Junitag,
fuhr Ulla aufs Land in rosiger Pracht
mit Mollberg, der sie so mag.
Ein Kranz aus Blumen, Flieder und Klee,
vermengt mit Perlen, schimmernd wie Schnee,
der zierte ihr das volle Haar;
sie seufzte, oh, glücklich sie war!

Ein Schleier verhüllt' den Busen fast,
die züchtigste wollt' sie sein.
So fuhr sie vergnüglich als Mollbergs Gast
ins liebliche Dorf hinein.
Das Wirtshaus stand direkt vor dem Zoll,
wo Krebsfleisch rot aus den Pfannen quoll
und wo Brunnsvikens klare Flut
leis plätschernd im Sonnenlicht ruht.

Schön Ulla dort einzog, fest geschnürt,
mit Mittagsgeläut vom Turm.
Und Zephir gar keck ihr Halstuch anrührt',
da krähten die Hähne Sturm . . .
Ihr Haar berührte sacht ihre Stirn,
der Rockkranz bauschte sich üppig, die Dirn
bracht' Mollbergs Keuschheit in Gefahr,
obwohl bisher wirklich nichts war.

Die Chaise, sie fuhr bergab mit Schwung
an Zäunen und Gärten hin!

Nach dörflichem Glück, nach Kühen und Dung
stand Ullas und Mollbergs Sinn!
Im Schatten tranken Bauern, denn gern
man ehrt den Sonntag als Tag des Herrn.
Da waren Kalb und Lamm und Huhn;
die Biertrinker mußten nichts tun.

Und grad vor dem Wirtshaus mit Gesang,
am tannreisbestreuten Flur,
aus schaukelnder Chaise Schön Ulla sprang,
zu Danderyd schlug's zwölf Uhr.
So zog man ein ins dunkle Lokal,
die Schwalben jagten längs durch den Saal;
das Tannbier kam und war famos,
und bald war der Teufel dort los!

Der Humpen ging lang im Kreis herum,
bis Mollberg vom Holzstuhl sank;
Schön Ulla, ach, warf die Tannkrüge um,
das Bier überschwemmte die Bank.
Da setzte sie wohl noch einen drauf
und streift' den Rock zum Hals sich hinauf,
bis Mollbergs Tannenzapfen jetzt
die Kanne doch fand, ganz zuletzt!

Und als nun der Gaul durchs Fenster sah
– der Stuhl und die Bank warn leer –,
und was mit der schönen Ulla geschah . . .
da hielt ihn kein Halfter mehr!
In wilder Brunst er wieherte dort,
zerbrach die Deichsel und stürmte fort!
Doch Ulla lag noch lang im Bett,
mit Mollberg sie schnarcht' um die Wett'!

N:o 80.

Pastorale
Lik som en Herdin_na hög_tids klädd Vid
källan en Ju_ni dag; Kople_tar ur gräsets rosi_ga bädd Sin
prydnad och små be_hag. Och ej bland väpling hägg och siren In_
.blandar Pärlors strimmande sken In .om den krants i blommors val. Hon
flä_tar med le_kande qval.

## Fredmans Epistel N:ro 81.

*Für diesmal adressieret an Stänkerer Löfberg*
*im Sterbehaus »Danto-Zoll«,*
*als dessen Angetraute von ihm gegangen war;*
*am Grabe gedichtet und zugeeignet dem Doktor Blad.*
*Zu geben als ein trostreich-gemächliches Andantino*
*in a-Moll*

*Andantino*

Sieh unsre Schatten, sieh, Movitz, mon frère! –
bald schon, ja bald schon ist's dunkel!
Und auf der Schaufel zu Staub wird, sieh her:
    Purpur, Goldgefunkel!
Winkt uns Charon von der grausigen Flut
und packt uns der Sensenmann, ach, gar kein Blut
    spenden die Trauben mehr, Bester!
  Komm jetzt, mein Movitz! So setzen wir gut
  diesen Grabstein der Schwester!

Oh, du ersehnter, tiefstiller Hain,
wo unter rauschenden Linden
Schönheit und Abschaum, Hoch und Gemein
    stumm im Grab sich finden!
Neid und Mißgunst haben hier keinen Pfad;
das Glück, das so oft sich im Flug uns genaht,
    meidet die offenen Grüfte.
  Hier schießt dein Feind gar, der Böses dir tat,
  seinen Pfeil in die Lüfte!

Totengeläute klingt düster und bang,
Kantor tritt bleich aus der Pforte;
Knabengesang – welch ein scheußlicher Klang –
    und die vielen Worte!
Welke Rosen, sie verbreiten noch Duft,
und still wankt die Schar hin zur traurigen Gruft;
    häßlich und schwer ist die Bahre!

## N:o 81.

Andantino
Märk! hur vår Skugga, märk Movitz mon Frere! In om et
mörker sig slu_tar, Hur Guld och Purpur i Skåf-veln den där,
Byts till grus och klu — tar. Vin_kar Charon från sin
brusan-de älf, Och tre gånger sen Dö_gräf_va_ren sjelf,
Mer du din drufva ej kry_ster. Där-fö_re Movitz kom
hjelp mig och hwälf Grafsten öf_ver vår Sy — ster.

Worte des Abschieds ein Einsamer ruft –
Löfberg, Mut dir bewahre!

Hier ging zur Ruhe nach wüstem Gelag',
Stänkerer Löfberg, die Deine.
Sieh: die da unten – ach, gar keine Frag' –
zog für immer Leine!
Wo einst Danto-Zoll und Wirtsstube war,
bleibt's duster und öde wohl etliche Jahr'.
Wer zapft nun Bier in der Halle?
Durstig war sie, und ich bin's noch, ganz klar:
durstig sind wir ja alle!

**Fredmans Epistel N:ro 82.**

*Unvermuteter Abschied,*
*verkündet bei Ulla Winblads Frühstück*
*an einem Sommertag im Grünen;*
*Pastorale in G-Dur,*
*dedizieret dem Königlichen Sekretär Leopold;*
*klinget schön*
*für Waldhörner und alle Streichinstrumente*

*Andante*

Weile an dieser Quelle!
Sieh, unser Frühstück ich hinstelle!
Rotwein mit Pimpinelle
und eine Schnepfe zum Empfang.
Skol! Was für Flaschen sollen
aus unserm Korb, dem übervollen,
leer bald ins Gras hin rollen!
Und spür: welch Duft am Wiesenhang!
*rit.* Dein Mittagstrank

macht uns auf alle Fälle
die Augen blank!
Schönste, an dieser Quelle
hör jetzt des Waldhorns Zauberklang!
*Corno* des Waldhorns Zauberklang.

Lieblich dem Blick enthüllen
sich auf der Au dort Roß und Füllen;
hier hört den Stier man brüllen,
und ab und zu blökt auch ein Lamm.
Gockel will lustig krähen,
und alle Hühner stolz sich blähen;
Schwalben zum Himmel gehen,
und eine Elster schwätzt am Stamm.
*rit.* Wolln auf den Au'n
den Kessel reichlich füllen
und Kaffee brau'n!
Herrlich, wie auf Idyllen ...
ist solch ein Anblick anzuschaun,
*Corno* der Anblick anzuschaun.

Himmel! Wie in der Runde
hier Wald und Feld in schönstem Bunde
schimmern auf grünem Grunde.
Und da: ein Fußweg aufwärts strebt!
Kühl ist's bei uns im Schatten,
doch hinter Zweigen bunte Matten
gleißende Sonne hatten,
nur eine Wolk' am Himmel schwebt.
*rit.* Der Ulla gebt
Bescheid zu dieser Stunde,
die Gläser hebt!
Himmel! Wie in der Runde
sich solch ein Blumenteppich webt!
*Corno* ein Blumenteppich webt!

Nymphe, du sollst nicht weilen,
dich mit dem Frühstück jetzt beeilen,
alles gar schön verteilen:
Oliven und gekochtes Ei!
Sollst auch den Löffel schwingen,
uns Rahm und Mandeltörtchen bringen.
Und dann vor allen Dingen:
laß hüpfen deine Brust dabei!
*rit.* Und sei so frei,
dies Hähnchen zu zerteilen;
es reicht für drei!
Sehet doch Ulla eilen,
sie schwitzt bei unsrer Schlemmerei!
*Corno* bei unsrer Schlemmerei!

Blast doch, ihr Musikanten
wie Äol über Fels und Kanten!
Tut eure Pflicht, Bacchanten!
Laßt alte Tanten schrein und spein!
Schwester, ein Schnaps – ein neuer –
und noch ein zweiter ist uns teuer!
Krugwirt, du Ungeheuer,
schreib an und laß dein Zetern sein!
*rit.* Dies Glas zu zwein!
Skol allen, die entbrannten
für dich allein!
Blast doch, ihr Musikanten,
stoß an mit Schnaps und Hogland-Wein!
*Corno* mit Schnaps und Hogland-Wein!

Jetzo im Grünen töne
mein Waldhorn-Abschiedslied, du Schöne.
Heut noch ich dich verwöhne,
so blast doch, Kerls, nur froh und laut!
Fredman sieht schon sein Leben
in Charons Boot ganz sacht entschweben.
Clotho sieht er schon heben
die Scher', vor der ihm lange graut.

*rit.* Komm Ulla traut,
und schlüpf für Bacchus' Söhne
*rit.* in Freias Haut! *Generalpause*
Komm jetzt, du einzig Schöne,
sei uns zum letzten Male Braut!
*Corno* *rit.* zum letzten Male Braut!

N:o 82.

Andante
Hvi_la vid denna källa; Vår lilla frukost vi fram_
Klang hvad butel jer; Ulla i våra, korgar öfverst
Ställa: Rödt Vin med pimpinella och en nys skuten Becca sin. Dit
fulla, Tömda i gräset rulla, och kän hvad ångan dunstar sin.
mid_dags Vin sku vi ur kru_sen hälla, med gläd_tig
min Hvila vid denna källa; Hör våra Valthorns klang Cou_
Corno
sine. Valthor_nens klang Cou sine.
Slut.

# Anhang

# Glossar

*Aeneas*, Sohn der Aphrodite und des Königs Anchises; trug seinen alten Vater auf dem Rücken aus dem brennenden Troja.

*Äol*, griechischer König der Insel Aiolia; im Auftrag des Zeus Hüter der Winde; späte klassische Autoren sahen in ihm oft einen Gott.

*Ameisenbranntwein*, Teile eines Ameisenhaufens wurden in einem Leinensack dem Branntwein zugesetzt und verliehen diesem einen scharfen, frischen Geschmack.

*Anzani*, Giovanni A., Tenor, trat 1772 in der Stockholmer Orangerie auf.

*Apelles*, berühmter griechischer Maler des 4. Jh.s v. Chr.

*Arsenal*, nach 1640 von Jakob de la Gardie errichtetes Schloß im Renaissance-Stil, 1793 Theater, 1825 abgebrannt.

*Astrild*, nordische Liebesgottheit aus dem Asengeschlecht.

*Bankhaus*, von Nikodemus Tessin d. Ä. 1680 erbaut; Bellman war dort zeitweise angestellt.

*Basson*, Fagott.

*Berliner Blau*, auch Preußischblau, teure, 1704 in Berlin erfundene Malerfarbe.

*Blad*, Anders B. (1748–1834), Arzt, ein Freund Bellmans.

*Bleiweiß und Silberglätte*, Farben, auch als blutstillende Mittel verwendet.

*Boråser Schmiede*, wandernde Händler aus Borås, wo viele Handwerker lebten.

*Braune Tür*, in Ermangelung anderer Bezeichnungen wurde dieser unbedeutende Krug auf Södermalm nach der Türfarbe benannt.

*Brunnsviken*, Bucht vor Schloß Haga.

*Buchsbaum*, üblicher Begräbnisschmuck.

*Camilla*, C. Passi, italienische Sängerin; sang 1772 zweimal in der Stockholmer Orangerie.

*Charon*, griechischer Fährmann im Totenreich, der die Verstorbenen über den Acheron zum Reich des Hades übersetzt, wo sie im Fluß Lethe Vergessen trinken.

*Clotho*, eine der griechischen Schicksalsgöttinnen, die den Lebensfaden des Menschen spinnen, messen und schließlich abschneiden.

*Damen-Jan*, wer verliert, ohne eine ›Dame‹ eingelöst zu haben, hier im übertragenen Sinn.

*Danderyd*, damals Dorf im Umkreis Stockholms mit einer alten Steinkirche aus dem 14. Jh.

*Danto-Zoll*, Zollschranke mit Garten und Wirtshaus »Rosenlund« südlich Stockholms.
*Didrikstag*, als Festtag unbekannt.
*Disa*, nordische Königin, die bei Vollmond, in ein Netz gehüllt, auf einem Schlitten zu König Sigtrygg kommt.
*Doppel-Bier*, Starkbier.
*Drei Bütten*, Wirtshaus mit Saal in der Nordstadt. Auf dem nahe gelegenen Klara-Friedhof ist Bellman begraben.
*Drei Lilien*, in der Norrtullsgatan, Sammelplatz adliger Offiziere, 1869 abgebrannt.
*Faggens*, Gasthof mit Kegelbahn.
*Filtzsche Duette*, Anton Filtz (Fils; 1733–60), Cellovirtuose und Komponist der Mannheimer Schule.
*Fischerdorf*, schwed. *Fiskartorpet*, Wirtshaus im nördlichen Tiergarten, Bellmans Lieblingsaufenthalt.
*Flageolett*, eine kleine Blockflöte mit schnabelförmigem Mundstück.
*Flora*, römische Göttin der blühenden Pflanzen, auch der Fruchtbarkeit.
*Första Torpet*, Dorf an der Bucht Brunnsviken.
*Freia*, nordische Göttin der Liebe aus dem Wanengeschlecht, Schwester des Fruchtbarkeitsgottes Frey.
*Frontignac*, süßer französischer Muskatwein, dessen Einfuhr zeitweilig verboten war.
*Galuppi*, Baldassare G. (1706–85), produktiver italienischer Komponist (v. a. von Opern), einige seiner Werke wurden im Bollhus-Theater zu Stockholm aufgeführt.
*Gingan*, ostindisches Bast- oder Baumwollmaterial.
*Goldaxt*, Ordnungssymbol für den Profoß, der militärische Bestrafungen leitete.
*Göran Helsinges-Gasse*, benannt nach dem Bürger G. Helsing aus Gustav Vasas Zeit; viele Prostituierte hatten hier ihr Quartier.
*Greifer*, Polizist, der Prostituierte ›ergreift‹.
*Grenzer*, Johann Friedrich G. (Grenser), aus Dresden stammend, seit 1773 Mitglied der Hofkapelle, komponierte Ouvertüren zu den in der Orangerie aufgeführten Komödien, trat auch als Oboen- und Flötensolist auf.
*Gröna Lund*, als Lokalität in den *Episteln* am häufigsten erwähnt; Wirtshaus im Tiergarten, Krug für Seeleute; auch Bezeichnung für den Park. Biblische Gemälde schmückten die Saalwände.
*Grünwurz*, Pimpinella saxifraga, Pimpinelle, Weinzutat zur Geschmacksverbesserung.

*Hammarby-Zoll*, in der Südstadt an der Stadtgrenze.

*Harfe*, damit meint Bellman oft die altschwedische Schlüsselharfe; keine Harfe, sondern ein Streichinstrument aus der Familie der Geigen, das an einem Band vor der Brust des Spielers hing und mit einem kurzen Bogen gestrichen wurde.

*Harlekin*, Held der italienischen Commedia dell'arte; hier: Akrobat.

*Hessingen*, zwei Inseln im Mälarsee, Ausflugziel.

*Hirschfänger*, gerader Säbel.

*Hoffbro*, Lorenz Peter H. (1710–59), Buchdrucker, bekannt durch seine naiven Wandmalereien, u. a. in »Gröna Lund«; später Spielkartenfabrikant.

*Hogland-Wein*, *Vin de Haut*, einfacher französischer Wein aus der Gegend von St-Macaire bei Bordeaux.

*Hutperlen*, Mode; Verzierung durch rohrförmige Glasperlen an der Hutvorderseite.

*Jepp'*, nach Ludvig Holbergs Komödie *Jeppe vom Berge* (1722) nannte man in Stockholm den auf einem Turm ansässigen Feuerwächter ›Jeppe‹.

*Jofur*, (isl.) ›Wildeber‹, Fürst; von schwedischen Dichtern des 18. Jh.s als Name Jupiters verwendet.

*Jul*, (schwed.) Weihnachten.

*Kellgren*, Johan Henrik K. (1751–95), schrieb eine Einleitung zur ersten Ausgabe der *Episteln*.

*Klubben*, Wirtshaus am Mälarsee.

*Kohlmesser-Gasse*, schwed. *Kolmätargränd*, nach dem deutschen Einwanderer Hans Kohlmesser benannt; berüchtigte Altstadtgasse.

*Kolophonium*, Harz für den Geigenbogen.

*Kraus*, Joseph Martin K. (1756–92), bedeutender deutscher Komponist, kam 1778 nach Stockholm, wurde später Kapellmeister der Hofoper. Beteiligt an der musikalischen Gestaltung der *Episteln*.

*Krypin*, (schwed.) ›Kriech hinein‹, Schenke am Järntorget.

*La Hay*, aus Amsterdam stammender Konzertmeister der Hofkapelle, später in Göteborg, starb 1795.

*Leier*, Dreh- oder Radleier, Musikinstrument mit 4–6 Saiten und Tastatur. Nach 1700 wurde sie sogar in französischen Salons üblich. Der Ton wird mittels eines mit Kolophonium bestrichenen Rads hervorgebracht, das mit einer Kurbel gedreht wird.

*Leopold*, Carl Gustaf af L. (1756–1829), Sekretär der Akademie, schrieb 1792 ein Huldigungsgedicht an Bellman.

*Lilienkrug*, eigtl. »Lil Jans Krug«, idyllischer Gasthof am Ende der Engelbrektsgasse.
*Luchskrug*, Seemannskrug am Eingang der Südstadt; das eiserne Wirtshausschild zeigte einen Luchs.
*Lucidor*, Lars Johansson L. (1638–74), wie Runius Vorläufer Bellmans in der Tradition des Trinklieds.
*Lundström*, Carl Jacob L. (1755–1800), war Branntwein-Fabrikant und Bellmans Gönner, selbst Mitglied im Bacchusorden.
*Magister*, hier: Pastor.
*Marieberg*, Porzellanfabrik, 1788 geschlossen.
*Meister Nilses*, bekanntestes Gasthaus im Tiergarten, wo auch vornehme Gesellschaft einkehrte.
*Morpheus*, griechischer Gott des Traums, Sohn des Hypnos.
*Nanking*, aus China importiertes Baumwolltuch, seit 1746 auch in Schweden hergestellt.
*Niklas-Turm*, Turm der Großkirche St. Nikolai.
*Nyboda-Krug*, Rasthof in Brännkyrka, südlich von Stockholm.
*Pan*, griechischer Flurdämon, vermag ›panischen‹ Schrecken zu erregen.
*Paphos*, Stadt auf Zypern; war im Altertum ein Mittelpunkt der Venus-Verehrung.
*Phöbus*, Beiname des griechischen Gottes Apollon.
*Pontak*, französischer Rotwein, genannt nach der Stadt Pontac; die Überflußverordnung von 1766 verbot seine Einfuhr, aber der Wein wurde dennoch in Schweden getrunken.
*Posaune*, bei Bellman oft eine derbe Anspielung.
*Pumpenschuh*, modischer Schuh, bei dem das Oberleder direkt an die Sohle genäht wurde.
*Rosenthal*, Krug im Tiergarten, später Lustschloß.
*Rostock*, bekanntes Wirtshaus in Alt-Stockholm.
*Rudertreppe*, Anlegestelle am Hafenkai.
*Runius*, Johan R. (1679–1713), Dichter von Trinkliedern.
*Salpetersiederei*, auf Kungsholmen; hier arbeiteten Zuchthäusler unter furchtbaren Bedingungen.
*Sand*, Fußböden in einfachen Stuben waren mit weißem Sand bestreut.
*Schloßgarten*, Kgl. Orangerie, 1762 mit einer Steinmauer umfriedet; 1776 verbot eine Verordnung dem Volk den Zutritt.
*Sergel*, Johan Tobias S. (1740–1814), Bildhauer und Zeichner, ein Freund und Gönner Bellmans; 1787 schuf er ein Medaillon des Dichters.

*Sonne, Stern*, Kneipen in Alt-Stockholm.
*Spinnhaus*, wurde 1727 auf der Insel Langholmen für »liederliche Frauenzimmer« errichtet.
*St. Olof*, 1673 auf dem Adolf-Fredrik-Kirchhof errichtete, unansehnliche Holzkirche.
*Tannenzapfen*, diente zur Geschmacksverbesserung des Biers; hier: derbe erotische Anspielung.
*Tempel*, in den *Episteln* Buden für Ausschank und käufliche Liebe.
*Terra Nova*, bekannter Gasthof mit Blick auf den Hafen.
*Thermopolium*, (griech.) ›warme Stätte‹; Kaffeehaus in der Altstadt, 1788 gab es in Stockholm 45 Kaffeehäuser.
*Tiergarten*, großer Park, Ausflugsort östlich von Stockholm; um 1760 befanden sich dort 36 Kneipen, die auch gern von leichten Damen und ihren Kavalieren besucht wurden. – Im T. wurde Bellman ein Denkmal errichtet.
*Torshälla*, idyllisches Städtchen, das Bellman 1776 besuchte.
*Triton*, griechischer Meergott, Sohn des Poseidon.
*Venuswasser*, frz. *Huile de Venus*, damals beliebter, feiner Likör.
*Vergoldeter Becher*, Krug am Großmarkt.
*Vesta*, römische Göttin des Herdes; ihre jungfräulichen Priesterinnen sind die Vestalinnen.
*Vierkant*, Kneipe im Tiergarten.
*Wismar*, Krug, so benannt nach der damals zu Schweden gehörenden deutschen Stadt.
*Yxsmed-Gasse*, in Stockholms Altstadt; evtl. Verballhornung des estn. Wortes *öitsi-mees*, d. h. ›Nachtwächter‹.
*Zephir*, griechischer Gott des lauen Westwinds.
*Zum Hahnen*, Krug auf der Insel Skeppsholmen.
*Zyklopen*, einäugige Riesen, schmiedeten Blitze in Zeus' und Vulkans Diensten.
*Zypernwein*, im 18. Jh. kam der schon in der Antike berühmte Wein als Malvasier nach Schweden.

# Zu den Melodien

Melodien, deren Quelle unbekannt ist, stammen möglicherweise von Bellman selbst. Doch auch dort, wo der Dichter vorhandene Melodien aufgriff, hat er nicht selten charakteristische Veränderungen vorgenommen (vgl. Nachwort).

*Ep. N:ro 1* Quelle konnte nicht eindeutig nachgewiesen werden.

*Ep. N:ro 2* Eine französische Sammlung geistlicher Lieder *Cantiques sur différens sujets de pieté* soll einen »Marche« enthalten, der eine weitgehend übereinstimmende Melodieführung mit dieser Epistel aufweist.

*Ep. N:ro 3* Von dem Bellman-Herausgeber Johan Gabriel Carlén 1861 als »altes Menuett« bezeichnet.

*Ep. N:ro 4* Ursprünglich ein Contretanz, wie in *Bellmans Poetiska arbeten till år* 1772, gedr. 1872, angedeutet.

*Ep. N:ro 5* Karl Warburg weist als Komponisten Herman Brandel (1739–1828) nach, doch finden sich ähnliche Melodien in zeitgenössischen Liederbüchern.

*Ep. N:ro 6* Jean-Jacques Rousseaus Singspiel *Le devin du village* enthält ein abschließendes Rondo mit einer ähnlichen Melodie.

*Ep. N:ro 7* Ein Chanson aus der »Comédie en un Acte« *Anette et Lubin* nach Madame Favart könnte Bellman als Vorbild gedient haben.

*Ep. N:ro 8* Dieselbe Melodie wie Ep. N:ro 4.

*Ep. N:ro 9* Georg Friedrich Händels Oratorium *Alexander-Fest* bzw. Johan Helmich Romans *Drottningholm-Musik* (Menuett Nr. 20) enthalten Melodien, die Bellman eventuell verwendet hat.

*Ep. N:ro 10* Quelle ist nicht eindeutig identifiziert worden.

*Ep. N:ro 11* Quelle trotz einiger Anklänge an zeitgenössische Stücke nicht nachweisbar.

*Ep. N:ro 12* Georg Friedrich Händels *Acis und Galatea* enthält ein ähnliches Trio.

*Ep. N:ro 13* Nach Johan Gabriel Carlén 1784 gedruckt in *Nye Contredans-Noter [. . .] 35 stycken*, Verfasserschaft unsicher.

*Ep. N:ro 14* C. M. Envallssons parodistisches Singspiel *Iphigenie den andra*, aufgeführt 1800, enthält ein Menuett, das nach Angaben des schwedischen Musikwissenschaftlers Johan Flodmark bereits nach 1750 als Lied gesungen wurde. Bellman übernahm wenig.

*Ep. N:ro 15* Die Melodie wird als »Air« schon 1772 von Bellman verwendet.

*Ep. N:ro 16* Quelle ist unsicher; findet sich schon in *Bellmans Poetiska arbeten.*

*Ep. N:ro 17* Quelle nicht klar aufgefunden; ebenfalls von Bellman schon 1772 verwendet.

*Ep. N:ro 18* Als »Contretanz« bereits 1772 bei Bellman vorkommend. Die vorliegende Melodie weicht stark ab.

*Ep. N:ro 19* »Tiergarten-Marsch«, noch 1801 ist die Epistel als Schillingdruck verbreitet.

*Ep. N:ro 20* Stark abgewandelt nach einer Melodie aus Jean-Joseph Vadés Singspiel *L'homme à la mode*, in Schweden durch Liederbücher bekannt.

*Ep. N:ro 21* Nach Angaben in *Bellmans Poetiska arbeten* (1772) ein Contretanz »Les Quakers«.

*Ep. N:ro 22* Vgl. André Grétrys Opéra-comique *Lucile*, dort – nach Johan Flodmark – ein ähnliches Couplet.

*Ep. N:ro 23* Quelle nicht klar nachweisbar.

*Ep. N:ro 24* Anklänge an eine Melodie in Egidio Romoaldo Dunis Opéra-comique *La clochette*. Sie wurde am 18. Februar 1786 im Stenborg-Theater Stockholm aufgeführt.

*Ep. N:ro 25* In *Bellmans Poetiska arbeten* wird die wahrscheinlich von Bellman erdachte Melodie als »Waldhorn-Stück« bezeichnet.

*Ep. N:ro 26* Als Bellmans Vorlage diente die erste Arie aus Egidio Romoaldo Dunis Singspiel *Le peintre amoreux de son modèle*, das im Stockholmer Bollhus-Theater 1764 aufgeführt und bis 1791 gespielt wurde.

*Ep. N:ro 27* Nach Per Daniel Amadeus Atterbom Anklänge an eine Melodie aus Nicolas Audinots Singspiel *Le tonnelier.*

*Ep. N:ro 28* In einem von Joseph Martin Kraus bearbeiteten Singspiel der Madame Favart (d.i. Marie Justine Benoîte Du Ronceray, Ehefrau des Komponisten Charles-Simon Favart) finden sich gewisse Parallelen.

*Ep. N:ro 29* Da keine deutliche Vorlage gefunden wurde, kann Bellman als Komponist gelten.

*Ep. N:ro 30* In einer Sammlung frz. Lieder (*Nouveaux recueil de chansons choisies*, Paris 1735–43) findet sich – nach Johan Gabriel Carlén – unter Nr. 221 in Tl. 4 eine ähnliche Melodie; von Bellman stark abgewandelt.

*Ep. N:ro 31* Vgl. C. M. Envallssons Singspiel *Colin och Babet* nach

Madame Favarts *Raton et Rosette*; das 1787 in Stockholm gegeben wurde. Es enthält – nach Johan Flodmark – ein Lied, das zumindest in der Grundstruktur an die vorliegende Melodie erinnert.

*Ep. N:ro 32* In der Bellman-Literatur wurde für diese Ep. noch keine deutliche Vorlage genannt.

*Ep. N:ro 33* C. M. Envallssons Singspiel *Iphigenie den andra* hat eine ähnliche Melodie.

*Ep. N:ro 34* Madame Favarts Singspiel *Raton et Rosette* bzw. C. M. Envallssons *Colin och Babet* (I,5), enthalten eine ähnliche Melodie.

*Ep. N:ro 35* Die Oper *Silvie* von Pierre-Montan Berton, die 1774 im königlichen Theater Stockholm gegeben wurde, weist eine ziemlich übereinstimmende Melodie auf (II,5). Auch C. M. Envallsson verwendet dieselbe Fassung am Ende des 2. Akts seines Singspiels *Bobis bröllop*.

*Ep. N:ro 36* Ein Langtanz, überschrieben »Prins Fredric«, von 1785 soll Bellman nach dem Musikwissenschaftler Julius Bagge als Vorlage gedient haben.

*Ep. N:ro 37* Pierre-Alexandre Monsignys Opéra-comique *Rose et Colas* enthält in Szene 17 eine ähnliche Melodie.

*Ep. N:ro 38* Der Musikwissenschaftler Adolf Lindgren fand in der Sammlung *Nouveau recueil de chansons choisies* (Paris 1735–43) ein Lied mit teilweise ähnlichem Refrain.

*Ep. N:ro 39* Nach D. Wieselgren soll Bellman hier ein altes geistliches Lied verwendet haben.

*Ep. N:ro 40* Eine Vorlage wurde nicht gefunden.

*Ep. N:ro 41* Aus Georg Friedrich Händels *Acis und Galatea*.

*Ep. N:ro 42* Ein in einem zeitgenössischen Liederbuch enthaltener Contretanz.

*Ep. N:ro 43* Vgl. die Takte 11–14 von Ep. 1.

*Ep. N:ro 44* Die Sammlung französischer Lieder *Nouveau recueil de chansons choisies* (Paris 1735–43) soll in Tl. 2, S. 216, eine ähnliche Melodie enthalten.

*Ep. N:ro 45* André Grétrys Oper *Sylvain*, enthält im 1. Akt ein Lied, das wohl Übereinstimmungen aufweist.

*Ep. N:ro 46* In einem Liederbuch aus Bellmans Zeit soll eine ähnliche Melodie unter dem Titel »Prince Ferdinand« vorkommen.

*Ep. N:ro 47* Für die Melodie wurde eine Quelle nicht gefunden.

*Ep. N:ro 48* Eine Sammlung französischer Lieder (*Chansons choisies etc.*, Paris 1784) enthält in Tl. 3, S. 156 eine ähnliche Melodie.

*Ep. N:ro 49* Dieselbe Melodie wie Ep. N: ro 42.

*Ep. N:ro 50* Aus den *Airs de chasse* von Pierre Lagarde.

*Ep. N:ro 51* Zu Bellmans Zeit bekannter Contretanz. Er gewann noch 1860 als »Björneborgsmarschen« mit dem Text von Johan Ludvig Runeberg Popularität.

*Ep. N:ro 52* Vgl. André Grétrys *L'amitié à l'épreuve* (II,15), 1770 in Stockholm aufgeführt.

*Ep. N:ro 53* Anklänge an Georg Joseph Voglers Musik zu *Gustaf Adolf och Ebba Brahe*.

*Ep. N:ro 54* Melodie wahrscheinlich von Bellman selbst erfunden.

*Ep. N:ro 55* Anklänge an ein Lied aus einer Sammlung französischer Lieder (*Chansons choisies etc.*, Paris 1784, Tl. 1, S. 80), jedoch mit Taktänderungen.

*Ep. N:ro 56* Janitscharenmarsch am Ende des 1. Akts von André Grétrys 1778 in Stockholm aufgeführter Oper *Les deux avares*.

*Ep. N:ro 57* Vorlage unsicher.

*Ep. N:ro 58* Die ersten Takte erinnern an ein von Anders Düben (gest. 1662) oder Gustav Düben (gest. 1690) geschriebenes Menuett aus einem Notenbuch des 17. Jh.s in der Stiftsbibliothek Kalmar.

*Ep. N:ro 59* Dieselbe Melodie wie Ep. N:ro 1.

*Ep. N:ro 60* Eine sichere Quelle konnte nicht nachgewiesen werden.

*Ep. N:ro 61* Anklänge an eine Melodie aus C. I. Hallmans Singspiel *Casper och Dorothea* (I,7), das Händels *Acis und Galatea* parodiert.

*Ep. N:ro 62* Nach einer Mitteilung Per Daniel Amadeus Atterboms soll die Melodie bereits zur Krönung Eriks XIV. bei Hof gespielt worden sein.

*Ep. N:ro 63* C. M. Envallssons Komödie *Bobis bröllop* enthält als Nr. 11 eine ähnliche Melodie.

*Ep. N:ro 64* Quelle kann nicht sicher benannt werden.

*Ep. N:ro 65* Die Liedersammlung *Cantiques ou opuscules etc.*, S. 328, Nr. 45, zeigt grobe Ähnlichkeiten mit Bellmans Epistel.

*Ep. N:ro 66* Ein französisches Lied »La décence« soll nach einer Handschrift der *Episteln* die Vorlage sein.

*Ep. N:ro 67* Quelle wurde nicht eindeutig identifiziert.

*Ep. N:ro 68* Eine damals bekannte Melodie »Polska«, wie der Bellman-Forscher Julius Bagge 1881 vermutete.

*Ep. N:ro 69* Nach Julius Bagge geht die Melodie auf einen Contretanz französischer Herkunft zurück.

*Ep. N:ro 70* Ein Motiv in Rinaldo da Capuas Intermezzo *La zingara* bzw. C. M. Envallssons »Kronfogdarne« (II,24; Musik von Johan David Zander) hat starke Ähnlichkeiten mit Bellmans Version.

*Ep. N:ro 71* C. M. Envallssons *Caspar och Lona*, das teilweise auf Kompositionen André Philidors (1647–1730) zurückgreift, enthält ein Duett, das an Bellmans Musik erinnert.

*Ep. N:ro 72* Vgl. Egidio Romoaldo Dunis Oper *Le peintre amoureux de son modèle* (II,5).

*Ep. N:ro 73* Quelle kann nicht sicher nachgewiesen werden.

*Ep. N:ro 74* Nach Julius Bagge aus Pierre-Alexandre Monsignys Oper *Le roi et le fermier*; nicht bewiesen.

*Ep. N:ro 75* Nach Adolf Lindgren eine damals bekannte Tanzmelodie (»Polska«).

*Ep. N:ro 76* Johann Joseph Rudolphs (1730–1812) Comédie pastorale *L'aveugle de Palmyre*, die 1767 in Paris gespielt wurde, enthält im 1. Akt ein ähnliches Stück; evtl. nur zufällige Ähnlichkeit.

*Ep. N:ro 77* Der Musikwissenschaftler Adolf Lindgren verweist auf eine französische Liedquelle. Unsicher.

*Ep. N:ro 78* Johan(nes) Wikmansons Streichquartett op. 1/3, erst 1800 gedruckt, könnte als Vorlage gedient haben, da es schon um 1780 geschrieben wurde.

*Ep. N:ro 79* Quelle nicht sicher.

*Ep. N:ro 80* Quelle nicht eindeutig identifiziert.

*Ep. N:ro 81* Man nimmt Bellman als Komponisten an; Julius Bagge verwies 1881 auf ein Rondo von E. L. Sebell (gest. 1819) als Vorlage.

*Ep. N:ro 82* Die Übereinstimmungen mit dem 11. Satz (»Inflammatus«) aus Giovanni Battista Pergolesis *Stabat mater* sind äußerlich.

# Literaturhinweise

## Ausgaben

### *Schwedisch*

Bellman, Carl Michael: Skrifter. Standardupplaga. Utgiven av Bellmanssällskapet. (1921–64. 11 Bde.) Fredmans epistlar. Stockholm: Albert Bonnier, 1927. [Textgrundlage der vorliegenden Übersetzung. Enthält im Faksimile die in der vorliegenden Ausgabe ebenfalls reproduzierten Noten der Erstausgabe von 1790.]
– Fredmans epistlar. Musikarrangement av Roland Bengtsson. Stockholm: Prisma, 1962 [u. ö.].
Hassler, Göran (Hrsg.): Bellman. En antologi. Musikarrangement Ulf Bagge. Avesta: Litteraturfrämjandet, 1990.

### *Deutsche Übersetzungen*

Bellman, Carl Michael: Der schwedische Anakreon. Auswahl. Aus dem Schwed. von A[dolf] von Winterfeld. Nebst Sammlung über Bellmans Leben und Charakteristik. Berlin 1856.
– Der Weingott des Nordens. Dichtungen. Übertr. von P. J. Willatzen. Bremen 1892.
– Fredmans Episteln. Aus dem Schwed. übertr. von Felix Niedner. Mit einer Einf. von Gustav Roethe. Jena 1909.
– Bellman-Brevier. Aus Fredmans Episteln und Liedern. Dt. von Hanns von Gumppenberg. München [1909].
– Bacchanal im Grünen. Ein Lustgärtlein für Liebende und Zecher. Übers. von C. Willmer [u. a.]. Darmstadt 1941.
– Das trunkene Lied. Ausw. und Einl. von Georg Schwarz. Übertr. aus dem Schwed. München / Wien / Basel 1958.
– Fredmans Episteln an diese und jene, aber hauptsächlich an Ulla Winblad. Hrsg. von Hans Marquardt. Dt. Nachdichtungen: Peter Hacks, Heinz Kahlau, Hartmut Lange, Hubert Witt. Leipzig 1965.
– Durch alle Himmel, alle Gossen. Ein Bündel Fredmanscher Episteln und Songs aus dem Schwed. singbar ins Deutsche gebracht [. . .] von Fritz Graßhoff. Köln 1966.
– Der Lieb zu gefallen. Eine Auswahl seiner Lieder. Zweisprachig. Die schwed. Texte wurden singbar verdeutscht durch H. C. Artmann und Michael Korth. Musikal. Bearb. von Johannes Heimrath.

München 1976. [Taschenbuchausg. u. d. T.: Sauf-, Liebes- und Sterbelieder. Frankfurt a. M. 1980.]
- Der Tod ist doch ein böser Bär. Ausgewählte Lieder in hoch- und niederdeutschen Nachdichtungen von Hein Hoop. Celle / Göttingen 1978.
- Poesiealbum. Auswahl Gisela Kosubek. Übers. von H.C. Artmann und Michael Korth. Berlin 1988.

## Literatur


Austin, Paul Britten: The Life and Songs of Carl Michael Bellman. Genius of the Swedish Rococo. Malmö 1967. [Schwed. Ausg. u. d. T.: C. M. Bellman. Hans liv, hans miljö, hans verk. Stockholm 1968.]

Afzelius, Nils: Myt och bild. Studier i Bellmans dikt. Stockholm 1945.
- Bellmans melodier. Stockholm 1947.

Arndt, Ernst Moritz: Einleitung zu historischen Charakterschilderungen. Berlin 1810.

Atterbom, Per Daniel Amadeus: Svenska siare och skalder. Uppsala 1852.

Blanck, Anton: Carl Michael Bellman. Stockholm 1948.

Bøgh, Edvard: Et Digterportraet. Kopenhagen 1864.

Byström, Olof: Kring »Fredmans epistlar«. Stockholm 1945.

Clover, C.: Improvisation in »Fredmans epistlar«. In: Scandinavian Studies 44 (1972) S. 310–335.

Flodmark, Johan: Bellmansmelodiernas ursprung. Stockholm 1882.

Huldén, Lars: Ordstudier i »Fredmans epistlar«. Stockholm 1963.

Josephson, Ragnar: Bellman, Kellgren, Sergel. Stockholm 1955.

Kjellén, Alf: Bellman som bohem och parodiker. Stockholm 1971.

Krogh, Torben: Bellman som musikalsk Digter. Kopenhagen 1945.

Larsson, C. / Hellquist, M.: Ordbok till »Fredmans epistlar«. Stockholm 1967.

Levertin, Oscar: Svenska gestalter. Stockholm 1903.

Ljunggren, Gustav: Bellman och »Fredmans epistlar«. Lund 1867.

Niedner, Felix: Carl Michael Bellman, der schwedische Anakreon. Berlin 1905.

Opitz, S.: Zur literarischen Verwendung der Fremdsprache Deutsch in Carl Michael Bellmans »Fredmans epistlar«. In: Samlaren 105 (1984) S. 84–57.

Stålhane, Arvid: En Bellmansbok. Stockholm 1947.

Sylvan, Otto: Bellman och »Fredmans epistlar«. Stockholm 1943.

## Diskographie

### *Schwedisch*

Anders Börje sjunger Carl Michael Bellman. (SOLP 104. Sonora.)

Bellman: Fredmans Epistlar und Sånger. Rolf Leanderson, Bariton / Lennart Hedwall, Hammerklavier. (CD. 500024. Blue Bell.)

Peter Ekberg Pelz: C. M. Bellman. (Proprius.)

Jerker Engblom med ensemble: C. M. Bellman. Tolv sånger. (SLP 33113. Fabo.)

Fred [Åkerström] sjunger Bellman. (MLP 15334. Metronome.)

Folke Sällström. (LT 33141/42/43 und LT 33156. Swedish Discophile.)

Mikael Samuelson: C. M. Bellman. (CD. Artemis.)

Sven Bertil Taube. (SCLP 1003 und 1004. His Masters Voice.)

Cornelis Vreesvijk: Spring mot Ulla, spring. (LP. Philips.)

### *Englisch*

Songs of Carl Michael Bellman. Sung in English. Martin Best, tenor, cyster, guitar. (CD. 5174. Nimbus.)

### *Deutsch*

Carl Michael Bellman. Hay und Topsy. (5019. Bellaphon.)

Fredmans Episteln an diese und jene [...]. Musikarr. Hermann Anders und Bernd Wefelmeyer. Es spricht und singt Manfred Krug. (860137. Litera.)

Weile an dieser Quelle. Carl Raddatz singt Lieder von Carl Michael Bellman. (STSC 13432, Reihe Schall & Rauch Nr. 5.)

Wolfram singt Carl-Michael-Bellman-Lieder. (237705. Polydor.)

# Nachwort

»Bellman ist einer der außerordentlichsten Menschen, die je gelebt haben«, schreibt 1810 Ernst Moritz Arndt in seiner *Einleitung zu historischen Charakterschilderungen.* Er war »im eigentlichsten Sinne des Worts ein Volkssänger. Wie ein Rembrandt, ein Teniers malte er naiv und treu, was er sah, fühlte und erfuhr. Bacchus und Venus; die Freuden der Trinkgelage und der Volkslustbarkeiten; das Gewimmel des Lebens und der Natur, untermischt mit den Sonderbarkeiten und Karikaturen, an denen die Wirklichkeit ja so reich ist, waren die Themata seiner Schilderungen.« Bellman wurde am 2. April 1740 in Stockholm geboren und gilt seinem Volk als bedeutendster Poet. Noch heute werden am 26. Juli, am Bellmanstag, alljährlich in Schweden Lieder und Szenen aus den *Episteln* und anderen Werken in Originalkostümen aufgeführt; die Bellman-Sänger, schwedisch »trubadurer«, haben dann ihren großen Tag. Der Dichter, dem dieses alles gilt, war der Sohn eines Hofbeamten, wurde 1757 selbst Beamter, 1776 königlicher Hofsekretär. Bellman starb am 11. Februar 1795 in großer Armut. Sein 1790 gedrucktes Hauptwerk *Fredmans Episteln* beschreibt in burlesken, oft humorvollen, mehr noch wehmütigen Szenen das Lebensgefühl der Stockholmer im schwedischen Rokoko. Ihre Hauptgestalt, Jean Fredman, verwechselte man oft genug mit deren Autor Bellman. Den historischen Jean Fredman, einen begüterten Hof-Uhrmacher und Aldermann, der durch Branntwein und eine unglückliche Ehe ins Elend geraten war, hatte man am 13. Mai 1767 auf dem Stockholmer Friedhof St. Olof zu Grabe getragen. Ein Jahr darauf machte Bellman ihn zur literarischen Figur, die Weltruhm erlangte. Vielleicht hatte der gründliche soziale Abstieg dieses Mannes« ohne Uhr, Werkzeug und Laden«, wie es in der Einleitung unserer *Episteln* heißt, Bellmans Interesse auf sich gezogen; vielleicht aber faszinierte ihn auch dessen Beruf, der mit dem Zählen von Minuten und Stunden, also der Endlichkeit des Irdischen zu tun hatte (»Alt bist du, Kerl! Dein Uhrwerk läuft ab«, Ep. N:ro 27). Symbolisches liegt in den Namen: Bellman, d.h. kriegerischer Mann (lat. bellum), Fredman, d.h. Mann des Friedens. – Nicht nur in Schweden geriet Fredman/Bellman in Bühnenstücken und Romanen in den Mittelpunkt einer frohen Trinkerrunde. Bereits 1862 erschien in Deutschland F. Brunolds Roman »Michael Bellman oder Die Zeit des lustigen Schwedens«. Carl Zuckmayers Schauspiel »Ulla Winblad oder Kunst und Leben des Carl Michael Bellman« wurde 1953 uraufgeführt. Auf Bühnen in Skandinavien, in schwedischen Sommertheatern, gehörten weinselige Stücke über Bellman zum Repertoire.

Erst nach 1900 setzte eine detaillierte Bellman-Forschung ein, die ein klareres Bild seines Lebens und Schaffens entstehen ließ. In umfangreichen Materialsammlungen traten die äußeren Lebensverhältnisse, Herkunft, Jugend, Beamtenlaufbahn, das Verhältnis zum König, das Zeitkolorit plastischer hervor. Viele Zeitgenossen haben Bellmans Genie bewundert. Nach seinem Tod wurde sein Andenken zunächst in Geselligkeitsvereinen, etwa im »Bacchusorden«, dessen Mitglied Bellman gewesen war, gepflegt. Nach 1850 erschienen erste textkritische Ausgaben, in die auch neuentdeckte, jedoch nicht immer authentische, Handschriften aufgenommen wurden. Zum 100. Todestag Bellmans erschien 1895 eine bahnbrechende Chronologie seiner Werke. Wesentlich vertieft wurde die Kenntnis über ihn durch die Kommentare und Studien, welche die 1919 gegründete Bellmangesellschaft herausgibt.

Früh wurden Bellmans Poesien in mehrere Sprachen übersetzt, aber lange Zeit nur vereinzelt. Seit mehr als 150 Jahren hat Bellman deutsche Nachdichter herausgefordert, Übertragungen zu versuchen. Wie schwierig das ist, zeigen zahlreiche – auch mißglückte – Versuche in älterer Zeit. Unsere vorliegende Fassung der *Episteln* ist eine Neuübersetzung auf der Grundlage alter Übertragungen, wobei mehr Wert auf Singbarkeit, Zeitkolorit, Pointen und Poesie als auf absolute Wörtlichkeit gelegt wurde. Bearbeitet wurden vor allem die

Überschriften der Episteln, um so das angedeutete Zeitkolorit und ihren musikalischen Charakter zu verstärken.

Ehe wir näher auf die *Episteln* eingehen, seien in wenigen Sätzen Bellmans Lebensumstände bis zur Entstehung der vorliegenden Liedersammlung skizziert. – In einer begüterten, aus Deutschland stammenden Hofbeamtenfamilie wuchs Bellman auf. Er genoß eine durchaus gediegene Erziehung durch Hauslehrer. Am 3. November 1758, also mit 18 Jahren, schickte ihn der Vater der Sitte gemäß auf die Universität nach Uppsala. Nur ein Semester hielt es der Sohn dort aus. Wieviel er studierte, ist kaum zu ermitteln, aber die trockenen, meist lateinischen Vorlesungen sind offenbar wenig nach seinem Geschmack gewesen. Bald kehrte er nach Stockholm zurück, wo ihm der Vater ein schlecht bezahltes Amt im Staatsdienst verschaffte. Bellman führte ein leichtsinniges und aufwendiges Leben mit Freunden und geriet bald in Schulden, die so sehr anwuchsen, daß er sich vor den Gläubigern in Norwegen verstekken mußte, einem damals beliebten Schlupfwinkel für verkrachte kleine Hofbeamte. Als sein Onkel die schlimmsten Schulden beglichen hatte, konnte er zurückkehren. Aber inzwischen war die auf viele Kinder angewachsene Familie seines Vaters selbst in arge finanzielle Bedrängnis geraten. Bellman selbst fand sein Leben lang keinen Weg mehr aus der pekuniären Not. Dazu waren seine subalternen Stellungen im Manufakturkontor, beim Zoll und zuletzt gar als Direktor der Staatslotterie nicht angetan. Auch Zuwendungen König Gustavs III., eines kunstsinnigen und aufgeklärten Monarchen, änderten daran nichts. Stets hatte Bellman Gläubiger und Wucherer auf den Fersen, die ihn demütigten und verleumdeten. Gegen Ende seines Lebens geriet er sogar in Schuldhaft. Bellman hatte keinen Sinn für die ökonomischen Dinge des Lebens, und in dieser Eigenschaft ist er seinem Zeitgenossen Mozart sehr ähnlich gewesen. Aus seinem finanziellen Debakel jedoch auf moralischen Verfall zu schließen, ist durchaus falsch. Bellman heiratete 1777 die um 17 Jahre jüngere Mademoiselle Lovisa Grönlund und führte mit ihr eine glückliche, von Kindern gesegnete Ehe. Doch seine »Muse« war Lovisa nicht.

Wie entstanden die *Episteln*? Schon früh war Bellman im geselligen Kreis von adligen Gönnern und Hofbeamten mit Trinkliedern hervorgetreten, die er selbst zur Cister, einer Art Gitarre, sang. Bellman stand damit in einer Tradition, die bereits Dichter der schwedischen Großmachtzeit wie Lucidor, Runius, Holmström und Lindschöld gepflegt hatten. Die Zuhörer kannten die Lieder im voraus und waren auf Improvisationen, auf ausgeklügelte musikalische Parodietechnik und zeitgenössische politische Anspielungen gespannt. Eine solche Art des improvisierenden Vortrags hatte im französischen Trinklied und Chanson, vor allem aber im Vaudeville, im Singspiel der Pariser Jahrmarktschauspieler, höchste Vollendung erfahren. Bei Gastspielen französischer Truppen im Stockholmer Bollhus-Theater konnte Bellman diese Kunst studieren. – Auch der Einfluß bibelparodistischer Lieder auf die *Episteln* ist nicht zu unterschätzen. Solche Lieder wurden oft zu echtem Volksgut, verbreitet in Schillingdrucken. Der aufgeklärte Bürger war entzückt, biblische Gestalten anders anzutreffen als sie von gravitätischen Pastoren dargestellt wurden. Vertraute Figuren aus dem Alten Testament traten wie Zeitgenossen auf und benahmen sich wie einfache Leute. Es bereitete Freude, die biblischen Gestalten von ihren Podesten heruntergeholt zu sehen, etwa in Bellmans berühmtem Lied vom »Vater Noah«. Die Bibellieder Bellmans waren nicht die ersten in Schweden, aber er beherrschte das Genre von allen am besten. Im 18. Jahrhundert war die Parodie ein Ergebnis der neuen Einstellung zur biblischen und antiken Tradition. Mit dem Appell an die Vernunft wurden Ideal und biblischer Mythos in Frage gestellt. Jean-Joseph Vadé und Charles-Simon Favart schrieben in Frankreich Stücke, die den Tragödienstil lächerlich machten. Das Publikum belachte die geschwollene Rhetorik, die zu volkstümlichen, ja derben Ausdrücken, im Kontrast stand. In Schweden wurden die komischen Heldendramen Ludvig Holbergs bekannt. Mitunter war die Parodie nur ein Spaß ohne Gehalt. Bellmans Bibellieder zerstörten jedoch in jedem Fall den Nimbus der Unantastbarkeit heiliger Dinge, werteten alte Werte neu. Nach 1767 wandte Bellman sein kritisch-parodistisches Verfahren gar auf Texte bzw. eine Figur des Neuen Testaments an. Ermutigt vom Erfolg der Bibellieder in aufgeklärten Bürgerhäusern, hatte Bellman nach neuen Helden für seine Trinklieder gesucht und war auf die agitatorisch wirkende Figur des Apostels Paulus gestoßen. Paulus schrieb bekanntlich seine Briefe an frühchristliche Gemeinden und forderte sie auf, treu im Glauben auszuharren und sich nicht vom rechten Wege abbringen zu lassen. Bellman dachte an eine ganz andere Gemeinde, an diejenige, die er in den städtischen Schenken kennengelernt hatte. Bellmans Apostel, der ehemalige Hofuhrmacher Fredman, wurde eine stadtbekannte Figur, die nach dem Vorbild des Paulus ihre Episteln an die Gemeinde der Trinker Stockholms richtete. In ihnen imitierte Bellman einerseits den Stil der Paulus-Briefe, verkehrte andererseits aber ihren Sinn ins Gegenteil.

Die paulinische Anrede »Brüder« benutzt auch Fredman, in Epistel N:ro 5 wendet er sich gar an die »treuen Brüder«. Predigte Paulus den Römern Friedfertigkeit, rühmte er die Geduld der Thessalonicher usw., so fordert Fredman dazu auf, sich in unruhigen Zeiten nicht irremachen zu lassen. Die ›lieben Brüder‹ scheinen von Feinden umgeben zu sein; Bellman bezieht sich auch auf das Gleichnis vom Weinberg (Str. 3). Er erzeugt die Stimmung einer bedrohten »Bacchusgemeinde«, die mit ihrem Optimismus jedoch alle Gefahren übersteht. Die »Brüder« können streitbar sein wie »Helden in blutiger Schlacht« (Str. 2). – Bibelparodistische Elemente sind vor allem in den frühen Episteln, die nach 1767 entstanden, häufig anzutreffen, so in Epistel N:ro 1, 5, 6, 9, 15, 16 und 19. Vielfach beschränkte sich Bellman auf das Zitieren biblischer Wendungen (»Wahrlich, ich sage euch«, »herzliebste Brüder [und] Schwestern«), die das Volk aus der Bibelübersetzung des Olaus Petri kannte. Aus Ephesern und

Korinthern werden Bier-Epheser und Sauf-Korinther (Ep. N:ro 5), aus den Philippern die »Phil-Kipper« (Ep. N:ro 6).

Bellmans Bibelparodien wurden unterschiedlich bewertet. Wie sollte man seinen vermeintlichen Antiklerikalismus, seine ›heidnische Unbekümmertheit‹ erklären? Schließlich hatte er 1761 eine 718 Seiten starke Erbauungsschrift, Christian Scrivers *Wahres Christentum*, übersetzt, 1765 sogar Psalmen bei der Kirchenliederbuch-Kommission eingereicht. Als Kind seiner Zeit stand Bellman natürlich unter dem Einfluß der theologischen Literatur. Aber seine Religiosität war mehr schlichte Empfindung für die Größe und Schönheit der menschlichen Natur. Er benutzte biblische Metaphern oder antike Themen souverän, sein religiöses Denken war von der französischen Aufklärung beeinflußt, die die Grundsätze christlicher Ethik einschloß. So ist es durchaus stimmig, wenn Bellman die Apostelfigur des Fredman auch als Helfer der Verfolgten zeigt. Fredman, obwohl selbst ein Verfolgter, gewährt den anderen Rat und Beistand. Es geht ein mutiger Diesseitsoptimismus von ihm aus, wenn er z. B. auf die große Zahl Gleichgesinnter hinweist: »Darum: nur Courage! Wie viele sind wir? – Na, ganze Heere, ganze Völkerschaften!« (Ep. N:ro 1) Bellman lobt durch Fredman Sinnengenuß und Lebensfreude und ermuntert beispielsweise die Brüder im »Luchskrug«: »Ei, diese Welt, sie ist nicht so schlecht, wie ängstlich wir sie malen!« (Ep. N:ro 11)

Bellman hat, sobald die Zielrichtung der Figur des Fredman klar war, die bibelparodistischen Elemente aufgegeben. Nun war Fredmans Rolle festgelegt. Die meisten Figuren der *Episteln* setzen sich über Wohlanständigkeit und Sitte hinweg. Der Staatsgewalt waren die Kruggestalten ein Dorn im Auge. Umgekehrt lehnen Fredman und seine Freunde ihrerseits die Obrigkeit ab. Wenn Polizisten, Richter, Zollbeamte und Pfarrer – meist nur an der Peripherie der Episteln – vorkommen, sind sie wenig positiv gezeichnete Gegenspieler der Krugrunde. Herren und Barone werden tüchtig ausgenommen, so in Epistel N:ro 3, wo die aufgeladene Atmosphäre des Balls unnachahmlich getroffen ist. Die Musik zu dieser Epistel, eine Waldhorn-Melodie in Es-Dur mit punktierten Achteln und mozartnahem Menuettcharakter, hätte Bellman nicht besser finden können. Die Strophen sind bis ins Detail virtuos durchgearbeitet. Wie alle Episteln ist auch diese als Situationsbild voll dramatischer Spannung untrennbar mit der Musik verbunden. Kurze Zeilen, aufregende musikalische Phrasierungen, solistische Instrumentaleinwürfe, Ausrufe etc. zeugen von der suggestiven Kraft der *Episteln*. Sie sind lyrisch und dramatisch in einem; sie zeigen den Alltag zuweilen hochgestimmt, zuweilen elegisch, im Gewand des höfischen Rokoko oder in volkstümlicher Urwüchsigkeit. Zusammengehalten wird die ›Kruggemeinde‹ der *Episteln* mit ihren rund 30 Figuren von Fredman. Er verscheucht ihnen Lebensangst und »Not«, gibt ihnen Selbstvertrauen. Er tröstet sie oder feuert sie an, obwohl er selbst ›Seelenstärkung‹ braucht, denn in den *Episteln* liegen Lebensgenuß und Todesangst nahe beieinander. Doch nicht in der Religion wird Trost gesucht. Bellman tendiert eher zu einem aus der Antike abgeleiteten Heidentum: »Ich bin ein Heide, alle meine Kräfte / lechzen nur nach Wein« (Ep. N:ro 23). Eines Tages wird Charon, der Fährmann, kommen und den Unbesiegten in stürmischer Nacht zum anderen Ufer rudern. Zwischen Bacchus und Freia, der Liebesgöttin, besteht ein dauernder Bund, und es ist kaum zu entscheiden, welche Gottheit größer ist. Fredman kennt beide, wenn er auch dem Bacchus mehr huldigt.

Die *Episteln* stellen eine kühne Weiterentwicklung der bisherigen Bacchus- und Trinklieder dar. Text und Melodie sind in Form einer ›Instrumentalskizze‹ notiert. Deshalb werden auch in der Einleitung alle vorkommenden Instrumente genannt. Im Text läßt Bellman mitunter einen oder mehrere Takte frei und überträgt an dieser Stelle den Instrumenten den Solopart. Ein Beispiel dafür ist das Menuett der Epistel N:ro 9, verfaßt in Anlehnung an Johan Helmich Romans *Drottningholmmusik*. Hier hat das Cello in jeder Strophe drei Solotakte. Inhaltlich und musikalisch entwirft die Epistel ein faszinierendes Bild einer Tanzhausszene. Ein weiteres Beispiel für die Ausrichtung einer Epistel auf ein bestimmtes Instrument ist Epistel N:ro 16. Hier baut Bellman auf einem Menuett auf, das in seiner Phantasie als kräftig punktierte Oboenmelodie lebt. Bestimmte Takte sind allein der Oboe vorbehalten. Bereits der Dichter Johan Henrik Kellgren wies 1790 in seinem Vorwort zu den *Episteln* auf die intime Verbindung von Wort und Musik hin: »Sicher kennt man noch nicht mehr als die Hälfte vom Wert dieser Poeme, wenn man sie nur als Gedichte kennt. Es sind nicht allein die Verse, die zu dieser Musik gemacht sind; es ist nicht allein die Musik, die zu diesen Versen gesetzt ist. Sie haben sich zu gegenseitigem Vorteil vereint, sind zusammengeschmolzen zu einer Schönheit«.

Die Forschung hat die Frage nach den musikalischen Vorbildern weitgehend beantwortet, die Herkunft mancher Melodie aufgehellt. Aber viele Weisen haben keine Vorbilder; sie sind Schöpfungen Bellmans. Wer die Musik der *Episteln* unberücksichtigt läßt, auch das machten viele Forscher deutlich, gerät in Gefahr, die Texte nur halb zu begreifen oder sogar mißzuverstehen. Mitunter besteht nämlich ein enger Zusammenhang zwischen einem Text und einer zeitgenössischen Opernmelodie oder einem Contretanz. Bellman aber übernahm eine Melodie selten unbesehen. Häufig formte er sie um, veränderte sie und paßte sie seinen Absichten an, verwendete sie auch parodistisch. Man hat von romantisch-musikalischer Ironie bei Bellman gesprochen. Darauf hat bereits Per Daniel Amadeus Atterbom hingewiesen. Tatsächlich sind viele Eigenheiten der *Episteln* nur unter dem Blickwinkel zeitgenössischer musikalischer Parodietechnik und der Anpassung eines Textes an eine vorliegende Melodie zu verstehen. Entscheidend ist nicht die Frage, wo Bellman eine Melodie hernahm, sondern wie er sie verwendete, was sie seiner gestaltenden Phantasie bedeutete. Edvard Bøgh zeigte, wie sehr Bellman es verstand, die richtige Melodie zu wählen und zu etwas Eigenständigem, einer typischen Bellmankomposition umzuformen. Wie sorgfältig Bellman den Charakter einer Melodie auch auf das Soloinstrument abstimmte, beweist z.B. Epistel N:ro 2. Hier spürt man bei den Worten, »Liebste Nymphe, sprich« das typische Springen des Cello-Bogens über die Saiten; und der mit Aufstrich auszuführende Auftakt »He, stimm deine Geige« ist ein kräftiger Tanzanfang. Auch an anderer Stelle wird dem Cello eine typische Solofigur gegeben.

Man hat mehrere Gruppen von Episteln herausgestellt. Das hing mit Bellmans ursprünglichem Plan zusammen, insgesamt 100 Episteln in vier Heften zu je 25 Stück herauszubringen. Doch die Reihenfolge wurde mehrfach geändert. Lediglich die Epistel N:ro 25 und N:ro 50, als glanzvolle Abschlüsse der jeweiligen Hefte gedacht, behielten ihren Platz. Für die zweite Gruppe, die seit 1770 entstand, ist eine größere epische Breite charakteristisch. Die Wirklichkeitsschilderungen hat Bellman hier verfeinert: neue Motive wurden aufgenommen, und der von der Musik abhängige Strophenbau ist noch kunstvoller ausgeführt. Es entstanden Stimmungsbilder, die an die Gemälde und Aquarelle des berühmten Stockholmer Malers Elias Martin erinnern. In ihrer kunstvollen Instrumentation kann man *Fredmans Episteln* mit einer Symphonie vergleichen; die Personen darin sind die Motive. Fredman symbolisiert Schönheit und Begeisterung, Liebessehnsucht, Traurigkeit, auch Todesangst. Zwei der tragischsten Episteln handeln von ihm: Epistel N:ro 23 (»Ach, meine Mutter, sag, wer dich sandte«) zeigt ihn als Erniedrigten im Rinnstein, als er Vater und Mutter verflucht, die ihm das Leben schenkten. Unvergeßliche Verse malen das Bild seiner menschlichen Hinfälligkeit. Aber seine Daseinsfreude kehrt – wie bei Faust am Ostermorgen – mit der aufgehenden Sonne zurück. Man hat diese Epistel den Hamlet-Monolog der schwedischen Literatur genannt. Er schließt mit einer versöhnlichen Lobpreisung der elterlichen Liebesstunde. Epistel N:ro 79 zeigt Fredmans Abschied von der Zapfmutter Maja, zugleich seinen Abschied vom Leben. Fredman, arm und elend, tritt seine letzte Fahrt mit dem Fährmann des Todes an: doch sein jämmerlicher Tod in der

Schenke wird durch ein prächtiges mythologisches Beiwerk in eine höhere Sphäre gehoben; ehe ihn Todesfinsternis verschlingt, ruft er sein »Gut Nacht und – Schluß!«

Nach Fredman kommt Movitz größte Bedeutung zu. Kein anderer kommt so häufig vor, hat so viele Beschäftigungen, spielt so viele Instrumente. Er übernimmt ab Epistel N:ro 26 die musikalische Funktion Vater Bergs, dem man erst wieder in den drei letzten Episteln begegnet. Der sanfte, schwindsüchtige Movitz ist das Herz der musikalischen Fröhlichkeit, viele Episteln handeln mehr oder weniger von ihm. In Epistel N:ro 34 erleben wir ihn bei einer Feuersbrunst, als er wie Aeneas aus der Lohe instrumentenbepackt aus der brennenden Bude flüchtet. Er wäre keine Figur Bellmans, wüßte er nicht, daß man im Krug Trost findet. Movitz leitet als Waldhornist den wilden Tanz auf »Gröna Lund« (Ep. N:ro 62), der mit einer Schlägerei endet, und tritt im letzten Ball bei Frömans auf (Ep. N:ro 64). In Epistel N:ro 44 sieht man ihn melancholisch in »Drei Lilien« die Harfe spielen, und die innige F-Dur-Melodie trifft genau den Harfenton. Epistel N:ro 30 erzählt von seiner Schwindsucht; aber auch in dieser Elegie schreckt Bellman vor dem tragischen Ende zurück. Im letzten Blutstropfen, den der schauerliche Husten aus Movitz' Lungen treibt, läßt er Hoffnung auf neues Leben keimen. Die Epistel mit der schönen, getragenen Melodie beginnt mit den berühmten Worten »Trink aus dein Glas! Der Tod – sieh – harret deiner«. Sie betont – typisch für Bellmans Denken – die Untrennbarkeit von Glück, Leben und Tod. Man soll leben, solange es möglich ist: »Stimm deine Saiten, sing vom Frühling mir!« Movitz wurde zu Bellmans Lieblingsfigur. Man findet ihn als Virtuosen (Ep. N:ro 51), als Maler (Ep. N:ro 39, 66 und 74), bei der Tiergarten-Überfahrt (Ep. N:ro 33) auf der Hessingen-Fahrt (Ep. N:ro 48), im Artillerielager (Ep. N:ro 70) und beim Begräbnis mit Uniform und Hellebarde (Ep. N:ro 65). Der historische Fredrik Movitz war zweimal verheiratet und hatte drei Söhne. Er diente in der Armee und wurde als Invalide entlassen. Obwohl alle Figuren in den *Episteln* viel von Musik wissen, ist Movitz' Musikalität geradezu unheimlich. Er ist ein freundlicher, schwerfälliger Geselle, den Fredman oft genug aus schwierigen Situationen befreit.

Weniger musikalisch, dafür aber um so treuherziger ist Vater Berg: er tritt in den Episteln N:ro 2, 3, 7, 9, 12, 20, 25, 51 und 78 auf. Bellman erwähnt ihn schon in seiner Parodie »Hwad behagas?« aus dem Jahr 1781, aber seine historische Existenz ist nicht sicher bezeugt. Zwei weitere Figuren haben deutliche Konturen: Hans Jergen Puckel, Diener am Stadtgericht, ist ein flotter Kavalier oberdeutscher Herkunft, der ein komisches Gemisch aus schwedischen und deutschen Sprachbrocken spricht. Bellman hat hier den Typ des deutschen Einwanderers sorgfältig studiert. Aber ein Vorbild für ihn ist in den Archiven nicht gefunden worden. In Epistel N:ro 73 verschreibt sich Hans Jergen – wie weiland Faust – dem Satan, vergißt aber, eine Gegenleistung zu verlangen. In wirbelndem Allegro beginnt die Szene: »Grad fuhr der Satan in Sessel und Pfühle«, und so stellt Jergen sich als notorischer Sünder vor, als schwedischer Don Juan, dessen eigentliches Element das Ballhaus ist. Musikalisch erlebt man im Wechsel von Dur nach Moll in komischer Absicht das Wechselspiel zwischen wütendem Rasen (A-Dur) und Sündenbekenntnis (a-Moll). Dasselbe finden wir in Epistel N:ro 76, wo Hans Jergen als verfolgter Kavalier auftritt. – Großen Eindruck beim Leser oder Zuhörer hinterläßt Mollberg. In dieser martialischen Figur finden wir nicht so sehr derb-komische als vielmehr ironische Züge. Bellman zeigt Mollberg in diversen Rollen; in seinem spöttisch beschriebenen Gehabe wirkt die vergangene schwedische Großmachtzeit am stärksten nach. Mollbergs naiver militärischer Stolz, seine poltrige Männlichkeit, sein Ordnungssinn klingen häufig an; einmal im Jahr muß er eine Prügelei vom Zaun brechen (Ep. N:ro 41); in einer anmutigen Rokokomelodie erfahren wir, wie er im Krug »Rostock« verhauen wird (Ep. N:ro 45), wir sehen ihn beim Kartenspiel (Ep. N:ro 42), beim Kegeln (Ep. N:ro 55), auf Posten (Ep. N:ro 37) und als Kommandeur (Ep. N:ro 38, 70), als Einladenden zur Kindtaufe (Ep. N:ro 57) und in vielen weiteren Episoden. In erotischen Abenteuern finden wir ihn des öfteren, aber am schönsten erscheint sein Bild in der herrlichen Hirtinnen-Epistel N:ro 80, als er mit Ulla eine Landpartie unternimmt. Der historische, einst begüterte Mollberg vertrank alles, kam 1762 zur Garde und starb wenige Jahre später mittellos.

Diejenige Gestalt, die Bellman am reichsten mit individuellen Zügen ausstattete, ist Ulla Winblad – die Zentralfigur der *Episteln* und das Ziel der Wünsche Fredmans und anderer: einerseits ein liebes, einfaches Mädchen, andererseits eine mit allen Wassern gewaschene »Nymphe« in derb-realistischer Beschreibung. Ulla ist aber auch in das Schema der Rokoko-Allegorien eingebettet, das zeigt z.B. Epistel N:ro 36, in der ihre Toilette vorgeführt wird. Bellman gibt hier eine Probe seines mythologischen Wissens. Das Reich der antiken Götter überträgt er auf die Lebensumstände eines Freudenmädchens. Man fühlt sich an Hogarths Dirnenbilder erinnert, doch malt Bellman ganz ohne moralisierende Untertöne. Ullas Sinnlichkeit wird nicht prüde verworfen, sondern naiv bewundert. Realismus und Allegorie sind keine Gegensätze; die mythologische Ausschmückung entsprach dem Geschmack der Zeit. In Weiterführung der Barocktradition zog Bellman einen eleganten Rokokoschleier über die rauhe Wirklichkeit; und so ist Ulla gleichzeitig eine Vestalin und eine Nymphe und Dienerin der Freia (vgl. die Tiergarten-Fahrten in Ep. N:ro 25 und 50). Der Vergleich mit Watteaus Gemälden fällt nicht schwer. Unversehens aber bricht Bellmans Wirklichkeitssinn durch, wenn er nicht nur von Zephiren, Tritonen, und »Paphos' ganzer Macht«, sondern von ländlichen Szenen, vom Mähen, Schmieden usw. dichtet. – Ulla ist nicht frei erfunden. Sie hieß Maja Stina Kiellström und wurde am 15. Juni 1744 als Tochter eines Artilleristen geboren, der später als Gelegenheitsarbeiter ein karges Dasein fristete. Vierzehnjährig arbeitete Ulla in einer Seidenmanufaktur, später wurde sie von einem Adligen verführt und schwanger. Aber ihr Kind starb bald; auch in dieser Hinsicht ist die berühmte Kindbett-Epistel N:ro 43 also durchaus realistisch. Im Gegensatz zur Schilderung der Schwindsucht Movitz' hat Bellman in dieser Epistel auf Einzelheiten verzichtet; die Epistel mündet in eine allgemeine Lebensweisheit: »tief in deine Blüte bohrt ein Wurm den Tod«. Der Keim des Vergänglichen steckt in allem Leben! Daß die Polizei Ulla wegen ihres Lebenswandels verfolgte, geht aus Epistel N:ro 28 hervor. – Durch Bellmans Vermittlung heiratete Ulla Winblad siebenundzwanzigjährig am 12. März 1772 einen gewissen Eric Norström. Die ursprünglich derb-erotische, beim Druck bereinigte Epistel N:ro 72 ist zwar an Kajsa Stina gerichtet, doch der Hinweis auf Norströms Perücke am Nagel in ihrer Stube ermöglicht ihre Identifizierung als Norströms Frau Ulla. Sehr prosaisch ist die Wirklichkeit der Ulla Winblad gewesen, und doch blieb sie bis heute Symbol der gustavianischen Zeit, Synonym für Sinnenlust und Diesseitsfreude im Schweden des 18. Jahrhunderts. Fredman ist ihr enthusiastischer Anbeter, der ihr in nie erlahmender Glut huldigt. – Bellmans Einstellung zu seinen Figuren, von denen man noch viele andere erwähnen könnte, bleibt sich nicht gleich. In den frühen Episteln sehen wir einen jugendlichen, überlegenen, provokatorischen, erotischen Fredman; in späteren Liedern einen älter gewordenen, etwas heruntergekommenen Sonderling, der mitunter resigniert. Die Ursachen liegen in Bellmans veränderter Lebensphilosophie.

Fünfzig Jahre mußte Bellman alt werden, ehe es ihm gelang, die *Episteln* drucken zu lassen. Alles hing von Åhlström ab, dem Besitzer der einzigen Notendruckerei in Stockholm. Wie bescheiden die finanziellen Ansprüche des Hofsekretärs Bellman waren, geht aus einem Brief hervor, den er 1790 an den Verlag richtete: »Die Herausgabe kann keinen anderen Zweck haben, als den günstigen Beifall der Allgemeinheit zu gewinnen [. . .]. Ich würdige mit untertäniger Achtung die mir erwiesene Ehre in diesem Fach seitens der Freunde der Wissenschaft. In dieser Achtung und in diesem Sinne fühle ich mich geehrt und belohnt, wenn mir in aller Stille auf ein halbes Jahr [. . .] entweder in Münzen oder als Hypothek eine Summe von 100 Reichstalern geliehen würde«. Im Postskriptum steht: »Morgen folgt eine neue Epistel über Fredman!« – Bellman wollte die letzte Chance zur Herausgabe dieses Werks nicht verspielen. Nach einer Bemerkung seines Sohnes Adolph wurde Bellman von Åhlström kraß übervorteilt. Der Drucker überließ weder dem Autor noch der Familie ein Honorar, möglicherweise aber – so andere Forscher – erhielt er einen kleinen Vorschuß. Nach Bellmans Tod bekam die notleidende Familie gar nichts. Eine Neuauflage kam erst zwanzig Jahre später, 1810, heraus; zwei weitere folgten noch zu Lebzeiten Lovisa Bellmans in den Jahren 1816 und 1831. Es war also so gut wie kein materieller Gewinn für Bellman mit der Veröffentlichung der *Episteln* verbunden!

In der kurzen Zeit vor Erscheinen der *Episteln* am 16. Oktober 1790 schrieb Bellman noch sechs großartige Stücke: N:ro 70, 71, 77, 80, 81 und 82; und er paßte sich damit dem neuen Zeitgeschmack an. Mehr als die in psychologischer Verfeinerung und wirkungsvoller Drastik erzählte Geschichte vom »Luchskrug« (Ep. N:ro 77), erinnern Ausschmückung und lyrische Pracht der Epistel N:ro 80 daran, daß hier der gereifte Bellman des Jahres 1790 die Feder führte. Ulla ist zu einer graziösen, feiertäglich gekleideten Dame geworden, dem Pastoralstil gemäß wie eine »Hirtin« anzuschauen, als sie – gutbürgerlich – aus der schaukelnden Chaise springt. Aus einer Rokoko-Hetäre im Pompadour-Stil wurde eine wohlsituierte Dame im neoklassizistischen Ambiente. Trotzdem bleibt die Epistel eine Burleske und sprengt im Schlußteil den pastoralen Rahmen.

Die zuletzt entstandenen Episteln sind mit Widmungen versehen. Seinem vielleicht aufrichtigsten Freund Anders Blad wollte Bellman auch eine Epistel zueignen und bat ihn, sich eine auszuwählen. Blad schlug wohl Epistel N:ro 82 vor, die der vorsorgliche Dichter jedoch schon für den wichtigsten Geschmacksrichter jener Zeit, den neuen Hofpoeten Leopold, bestimmt hatte. »Du sollst nichts dabei verlieren, ich will dir eine der besten aussuchen!« soll Bellman gesagt haben. Er wählte Epistel N:ro 81, »am Grabe gedichtet«. Der Tod ist hier nicht mehr – wie in den frühen Episteln – schreckeneinflößend, sondern mild und versöhnlich, das Grab ein ersehnter Ruheplatz; die Epistel erscheint als eine Kirchhof-Idylle. Die melancholische Melodie dieses vielleicht schönsten Trauerlieds Bellmanscher Kunst stammt wohl von ihm selbst. Als Hofkapellmeister Kraus sie hörte, soll er beim sechsten Takt ausgerufen haben: »Allein dieses f ist einen Dukaten wert!«

Auch die letzte Epistel, N:ro 82, ist sehr berühmt geworden, nicht nur in Schweden. Es ist das bekannte, unvergeßliche Pastorallied über den unvermuteten Abschied von Ulla Winblad an einem Sommermorgen im Grünen. Man kann den Schauplatz in die Umgebung von Heleneberg verlegen, wo Bellmans letzte große Liebe, Helena von Quiding, lebte. Ihr entzückter Gast pries ihre hausfraulichen Qualitäten, ihren Kaffee und ihren Mandelkuchen in mehreren Gedichten. Es überrascht, in ländlicher Umgebung einen Krug zu finden. Aber das war eine Konzession an den bacchanalischen Geschmack. Indessen, selbst die Ortsbestimmung paßt: vor Heleneberg lag wirklich ein Wirtshaus. – Die Epistel ist mehr als nur eine Idylle, nicht nur ein wehmütiger Abschied Fredmans von Ulla, der erkennt, daß Clotho schon »die Scher'« hebt, um ihm den ›Lebensfaden‹ abzuschneiden. Das Lied ist auch Bellmans Abschied von der Dichtung. Während die ersten Strophen noch im Hirtenstil Details des üppigen Mahls wiedergeben, steigern sich die weiteren zum grandiosen Finale. Die fein gezirkelten Reime, die mythologische Ausschmückung, die hingebungsvolle Naivität und Ursprünglichkeit machen dieses Lied zu einem vollendeten Kunstwerk. Es markiert zugleich das Ende einer Epoche, das Ende der »Bellmanzeit«. Nie wieder erreichte ein schwedischer Lyriker diese Innigkeit, Leichtigkeit und Schwermut wie Bellman in dieser Pastorale! Die im wesentlichen eigenständige Andante-Melodie erfüllte auch musikalisch die Erwartungen, die man an eine solche Pastorale stellen konnte. Die in einigen Takten vorhandene Ähnlichkeit mit

Pergolesis *Stabat mater* ist nur äußerlich. – Die Idylle war zu Ende. Bellman kehrte in den Alltag zurück. Die Widmung der Epistel an Leopold war einem schnell gefaßten Entschluß im Sommer 1790 entsprungen: Leopold, der mächtige Akademie-Sekretär, hatte zunächst in einer Abhandlung die Verwendung »niederer Stoffe« verworfen: »Eine Kneipenrunde, beispielsweise bestehend aus halb betrunkenen Taugenichtsen, eine Prügelei sind gewiß nicht Stoffe, die ein Leser von Geschmack gern geschildert haben möchte!« schrieb er. »Er kann darüber lachen, aber er verachtet es. Er kann das Talent billigen, falls sich eines darin vorfindet, aber er mißbilligt die Verwendung«. Als Bellman 1792 schwer erkrankte, sandte ihm Leopold während der Genesungszeit einen Reimbrief, der mit den Worten begann »Unsterblicher Bellman, du atmest noch?« Als der so Geehrte jedoch in einem Brief vom 15. Juli 1793 darum bat, Leopold möge für seine Übersetzung der Fabeln Gellerts die Vorrede schreiben, ließ der Höfling diesen Brief unbeantwortet, und das »Genesungsgedicht« nahm er nicht in seine Gesammelten Werke auf. Im Frühjahr und Sommer 1791 war Bellman damit beschäftigt, ein weiteres Werk, *Fredmans Lieder*, herauszugeben. Auch für diesen Band erhielt er ein wahrhaft lächerliches Honorar: es bestand aus 25 Abonnementszetteln. Wenn er sie verkaufte, konnte er den Gewinn behalten!

Ungemein vielschichtig ist die Fredman-Dichtung. Als Zeitschilderung gibt sie einen Querschnitt durch die zweite Hälfte des 18. Jahrhunderts in Schweden. Aber sie ist weit mehr als ein kulturhistorischer Bilderbogen, sie versucht – realistisch und phantastisch zugleich – eine Analyse der Epoche. Bellman hat wie stets improvisiert, dabei aber doch sorgfältig und genau gearbeitet und beobachtet. Er schloß sich einer bestehenden Tradition an und schuf dennoch etwas ganz Neues. Mit *Fredmans Episteln* legte er eine glänzende soziale Schilderung der Welt der Stockholmer Besitzlosen vor; er zeichnete Handwerksgesellen, Manufakturarbeiter, Dienstmägde, Musikanten, Bummler – Kleinbürgertypen also, und am Rande wohl auch in kritischer Distanz die ›Vornehmen‹. Elend, Not, Verkommenheit, Trunksucht, Streit, Dummheit und Widerwärtigkeiten ließ er nicht unberücksichtigt, indessen: wirkliche Brutalität fehlt völlig. Neben der Welt der Wirklichkeit steht die der Phantasie, die Episteln durchzieht ein Netzwerk von Allegorien, eine hingebungsvolle Sehnsucht nach Schönheit und Glück. Bellman erzählt von glücklichen und leidvollen Tagen der einfachen Stockholmer. So gesehen sind seine Dichtungen schon von jeher weit mehr als die lyrischen Ergüsse mancher seiner Zeitgenossen im gefälligen Rokokostil gewesen. Sie zeigten das Leben, wie es war. Und weil Bellmans Epistellieder Lebensfreude, Liebe, Natur und Schönheit priesen, stärkten sie das Selbstvertrauen seiner Zeitgenossen, öffneten sie den Blick für die Herrlichkeiten dieser Welt. Diesen Reiz – ja, auch diese Funktion – haben sie bis heute nicht verloren.

*Hans-Jürgen Hube*

# Inhalt

Fredmans Episteln
7

Glossar
301

Zu den Melodien
306

Literaturhinweise
311

Nachwort
315

# Gedichte und Fabeln des 18. Jahrhunderts

IN RECLAMS UNIVERSAL-BIBLIOTHEK

---

Barthold Hinrich Brockes, *Irdisches Vergnügen in Gott.* Gedichte. (A. Elschenbroich) 96 S. UB 2015

Gottfried August Bürger, *Gedichte.* (J. Hermand) 92 S. UB 227

*Deutsche Fabeln des 18. Jahrhunderts.* (M. Windfuhr) 136 S. UB 8429

*Deutsche Gedichte des 18. Jahrhunderts.* (K. Bohnen) 455 S. UB 8422

Christian Fürchtegott Gellert, *Fabeln und Erzählungen.* (K.-H. Fallbacher) 256 S. UB 161

*Der Göttinger Hain* (Autoren: Boie, Gotter, Hahn, Hölty, J. M. Miller, G. D. Miller, Stolberg, Voss). (A. Kelletat) 456 S. UB 8789

Albrecht von Haller, *Die Alpen und andere Gedichte.* (A. Elschenbroich) 119 S. UB 8963

Anna Louisa Karschin, *Gedichte und Lebenszeugnisse.* (A. Anger) 208 S. UB 8374

Ewald Christian von Kleist, *Sämtliche Werke.* (J. Stenzel) 288 S. UB 211

Friedrich Gottlieb Klopstock, *Oden.* (K. L. Schneider) 184 S. UB 1391

Gotthold Ephraim Lessing, *Fabeln.* Abhandlungen über die Fabel. (H. Rölleke) 167 S. UB 27 – *Sämtliche Gedichte.* (G. E. Grimm) 454 S. UB 28

Johann Heinrich Voss, *Idyllen und Gedichte.* (E. D. Becker) 103 S. UB 2332

Christoph Martin Wieland, *Musarion oder Die Philosophie der Grazien.* Gedicht. (A. Anger) 80 S. UB 95

---

Philipp Reclam jun. Stuttgart